刺玫

◆
红柯 著

西安出版社

图书在版编目（CIP）数据

刺玫 / 红柯著. -- 西安：西安出版社，2018.1
（2021.4重印）

ISBN 978-7-5541-2816-9

Ⅰ.①刺… Ⅱ.①红… Ⅲ.①中篇小说—小说集—中国—当代②短篇小说—小说集—中国—当代 Ⅳ.①I247.7

中国版本图书馆CIP数据核字(2017)第316187号

刺 玫
CIMEI

著　　者：红　柯
策划编辑：范婷婷
责任编辑：张增兰　原煜媛
责任校对：张爱林　陈　辉　张忞甜　王玉民
设计排版：李南江　纸尚图文设计
出版发行：西安出版社
地　　址：西安曲江新区雁南五路1868号影视演艺大厦11层
印　　刷：永清县晔盛亚胶印有限公司
开　　本：720mm×1020mm　1/16
印　　张：13.75
字　　数：260千
版　　次：2018年1月第1版
印　　次：2021年4月第2次印刷
书　　号：ISBN 978-7-5541-2816-9
定　　价：42.00元

△ 读者购书、书店添货或发现印装质量问题，请与本公司营销部联系、调换。
电话：(029) 68206213　68206222 (传真)

目录

001 / **中篇**

003 / 病房

024 / 刺玫

056 / 红原

071 / 家园

107 / **短篇**

109 / 父与子

119 / 干喝

125 / 大黄

136 / 社火

149 / 槐虫

155 / 大路朝天

162 / 再来一次春天

183 / 家

199 / 环城高速

附录

中篇

病　房

1

有一种美好的东西搁在内心深处，只知道它确实存在，却不明白它究竟是什么，也许这是一种心灵的宗教。

那时，我万事如意，胸中满怀慷慨之情，一封老同学的来信使我感到异常兴奋。我将信读了好几遍仅仅知道对方是位女同学。

第二天，我赶到虢镇。我的少年时代是在虢镇度过的，这里有许多老同学。离开学校以后，好多人都沉默了，唯独我耐不住寂寞。我怕寂寞，我怕生命的活力在苍白的气息里突然安静下来。

遛完一条街，就被一位老同学拉进酒馆。喝着啤酒，吃着凉肉，相别三年的隔膜顷刻间融化在嘟嘟作响的啤酒泡沫里。我忘记自己是名牌大学的高才生，他忘记自己是铁路上的装卸工，我们是老同学嘛。同学意味着什么？意味着童年，意味着少年，意味着人生最纯净的时光。我们沿着铁路溜达，呼吸着浓烈的烟煤气息，天空、树枝、行人都披着薄薄的煤灰。过去的日子在灰暗的屋檐下闪烁，那色彩一闪即逝，分外迷人。他向我介绍这儿的情况，不外乎是那些过去的同学，他介绍了许多。这许多的姓名伴随着记忆的火星旋转着，混为胶着的一团，像幅油画在朦胧中给人一种强烈美妙的感觉。这些姓名当中也许包括了她，她就住在这座小镇上，可能是个纱厂女工，也可能是个卖菜的农家姑娘。

走过小巷，是一片菜地。卷心菜正如蓝天的晴朗，白蝴蝶像玻璃片熠熠闪烁。坎坷的田间小路走过去了，碎石子刷啦刷啦响起来。我上了公路，一座暗红色小楼竖在眼前，像是期待蓦然而至的友人，它阴暗的窗户流露出憔悴和忧郁。楼边高高的毛白杨摆着树冠。那个鞋匠早停了活计，冷漠地注视着我，目光浑浊，眼瞳里有一条泥沙滚滚的河，河岸那么荒凉。我打消询问他的念头，径直上楼。

开门的是一位上了年纪的妇女，满脸惊喜，手忙脚乱，半天说不出一句话。她和善的面孔，使人想起乡下的日子，月亮，小草，河滩，散着香味的麦草垛，使人感到平静，一种紧张后的平静，一种受尽坎坷和苦难后极需安慰的那种平静，唔，这是母亲！我妈就是在这把年纪离开人世的。

"尚英住这儿吗？"

"啊，就是，她在家哩。"

屋里一团黑，她在屋子很深的地方，有人在拉窗帘，窗口涌进大团亮光，亮光里有一张女人的面孔。窗外是瓦蓝的天、灰黄的土塬和墨色的树林。她苍白的脸显得很薄，像束微光，只有那双眼睛是热烈的、诚挚的。喝一口她母亲递过来的茶水，一撮茶叶嚼在舌尖上，我轻轻地嚼着，淡淡的茉莉香在喉咙里默默流动。补习班的同学里肯定没有她，是高中班的同学了。

"你想什么？"

"岐山中学时的事。"

"大家见面都这么说。"

"中学最有意思呀。"

她笑了，同意我的看法，停一会儿，问："大学很有意思吧？"

"都这么想，但有意思的还是中学。"

一种无名的忧伤袭上心头。我这个人太没出息啦，大学时想中学，毕业了又想大学，现在这两种回忆重叠出现了。人常常处在无端的忧伤里，像含雨的云，在与风、与山岭的邂逅中就要坠落。那时，我常常想念一个人，为她写诗，为她在月光下的楼顶上轻轻拨动吉他。后来读苏联作家格林的《踏浪女人》，便相信她是一种幻觉，一种美好的祈愿。

"你现在还没认出我，肯定是这样。"

她掀开被子坐起来，动作相当吃力，她病得很厉害。

"你躺着别乱动。"

她没听见，打开床头的录音机，优美的音乐奔流而来。所有的感觉都窒息了，灵魂伴着音乐向高空飘去，天空渐渐开阔，那是蓝色的海，平和宁静，白云结晶着蓬勃的生命，它们舒卷自如洒脱飘逸；身体化为尘埃后，灵魂便在这里重新散发馨香。圆圆的白光蓦然降临大地。

白天鹅，白色的幻影！

在高中毕业的晚会上，我口含手指，口哨声环环飞旋，飘流出悠扬明快的《天鹅湖》主题曲。那是我星期天骑车兜风时留在旷野的歌，那是我在星光凄迷的夜晚，守着灯火飘燃的窗台，等待伙伴们的信号。它粗野火热，周围的眼睛不再是细眯眯的了，它们变成优美的圆，由黑亮变成金黄，变成汁液欲滴的星星，奔流出少年所有的祈愿。热泪打湿了脸颊，朦胧中发现一位女生在口哨声里翩翩起舞，舞姿优雅，如歌如泣。回家后，我才意识到自己干了一件很有意义的事情。生活中流露感情的机会太少了，那位女生是谁？人在激情澎湃的时候最纯真也最迷糊。我仅仅记住她的影子，她是个勇敢的女性，在我们那闭塞的小县城里实属罕见。

"躺着没事干就听音乐。"

"老是这盘磁带？"

"就这一盘。"

我感觉到她在抽泣，因为我早已流泪了。

2

她母亲用热毛巾擦她的脸。她松一口气，对我说："你也擦擦。"老人把毛巾递给我，老人无限感慨地望着我。她女儿是我同学，她女儿病在床上。我低下头，热毛巾慢慢地在脸上揉搓，在这难以忍受的沉默中，我猛然醒悟：过去的生活多么乏味，因为它不允许人思索就悄然逝去。我拼命地关心自己，想尽一切办法；而这里却弥漫着痛苦和渴望。这种渴望是那么小，那么微弱，仅仅希望远方的同学出现在这里，带来外边世界的气息，带来过去岁月的回忆。

她焦灼的目光再一次射进我的瞳孔。我沉睡的世界在短短的瞬间被她戳破了，露出清明的天光。我张张嘴，想说些什么，这时候，最好什么都别说，静静地坐着。

"妈，把灯拉开，电来了。"

屋子里随即大亮，她躺在毛毯下边，患的是不治之症。

"就这么回事，毕业不到一年就变成另一个人，到了另一个世界。"

她的目光凄然地落在毛毯上。谁能想到这身子还跳过舞，还充满过音乐。"你记得吗？"她猛然抬头，瞳孔睁大，泪流在压抑中湍动，闪射细碎的光。

我摆脱讨厌的拘束，告诉她那个在我记忆中频频出现的影子。她脸红了，病容消失，眼睛静静充满梦幻。

"我病得不轻，时间久了你会讨厌我的。"

"我喜欢这里，出站台就能看见你。"

"这是个大站。所有的车都要停。"

火车真的吼叫起来。

"它每时每刻都在刺激我，我还不如它轮下的枕木。"

她脸白得吓人，她很虚弱。这里是个大站，半小时发一趟车，汽笛声像小锤头，叩击着她的脑门，告诉她时光的流速和进程。她说："我额头上嵌满了岁月的铁钉，列车从楼下开过去，拉来好多人，拉来好多东西，却没有一样是我的。"

她母亲告诉我，自己每天都要去车站坐一会儿，记下那些陌生的面孔，回来讲给女儿听。有时错过了客车，就从货车里拣一块煤带回家，让女儿看。冬天，那些煤块被烧掉了，女儿望着红红的火焰流泪。我答应她经常来这儿，她眼睛里默默地流出感激的泪光。我狠颤一下，没敢回头，径直走出去。

楼道黑洞洞，我差点摔倒。"跟我来。"打火机的微光下露出鞋匠削长的脸，我跟着他，他笨手笨脚，火熄灭了好几次。"别走菜地，那儿有狗。"他叮咛完，提着水桶上楼，地上洒了好多水。

"是个好人，就是性子急。"原来老人站在我的身边。劝不动只好让她送着。老人有三个儿子，尚英刚病时都很关心，后来厌烦了，老人就自己来照看。

"英儿心太强，过去她有许多朋友，怕打扰人家从不给人家写信，熬这么多年，才拿定主意给你写信。"

我竟说不出一句安慰她的话。

"五年多了，这是她最高兴的一天。"

老人说完，近乎大梦初醒。

秋夜空旷沉寂。唯一值得回忆的那个毕业晚会萦绕不散。那时，我是个最普通不过的中学生，不好也不坏，伙伴们认为我脾气好，可以一起玩，老师提起我要思索好半天。要是我突然消失了，大家充其量议论一个上午，隔一场球赛就会忘记的。对我来说，空闲的时候没意思透了，不能老帮着家里人干活，干活，干个没完没了。于是我找小说看，我在小说中找到了许多令人喜爱的女孩子，同时发现我的身边就有。因为胆小只能留心地瞅瞅她们的影子。确实如此，她们的举止言谈完全可以跟那些女主人公媲美。那时，我对文学一无所知，认为书里面的就是我身边这些美好的人。我是那么尊重她们，崇拜她们，因能跟她们一起读书而心满意足。临毕业那年，这些美好的影子一下子聚在一个人身上；她整个夏天都是白裙子，走在夏风里便成了羽化的人。那天晚会上，我第一次出现在众人面前，完全出乎我的意料，我根本意识不到我的所为。眼前是大家诚挚的眼睛，从那里走进去像走进太阳的怀抱，被激动着被融化着，许多眼睛重叠在一起，变成了一个；星星有千万粒，而太阳始终是一个。只要她存在，一千次一万次向她奔跑，让她巨大的电流一刻不停地抓住我，点亮我心中那盏灯！

  我的生命中究竟发生了什么事情，仅仅只有一次就和世界上所有生命接触了，汇合了。我不再是纤细的小溪，我已置身于激流，与大地同属一体了。后来，我去远方读书，相处已久的或偶然相遇的那些姑娘再也不能打动我的心了。苦恼和烦闷涌上心头，我祈愿着她快来吧。由于这个形象早已占据心头，使我的性格变得那么固执，那么执着。我整天处在梦幻的世界里，我的神经敏感到可怕的程度。一旦她的影子出现，哪怕在天边，我也会欣喜若狂，她毕竟出现了。在这种高度燃烧的气氛里，时间也变得分外胶着，周围的人像在烟雾里，朦胧不清。一天，当一位姑娘站在我的身边时，也就是当我意识到她是我的未婚妻时，我惊讶得发狂。过去的一切都是幻想，那个美好的她并不存在。怀着这种懊丧的心情，我离开校园走向生活。

  我猛然抬头，台阶前一个人用信号灯对着我，不觉间闯进了车站。每个人都有车站，时时改变着方向。这么说，五年前业已否定了的那个世界又奇迹般出现了，真实地出现了，不带一丁点虚假的成分。

  站台的灯光刹那间柔和起来，透过浓厚的雾，一双新奇的眼睛晶莹透彻；我的额头似乎触摸到那细微的气息，这是好多年前凝注我的那双眼睛，她一动不动，只对着我，目光那么专注，充满激情。我感到自己的双腿在迈动，大地在柔软地起伏。那双眼睛嵌在小楼潮湿的窗户上。

3

"出什么事儿了？"

"没出什么事。"

"不会说谎就别说。"

脑袋嗡地一下，想起来了。她按住我的肩膀，我只好躺着。小惠来的时间不会太短。

"什么时候进来的？"

"你竟一点儿感觉都没有？"

她像发怒的小兔子，眼睛红了，脸红了。跟她的目光对流过无数次，每次都热血沸腾，沉醉在莫名其妙的幸福之中。一种不祥的预感掠过心头，我知道可怕的事情要发生了，我们互相注视着，她的目光跳跃不定，泪水如同春潮，急速地汇聚着。我忍不住低下头，屋里的东西触电似的嗡嗡乱响。

"发生了什么事？"

她控制住自己的感情，可声音仿佛得到神灵的启示，猛烈地撞击我的心灵。

"别疑神疑鬼了！"我跳下床，"这样不行，我非得神经病不可，干吗要这样？"

我站在窗前，玻璃映出我冷峻的脸孔，目光注满男子少有的坚毅和勇气；我被一种内在的东西鼓动着。

她安静下来，脸红红的，不好意思地说："我很傻，惹你不高兴。"

我干吗这样？我坐在她对面，小腿磕着她的膝盖。她没动，很激动的样子。我抓住她的小手，她是美丽的姑娘，谁说不是呢？我想起周围那些羡慕的目光，她给我的生活带来舒适和魅力。

不管怎么说，我的生活发生了变化。小惠感到了这一点，她对我的关心是前所未有的，好像我要抛弃她。我还没有这样想过，她闯进我的生活整整四年了。我初入社会时提心吊胆，是她帮我打开局面的。

清早起来，街上空荡荡的，响着我缓慢沉闷的脚步声。白杨树也许太高了，太纯洁了，周围的建筑物显得那么丑陋和暗淡。走在秋野，总有一种空虚的感觉。冬天，我来过这里，土块含着麦种和油菜籽，坚强地迎着冷风和大雪。这些富有个性的土块使人想起男子坚实的下颌。下地的农民从我身边走过去；我很孤独。这个世界上跟我真正有联系的人太少了。

我注视着烟雾和闹声里的城市，四年前第一次走进这个城市的时候，我相信自己会保持乡下人那种淳朴的心灵。有一年冬天，我突然惊醒，时值深夜，披衣带门，大街上空空的，大雪发怒似的朝向这座黑暗中的城市。我冷得发抖，鬼使神差似的遛了一圈，门虚掩着，火炉吐着红红的火焰，未婚妻为我安排好了一切，衣服、家具，暖洋洋的，闪现出她善良迷人的目光。究竟发生了什么事？白天，她带我去拜访亲戚。走了一段路，她说："是我爸爸的一位熟人。""为什么是熟人？""熟人就是熟人，没熟人就办不成事儿。"我吃惊地抬头看她，她优雅自如地走着，像刚出浴似的，浑身散着清香。我不由得恨起自己的毛病，从小就异常敏感。"跟你们乡下人不一样，乡下人的亲戚是血缘关系。城里人举目无亲，只能这样，关系熟的就是亲戚。"这座城市的人除了熟人其余的都是陌生人。我害怕，天地间为之茫然。

意识恢复了，我躺在床上发高烧，额头上是她亲切的手。

"唉，醒过来了，吓死我啦。"

她的手顿时像抽去了筋骨，软绵绵的，她一定放心地笑呢。郑医生看了一阵，说："不要紧，按时吃药，明天就会好的。"小惠坐在我身边，她太好了，她很体贴人。郑医生用敏锐的目光打量我，好像我是个内容丰富的病例。

"你的病很怪，除了生理上的原因以外，心理上很不稳定。只能说是一种预感，无法说清楚。"

郑医生说完，就倒在椅子上抽烟卷。小惠急了，要站起来，郑医生赶忙按住她："别激动，这是你不能理解的。"

她在许多方面超过常人，可这时像个孩子。

我擦擦额头上的汗，欠起身子问医生："人怎样适应陌生环境？"

"如果你每天吃微量的'1059'（一种农药），过一段时间你就可以吃毒药，你也就无所谓中毒了。血液中融进一定比例的毒素，就能产生一种可怕的适应机能。人的适应力大得出奇，但又最脆弱。"

郑医生分明在讲演，在独白，站在我的书架前。书架上都是文学书籍，他显然看清了我的心思，他的目光跟手术刀一样，尤其是对我这样的病人。

……………

微寒的秋风，吹荡着山前的流云，体味人生的真谛唯有这沉思的季节；像月融着天光，憔悴的心会在里面静寂无声的，观照自己也观照世界。

秋风吹不病我的。山树野草翻动不息，显露出纤细的筋骨；淋漓的冷汗顺着脖颈往下淌，四周全是嘀嗒声。雨绳悄悄将天地拴在一起，草木也在出冷汗，我的神志已经清晰，胸脯胀得一鼓一鼓的，眼睛闭着，嘴唇在动，在说着什么。这不是她吗？

"才找到你了，这些年你跑到哪儿去了？"我闭着眼睛喃喃地说，"你会好的，会离开那个黑屋子，我再也不过这种日子了；我们一起去远方。"

那个影子忽然不见了，荒原上只剩下我一个人，星星像五角枫布满天空。我大声呼喊，两只胳膊像暴风雨中的树枝，向天空抛投去倔强的渴望。我累了，重重地倒下去，接着又是喃喃自语，像念咒似的。

"他神经紊乱？会不会得神经病？"

"好像不是，他说的话既像梦话又很正常。"

小惠来回走动，另一个人是我熟悉的郑医生。我早就清醒了，微笑着看他们。小惠抓住我的手，仿佛我生了翅膀似的。郑医生抽着烟，待她平静下来，便叮咛要买的药。她离开时，神情还是那么忧伤。

郑医生掩上门，扫我一眼，说："那个人是谁？""谁？"我几乎跳起来。郑医生摆手，说："别激动，是我问你。"我心跳加快，那个人只能在美妙的气氛里出现，面对这个冷酷无情的家伙，我只能躲在沉默的掩体里。

"你在爱一个人。"郑医生逼近一步，目光暴雨般冲开我的眼皮，使我不能眨动一下，他一步一步过来，"你的眼睛你的神情告诉我的，我是医生。"

我叹息着，脑袋沉重地落在枕头上："我有未婚妻，你是知道的。"

"你的未婚妻不怎么样，起码你现在心里这么认为。在大家眼里，她是个出色的姑娘，那仅仅只是在大家的眼里。现在你发现了这个事实，可是不敢面对它。"

"可我还是爱她的。"

"你自己软弱无力，内心空虚，跟一个能干漂亮的姑娘在一起，大家都羡慕你；这并不是你真实感情的所在，而你真实的感情寄托在飘忽的幻想中。这个漂亮能干的姑娘只是可怜的替代品，仅仅满足你的虚荣心。大家都靠这种替代品维持生命，双脚悬空，两手紧紧抓住一把稻草；一生都处在危机和恐惧之中，好让别人都认为你幸福。"

他简直是魔鬼，他双手扶着床沿，鼻子几乎撞到我的嘴巴："瞧你这双诚实的眼睛，是不会骗人的。我的话完全打中了你，是不是？你热爱生命，这点难能可贵。大家都不知道生命是什么东西，像喂牲畜一样用粗糙的食物充塞自己的灵魂。可你不同，你发现了寻觅已久的东西，开始向腐烂的过去告别。告别是痛苦的，追求一种幸福就得牺牲另一种幸福。"

我在爱，只能这么说，身体里喧嚣已久的激情只能是她。

秋风在窗外打着呼哨，大地充满狂放不羁的草木和庄稼，田野跟我一样虚弱，又跟我一样张开渴望的眼睛。

我神情激昂，手指像锯条似的乱抽。郑医生不再劝我，点着香烟放心地走了。在生命呐喊的时刻，语言是多余的。

4

四年前一个阴雨天，我离开萧条荒寂的田野，站在桥边，对面四楼的阳台上坐着一位姑娘，她的目光早已离开书本，如痴如醉，呆望着田野；那里是散乱不堪的玉米秸和紫红色的野灰条。我不顾一切走过去，直对着阳台：太像她了，不，就是她！那眉毛，那眼睛。天空响起哨音，我激动得浑身发抖，汗和泪水洒落在地上。雨点顺着风势斜斜飘来，那姑娘完全露在秋雨中，似动非动，无限依恋地凝望着那块秋田，整个身子在悠扬的和声里起伏。

原来她在凝视着我，那块秋田有我走过的路。

"你知道缘分吗？"

"梦中出现的偶像，在生活中得到实现就是缘分。"

"那场大雨就是咱俩的缘分喽。"

尚英笑笑，不再问了，我怀疑自己的心是否还在跳动。在她跟前，我安谧平静，像月光下的大海，弥漫着空灵的神韵。被生活挫钝的感觉，又悄然复苏。在她跟前，人原来如此精美细致，而生活对人生的摧残又是那么严酷。如同一根小蜡烛，在风暴袭击下痛苦地熄灭了，缕缕烦恼的白烟留在记忆里萦绕不散；为了生存，人像农人胸前的蛇，不得不粗野凶狠。

"我弟弟就是这样的人，他的苏醒就是蛇的苏醒，他说为了善良的目的必须有强有力的凶狠。他以前看不起人高马大的同伴，手不释卷，常常读到深夜。他一次次交好运，有地位有钱，可妈妈是善良的，她知道弟弟干了什么，常常暗自流泪。"

"你在他眼里是个累赘。"

"不，你错了。弟弟坏得很有水平。他是中文系的高才生，知道聂赫留道夫是怎么回事。也许他是出于真情，他对母亲和我的感情很深，他干亏心事越多就越眷恋我们——人总要寻求一种心理平衡。我早就觉察到了他这种心理。也许因为我是病人的缘故，对他来说，值得信任的人只有母亲和我。人总有一条根，要扎在一种东西上；有个好的依托，然后才是事业，才是生活的搏斗。我怎么能给这种卑鄙的小人做依靠呢？他那丑恶的灵魂还想有个好的归宿，简直是梦想。作恶者可恨，他的庇护者更可恨。"

风暴乍起，她目光闪烁，仿佛夜雨来临，她赶走弟弟的情形可想而知了。

"人在混乱的时候，偶尔一声呼唤会震撼整个心灵，说出来你会震惊的，我谈过数不清的对象，是谈对象不是爱。我从小就是倔脾气，找不到真正的东西绝不罢休，我几乎对人都失望了。

"可我不愿用生命去将就着生活。那年秋天，我在河堤上散步，一个陌生人走到我跟前，放下沉重的旅行包。他显然认出我是他的什么人了。他的瞳孔大得出奇，深沉而幽远，仿佛一下走进一座森林。这是我想望已久，寻觅已久的东西，他使我永世难忘。少女的心像一张白纸，一戳红印下去，就再也忘不了了。我因为幸福的突然降临而昏厥。神圣的时刻来临了，一个人的一生仅仅只有一次，我抱着这种念头迎上前去。眼前一片空明，晨光朦胧而又清晰。我逆光而行。陌生人早已离开，可路是清晰的。我找到了我的春天，烦闷的日子结束了，田野充满勃勃生机。一切都在发光，都在呼吸，都在打着口哨；阳光，树梢，细微的黄尘旋转着，渗流出生命的原色。到处是水浪的流动声，水天一色，晶亮迷人；他就在前边，在前边的塬顶上。单调的黄土骤然间万箭齐发，射向遥远的天空。大地坚硬的外壳原来是一种假象，她本身在流动着，放着光，在她的怀抱里直至今天，才真正获得了生命的直觉和原动力。她用全部身心创造了一个他，他就在我面前。那是多么愉快的旅行啊！回想起黑房子里的生活，那简直是地狱！是一团混沌！把人和其他杂物搅在一起，浑浑噩噩，到死还不知自己是怎么回事。

"荒原上只有我和我的幻想在行走，铁杆蒿倔强地挺立着，像黄土里绷起的青筋，后来又出现了巨大的石块。

"忽然大雨滂沱，我的身上冒起乳白色的热气，头发像浓墨泼在石面上，溅起绿色的火焰，点燃了岩石的灵性。我怎么了？身体触到的东西都是热乎乎的，我不停地打着寒战，从此，就卧床不起。"

"是肺炎？"

"嗯！"

"大概有遗传因素。"

"不是大概，是一定，人生之初就有病。可我太爱天空了，真不知空气是怎样流动的，鸟儿是怎样飞翔的。"

白天鹅从我少年的天空里消失了，落在这座黑屋子里，依然保持着她纯真的天性。好多年来，朦胧于心中的正是这种神秘的感觉，它像一束游动不定的光，幻化出一片美丽的景致。

走了好长的路，我又来到这栋小楼前边。鞋匠走过来，给我一支烟。

"你很激动？"

"我确实很激动，要不然就不会来这里。"我说，"你也是一块冰凉的石头，对不对？"

他的疮疤无意中被我揭开了，散出激情的芳香。我感觉他并不丑，他以前显然是个英俊的小伙子。

"我曾经很漂亮，大家都这么说的，我却一点儿感觉不到，等我感觉到这一切时已经变得丑陋不堪了。"

"为什么？"

"为什么？人人都为她发疯，可她周围都是无耻的小人。"

"你就爱她了。"

"她心里很讨厌这伙人，可她最终跟他们结合了，而这种厌恶是以后的日子里才发现的。"

"正不压邪，邪法治大病，你没有邪法子？"

鞋匠泪水涟涟："爷爷劝我不要伤心，他说人没三分流气不行哇。我怎么也想不通，不停地在泥土里修炼，在疲惫里解脱，越是这样心里越狂。一天夜里，雷雨大作，我再也忍不住了，朝山野跑去。塬顶上有一棵白杨树，白杨树狂热地向我扑来，风又把她吹过去。天空落下一个炸雷，白杨树痛苦地倒下去。我坐在她身边，等待雷电再次轰击，绝望和渴望在这里同归于尽，而家园再也拴不住我散荡的心灵。走累了，就靠着树睡觉，醒来忽然听见树叶对我说：'现在你才算真正的美男子。'我站起来，青春的火焰又复燃。第二天，白杨树下的黑房子里走出一个女人，她望着我，望了好久，微笑着点了点头。是她，一定是她！我不顾一切去追问，原来她另有一个世界，就是那一支动人的乐曲。"

我心跳得很快，屏住呼吸问他："有一个人？"

"嗯！"

这声音就像他的铁锒头，豪迈有力，完全是趁着回忆往事的激情所产生的力量。他显得很高尚，我很气愤，转身就走。我讨厌自己，我从未产生这种念头：那些悔恨、惆怅、忧愁等等情绪都是外物加给我的。现在什么都清楚了，悔恨、惆怅、忧愁是我自个儿的，是我生命的原色。鞋匠的影子在前边晃动，他刺蔾疙瘩的脸像油画越远越漂亮，雷电把天空的形象涂在他脸上，他如此完美，而我似乎得到了他的自卑。

我一定是患了不治之症！车站就在我眼前，无数张面孔在灯光里晃动；我一个也发现不了，我太孤独了。一个病患者的孤独，欲同病相怜而不得。汽笛声总是那么强悍，像野马嘶鸣，每叫一下，我都不由一阵战栗。有个男人向我走来，行人如同路旁树木，他则是潇洒自如的列车，大家在向后倒，而他却阔步向前。别人在他的气势下不由得低头沉思，想自己不怎么如意的人生，而他很如意。他的目光渐渐暗淡，步子也松弛了，空虚的夜幕洒落在他身上。我一阵狂喜迎上前去，他猛然停顿，满脸惊讶的表情。我嘴唇抿得紧紧的，两排牙齿像不同的山系凝聚着，成功地阻击了胆怯的进攻，电弧光从眼瞳悠然飘出；他的嘴唇开始哆嗦。

"别……就这一次，见见妈也行。"

"天已经黑了。"

"你总是这么说，天黑了，天黑了。天黑了我才好受些，才到镇上来。谁叫我患这不治之症呢？药就在你这儿，你给我一句话就够了，我的秘密你都知道。"他握着我的手，边走边说，"应该早点认识你。天亮我得赶回去，我真正的生命在这里，姐姐看出了我的本质，我积习难改啊。人的周身都是病，可饭还得吃，尽管饭里有病菌。我的老婆总使我心跳加快，可看一眼姐姐的窗户就会感到平静。这种感觉越来越强烈了，怎么办？怎么办？"

他猛然间发现了什么，神经质地凝视着我，大口地抽烟卷。"你太幸福了，天下不幸的只有我。"他抹一把鼻涕，半天不吱声。

列车进站，地面微微颤动，他掏出名片递给我奔向月台。我和纸片随即化入夜色。

5

　　我下决心跟她分手了，这念头产生在昨夜的小镇，那铿锵有力的车轮声中。

　　门虚掩着，她没在家。我的感觉一向很准，难道我对她还是一如既往吗？心儿潺潺游动，是她在复活？心属于自己的时候并不多，随便她撒下什么种子都有开花结果的可能。她在老地方徘徊，她在受苦受难，我更难受。我感觉到的不仅仅是她殷红的种子了，她手指的根须漫向我的全身，她呼吸的晚风吹胀了我心灵蓬松的泥土；她是个好姑娘。

　　我推开门，那束蔷薇花跳动着晕红的火焰。我闭目静思，除耳膜轰鸣外什么也听不到。衣橱的大衣镜子里嵌着我苍白的脸。走出屋子，我仍然惶恐不安。

　　路面到处是积水。车辆发疯似的吼叫着从身边擦过。惠的柔情凄然消散，刚才我还是那么激动。周围的人很多，我没勇气看他们，要是惠在这里，一定会说我病了，送我上医院的。时间在空白中进行，脑海漂泊着又圆又密的省略号，平淡无奇地排向远方。

　　人们惊奇地望着我，望着诞生在我身上的清新气息。有人在唤我。惠的爸爸夹着皮包，站在离我不到十步的地方，他那兴奋的神态使我难堪。我竭力保持镇定。

　　"你们之间发生了什么不愉快？"

　　"我很愉快。"

　　"是吗？"

　　他重新打量我："你不要介意，把我作为你的朋友，告诉我，你发现了什么？不用隐瞒，瞧你这眼睛，像团火；我年轻时有过这么一回……又失去了，我那时仅仅看见闪电的影子，暴雨来临我却躲开了，你现在跟我当初一样，不要失之交臂。"

　　"谢谢你。"

　　"年轻人，我好羡慕你，我是一片沙漠，听见雨在你的头顶奔流就坐不住了，告诉我你的幸福所在。"我穿过人群，生怕失去这幸福。他紧追不放，像个执着的孩子，不顾一切地大喊大叫，电车和人群把他隔开了。

　　回忆之光到处闪烁，这个可怕的老人！我应该安慰他，使他安静。

　　惠的妈妈很早就离开了这个家，惠是在姑姑家长大的，这个可怜的老人！他的确年轻过，在这个世界上，年轻过的人不会太多，大家都经历过，但没有年轻过。

那棵白杨树，在灰蓝的天幕下宁静而纯洁，水珠从树上哗哗坠落。这是我们约会的地方，往事不堪回首。那朝夕相处的情景，变着魔法在折磨我。我坐在潮湿的草地上，望着皴裂的树根。

那棵小白杨树缓缓地朝我走来，她披着水珠莹莹的绿叶，喃喃自语；小惠无限温柔地走来，挨着我坐下。

她愁容满面，但自信的嘴角依然挺起清晰的线条，一只鸟奋不顾身投落到摇撼不已的树尖上，雷声大作，弧形的闪电刮过低空，树冠被削落地上，树液射向高空，像垂直的彩虹，生命的乐章就这样诞生了。惠站在树底下，脸色苍白。

"惠，你病啦。"

我奔过去抱住她。我的头沉重地落下去，过了很久，一只手叉开我的额发："到底醒来了，回去吧！"我躺在惠的怀里，不知今夕何夕。

"我要让你回到现实中来，你那种想法是荒唐的，可怕的，我不忍心看着你受苦。"

沉默更容易流露我的固执，空气变得燥热，她的身影正可怕地消失在丛林里。一个巨大的空白出现了。她微笑着向我走来，像射透浓云的晨曦，我抓住她的胳膊，她的目光就暗淡了，真像一场幻觉。我的心像鼓声一样迎接她，而她却走了，什么都可以离开她不能，哪怕暂时不会出现，存在于某个地方都行。

我竟然来到这里，惠的爸爸正在俯身看一张图纸，一绺头发调皮地甩在宽阔的前额上，他把全部的热情都倾注出来了。这是一个男子动情的最高点，在人面前不会如痴如醉的。他扔掉铅笔，把那种目光投向我，我的嘴角抽动起来。惠的事他知道，我不该来这里。很早以前，他身上那种说不清的气势就征服了我，像征服女人一样。"我找你好久了，知道吗？"

"新婚之夜该有多么美妙？这种感觉在我身上即刻消失。我点一支烟，香喷喷的，身边偎着温柔的妻子。我的心艰难地离开这里，飘向天空。多么迷人的秋夜！星星轻松自如地走着它们的路。世界把人的全部形象体现在妻子身上送给我。我要从她身上体会人生的意义和世界的真谛。她是一个好妻子，她不会使人失望，但却使我失望。一定会有另一个人来帮助我，来倾听我的心声。二十多年了，像岩浆一样积淤着，不停地噬咬着地壳，寻找着喷发的良机。无奈我年老昏聩，年龄和地位根本不允许我像孩子一样抒发自己的感情；我只能在内心深处，用血来扑灭这团大火。这是一种自欺欺人的举动。夜空也是大火飞流。我在这个世界上失望了，而在另一个世界里看到了希望。我的一切全倾注在工作上，当我抚摸建筑物时，那种感觉是我妻子的身体无法代替的。"

他做了个有力的手势，嘴角不由自主地跳动几下，又刮起一场风暴："我早就知道，梦会结束的，有个人会出现在我的生活里，惊醒我，了解我。"

"我不了解你啊。"

"我了解你啊。"

他的手伸过来，又本能地缩回膝盖上。

"你们都是不幸的，可不幸得如此这般，这般不同。小惠仅仅要求生活得有声有色，而你却在寻找一个境界；你是高尚的，我丝毫没有责备你的意思。"他为什么不扮演一个小人呢？这样，我可以把牙齿磨得咯吱咯吱响，就可以挺过去呀！谁不知道小惠是个好姑娘。

"你的眼睛有一种烟雾似的哀愁，小惠把它理解为男子的内在气质。可怜的丫头什么都懂就是不懂这些，跟她妈妈一样。这个秋天，你变化太大啦，尤其是这一个星期。

"跟你一样，我也经历过。

"绘图纸上常常出现一个小女神，弄得我像个醉汉每时每刻都在陶醉，青春岁月就是这样使人惆怅不已。"

我推开他走了，那只是我的秘密。

…………

穿过漫长的大街，一直到郊外，小惠始终跟着我，但那种孤独感仍然不散。惠望着我，脸盘在纯洁的光波中晃动。

"回家吧。你真像个孩子。"

我流泪了，这几天我的确像个执拗的孩子，丢魂落魄四处乱跑。"你在农村待得太久，大学四年并没改变你，可是要生活就得有规则，一个站接一个站，就像这条路，从兰州到连云港，是固定的，你检票上车就行了。"

"可是后来有人把铁轨扳过去，火车开向了陌生的地方。"我一下说出了心中的秘密。

"疯子，都是一伙疯子！妈呀，怎么回事啊！"她双手掩面，不停颤抖，"爸爸疯了，郑医生疯了，你也疯了，怎么回事啊。"

"郑医生疯了？"

"你也疯了。"

大街在哗哗流动，白色的风在灰暗的天底下越吹越劲，我走在一幅古拙的木刻画里，温暖地跳着，像诗的节奏，像马蹄的节奏。

郑医生就住在这里，门上的绿漆脱落不少，粗疏的木纹清晰可见。

"郑医生不在家。"隔壁的女主人站在竹帘里边，手里拿着课本，是个教师。

"门开着。"

女教师推门而进，我跟着进去。屋里到处是纸片，桌上墨迹斑斑。女教师笑了笑说："这是常有的事，他是个怪人。"

屋里有一种异样的气氛，女教师的脸色变了。她缓缓地走动着，眼睛在镜片底下晶晶闪光；那目光湿漉漉地落在一张相片上。这是一张少女的肖像，背景是一种近似无光的白色。她茫然说道："他不会回来了，我知道他迟早会走的，他没有安心的地方。"

女教师蹲下捡那些纸片，纸片上龙飞凤舞涂满了字，像个精神病患者的随意写生。这所屋子充溢着她和郑医生那朦胧而奇妙的故事。她整理好书桌和床，望了我一眼，低头走出去。在黑沉沉的天空下，她的脸色愈加苍白，像只白色鸟在无声地飞旋。

我坐下来翻阅那叠纸片，全是没头没尾的内心独白。

九月一日

灰蓝的天，桥上人很少，叶兰比以往更迷人了，那个日子突如其来简直令人难以置信。我们倚着栏杆，雾从河面上扑面而来，也朦胧了一切。可我们还是看得清急匆匆的人群，人们也同样感受到了我们的幸福。行人照旧匆匆奔走，叶兰照旧望着浑浊乳状的渭河。她来了，只是一个感觉，无比强烈；那位少女望着我，又迅速看一眼腕上的小金表，匆匆离去。叶兰身上的灵光全消失了。那位少女还在远方晃动。

我总以为，青春岁月的一切都蕴含在叶兰的身上，而现在我收获的却是无尽的失望。

冬天没有雪，我们没有底墒，我们冲不破季节的封锁，我们过不好春天。

十月二十二日

傍晚来了一位病人，她很独特。

我意识到我的使命开始了,我在完成一项伟大的工作,灵感纷涌如泉。夜是白的,周围是天地巨大的眼睛,苦恼与忧愤被病人纯净的气息融化了。夜歌弥漫天空。

……………

曙光奔流,在窗前激起巨大的音响。病人被抬出来,她微笑着长久地望着我,然后合上眼睛,进入安静的世界,她太疲乏了。我倒在沙发上什么也不知道了,而记忆之河在流动……一位少女在桥上望着我,雪花飘燃起晶莹的火焰,这不是冬天!不是冰封的季节!我苏醒了,跑进郊外的庄稼地里,我匍匐着,种子青亮的脉搏在突突跳动,草木的根须像鸟儿的翅膀在泥土里飞翔。这是生命之音,生命之梦,生命之画。

我坐在渭河边,她早已离开大桥。已经无所谓了,少女的一切就是周围的一切。悠悠流水,匆匆西风,我仿佛坐在遥远的星光里,又仿佛置身于旋转的雨滴中。

十月二十三日

她不是病人,她身上可以感觉出那位少女的一切,她就在周围,我要去找她,找到她。

6

尚英病得很重,她望着我,突然陷入昏迷状态,我感受到她魂里的声音。

"你看到了什么?"

"星光闪烁,没有岸,没有帆船,我放弃一切,赤身向前游去,尽管我知道前方没有岸,我给自己幻想了一个。"

"讨厌幻想吗?别以为你过了而立之年,你很少有站起来的时候。"

"没有,我只看见夜,看见这所黑房子。"

"那你仅仅只是黑房子。""我在找郑医生,他走了,只找到他的日记,还有一张少女的照片。他给这位少女看过病。""你又在想那只天鹅,天鹅还在,可湖水干了,天鹅没有跳舞的地方,没有水就没有音乐。"我撮着嘴吹起口哨,我再也吹不出少年的神韵了。湖水干了,生命焦灼不安,没有节奏没有旋律,那都是些什么声音,我的悟性停顿了,再也听不见她的内心独白。她从痛苦中苏醒,她的目光是陌生的，她认不出我了。我抓住她的手使劲地摇晃，她皱起眉头，望着窗外说："这是秋天最后的日子。"

雨刚停，闪电的影子还留在人们的记忆里，蟋蟀的嗓门越抖越高，眼看就要破裂了。萤火虫从古墓里涌出来，清晰而轻盈。这些大地的精灵把夜色涂染得神秘而美丽。我茫然若失，她醒来之后会不会知道我曾在她身边逗留过。

我懊丧至极，踏入吵闹不休的车站。酒馆在刺目的灯光下张着嘴巴，我咽一口唾沫，蹩进去。七八个小青年划拳猜令，吵得不可开交，我苦笑着到里边的雅座去。一个很有绅士风度的青年独酌独饮，他斜瞅着我，说："来了就喝。"

他倒了一大杯红葡萄酒，做了个请的手势。我坐下，他望着我，神秘莫测。

"我这种人才来这里，你能光顾太出人意料了。"

"我特殊吗？"

"有一点儿，你去她那儿啦？"

我没吱声，他说："她更特殊，特殊得叫人受不了。"

"你不配这样说她。"

"她是个疯子，疯子！知道吗？有病的人都邪了心，见了正常人就想报复。我是她弟弟，对这一点最清楚。"

他凑过来，显出亲热的样子："想想看，她把你们牢牢抓住为了什么，鞋匠是个丑八怪，这样做还情有可原。你呢？大学教师，大家羡慕得要死，也突然疯疯癫癫起来，真叫人奇怪。"

"你再说一遍。"

酒杯紧紧箍在手里，随时都要射过去。他吃惊地喷出浓烈的酒气。他凶相毕露，越来越近，灯落在他的大脑袋后面。我的手发抖，酒杯哗啦射过去，他向后一躲，一把椅子已握在我手里，我大吼一声猛地蹿上去；我左劈右砍，要击碎周围的一切，要冲出去……我直挺挺地站着，手里只剩一根椅子腿。他曲在地板上，血从他的额头流出来，像泪水。我不知道自己干了什么。四周僵硬的人群开始骚动，有几个年轻人出来给他包伤口，并准备送他去医院。他竟站起来，走到我跟前，说：

"我很感激你，我找到了对手，我是第一次失败，你是第一次胜利。你成功了吗？你自己明白。她是高傲的，她值得你献身，你值得她费神吗？"

我吃惊地望着他远去的背影，可怕的预感猛然袭上心头。昨天读郑医生日记时，那种深切的感受消失殆尽。我觉得我更陌生了，在郑医生那里刚刚找到自己的影子，一晃即逝。我是否在走？走向哪儿？没有星光，也看不清灯光，更找不到她的窗口。

黎明的微光像白鲸，喷着高高的水柱浮上天空，鸟儿还没有醒，蟋蟀疲累了，路面上全是空虚的寂静，幽幽地抽动着我的身影。

街上渐渐出现摆摊的小贩和上班的工人，我的样子很滑稽，大家都在看我，我心慌意乱。两个姑娘站在小吃铺前凝神看我，其中一个仓促离去，另一个呆呆地站着，我不能不动心了。

"我们走吧！"

其实，这句话我会对每一个人说的，只要她这样望着我，我会捧出全部激情。

她跟着我，很快就挨得紧紧的。秋晨太凉了，泡在水里似的，我们感受到了彼此身上的温度。她突然哭起来，泪花开在草叶上，打落了细密灰亮的露珠。她不走了，像个孩子固执地站在路中央："看看我吧。"

"惠！"

天真的黑了，昏了。这些天积郁胸中的力量和渴望猝然爆发。我像一枚落叶开始任性地飘旋。人真怪，你感觉你是座山，你就有山一样沉重的负担；你感觉你是一股风，你就有飘流的自由。经过漫长的追索，我的肉体和精神像发条。上呀上呀一直到断裂的程度。

"惠！……"

我泪流满面，她更为激动，幸福像电流穿过她的身体："就住在这里，表姐学习去了。"

她离开时还激动不已，老是不相信这是真的，最后捡起一枚压折的矢车菊。

我自由自在地向坡上走去，田野的色彩和天空的鸟鸣开始出现了。方才它们并不存在，躲在一个神秘的世界里；也就是说，惠在这段时间里取代了大自然的声音和色彩。

我走到黑房子跟前，我奇怪自己以前是以什么方式进去的，进去又怎样开口的，我怀疑自己的能力，于是宣泄了刚刚鼓起的勇气，离开了这里。鞋匠远远地瞪着我，像只饥饿的狼，挺费力地打出一个饱嗝，便低头走开。他感到我在他身后，便回过头，说："去看看她吧。"

他跨前一步，按住我的肩膀使劲捏了捏，像在哄一个准备去干大事的孩子。我在黑房子附近走了好几圈，结果还是离开了那里。我知道惠在等我。我的心之所以平静安然，是因为我有惠，而鞋匠则没有。我有两种生活，现实的和幻想的，而我的爱同样有两种。

我离开了那神秘莫测的黑房子。我干涸了，没有水了，天鹅不会再跳舞，任何鸟儿都不可能再跳舞，这不是生命的季节。

冷峭的风在河滩上呼啸，稠密的毛白杨豁然疏朗，铜片似的柿叶从半塬纷纷坠落，铿然有声，苍然有色，野菊花像蜜蜂在酝酿泥土的芳香。

这是秋天最后的日子。

惠惊愕地抬起头，又重重地偎进我温暖如故的胸口："刚刚开始，你忘了。"

我心里太乱了。惠悄悄走开。

她走在长长的河堤上，前边是热闹的市区，堤岸下晚秋的田野曾是我走过的，往昔的晕光似乎在回升，在涌动。水声浩荡，长桥沉沉地覆压着浑浊的流水，像簧片过滤出远山的回声。暮色渐浓，灯火像熬红的眼睛，在窗口苦苦地思索着；小巷深处流出断断续续的吉他和弦。这里，没有旷野的口哨，没有我，和我火热的心。我守着窗台，像虔诚的老人在祈祷上苍；天空沉郁灰寂，只吹来一股料峭的冷风。闪电，没有出现。

7

树叶仿佛刚刚坠落，散着淡淡清香，像用蜡纸剪刻的水果，堆在路边。第一次来这里时，树杈上仅仅凝聚着我的目光和期望。现在，鸟儿在那里筑起漂亮的巢，在灰蓝的天空中飘浮着，像一团磨了多年的浓墨，散释出天籁古雅的韵味。

门上了锁，我拍着门板，嗡声四起，似乎在扩散我悸动的心灵。我点一支烟，喷一口，烟雾朦胧了灰白的玻璃窗。

隔壁家的小孩站在楼道里，他惊讶地望着我："阿姨抬走了。"

"抬哪儿去了？"

"那儿——"

火葬场高耸的烟囱像只大扫把，在天空扫出一片清静的园地。

"快要下雪了。"

"雪花有翅膀吗？"

"有。"

"那一定是天鹅了。"

"天鹅？你怎么知道是天鹅？"

昨晚上阿姨叫了好久，说她要飞、要飞。我问她飞什么？她说要飞一只白天鹅。她哭得好伤心。她不愿意死她要飞。我说阿姨别哭，天鹅飞来了我给你送去。阿姨真不哭了，说有个叔叔要来，知道天鹅在哪儿，我就一直等着。"

我蹲下去看他晶亮的眼睛，我也曾经有过这么一双眼睛。什么时候浑浊了？我不知道。

"你家有收音机吗？"

小孩跑回去端来一架小收音机，滋滋啦啦跳出一串女中音："咸阳宝鸡地区有微量的雪，局部地区可到中量。"

"我们去看白天鹅。"

我带小男孩到镇外的土塬上。我望着天空，用口哨吹那曲子。小孩执拗地扳我的手指，全扳成了飞动的翅膀。

雪落在荒凉的土塬上，白天鹅就是这样跳舞的。

刺 玫

端阳节刚过,塬上一片金黄,麦子的芳香熏得人心花怒放。袁立本垂头丧气离开岳丈家。他请不动媳妇,媳妇脸盘清冷,眼神孤傲,说声不想回,他就得闭上臭嘴。

媳妇家在城跟前,离他上班的县广播站不到一里地。他是舅舅介绍来的临时工。做工挣不了几个钱,可他喜欢县城。站在广播站的小楼上,能瞧见刘家塬他媳妇家的红砖屋顶和大烟囱。

老李蒸好馒头等他的菜。他三弄二弄炒两样菜,啥味儿他也不知道,大家吃得火气冲天,他有点慌。老李说:"不管他,人跟猪一样,给啥吃啥。"

他回去割麦子,三天后换老李。老李家在农村,也要割麦子。他骑车子爬高高的土塬,他家在十几里外的北塬上。麦子在田里唰唰响动,麦粒泡在大火一样的阳光里,要一把一把地捞出来,日子才有过头。

袁立本想着跟媳妇收麦子的好日子……麦子垛起来,他媳妇的脸像湿漉漉的喇叭花。他看媳妇的胸脯,在金黄色的乳房中间的胸沟里,汗粒和麦粒扑簌簌流着。阳光不烫,袁立本的目光在媳妇的胸沟里像河水。麦子垛起来,麦粒的圆突劲儿就像媳妇的两座乳房。他渴望在那里歇凉,发芽。

媳妇只帮他割过一次麦子。麦子垛起来还没有碾打,媳妇就住娘家不回来了。媳妇要是吃一口那年的新麦子,媳妇肯定会发芽,发芽的媳妇才是真媳妇。

每年夏天,阳光、麦子和土塬成了一样颜色,人们不敢正眼瞧夏天的黄土塬,黄土塬像烧化的铜,烫眼睛。那时,他妈还活着。他妈说:"土塬像牛,牛犄角顶北山的石头顶不动。石头命硬,牛得累死,牛蹄子得碎成八瓣。"妈给他指塬上的沟渠,那就是破碎的牛蹄子。妈撕她脸上的核桃皮,妈说:"种田人的脸也是牛蹄子踩烂的。"

土塬拼着牛劲顶北边的群山,那倔强劲儿气壮山河。妈说:"牛就图着眼前的绿叶子,绿叶子永远到不了牛嘴里。绿叶子绿疯了绿成黑炭也到不了牛嘴里。"沟坡上长满野玫瑰,妈说:"牛就图这个,刺玫就长在牛嘴唇上进不了嘴。"

那时他还没娶媳妇，妈常说这些话。妈给他娶了媳妇就不说这些话了。妈死后埋在牛嘴唇上，嘴唇上的刺玫黑森森。

师兄老王在家等他。他递烟，师兄待他点着，吸两口，说："收了麦子跟我走，咋样？"

袁立本舔舔嘴唇，说不出话。师兄说："一个月挣八十块有啥干头？我给你开二百块，甭犹豫啦。"

"县城还是好。"

"有啥好？给眼睛过瘾哩。媳妇那么俊样还不解馋？"

立本的老爸说："他还有媳妇？那东西是个媳妇，立本不会成这样子。"

师兄在院里转两圈，进屋里说："兄弟，我看屋里缺的还是钱。叔上了年纪，该准备后事啦。弟妹俩待学校，媳妇待娘家，够你忙的。"

老爸说："怪他妈没长眼睛，说她能干。女人在娘家勤快，过门就懒喽，要歇个够够够。"

爸斜眼看不争气的儿子，说；"老王别劝了，这东西叫媳妇把气给放了。"

说话工夫，袁立本磨好刃片安镰上。师兄拍拍他肩膀走了。

出嫁前，妈对惠妙说："你想好啊，主意得自己拿。立本弟妹多，你婆婆那身子，拖不了几天。"

花骨朵似的惠妙要嫁到十几里外的北塬去。那家不咋样啊，吃饱肚子都成问题。

惠妙说："我自己愿意。"妈急了："立本老实，手搭膝盖不挪地方。"

"我讨厌精灵鬼。"惠妙试衣服，进入新娘角色。

惠妙过门没半年，撤回娘家不走了，她小看了母亲的眼力。婆婆去世她得回去，生娃娃她得回去，除此之外她一直待在娘家。

惠妙是正月里出嫁的。恍恍惚惚到了夏天，麦子黄了，全家开进地里。新媳妇过门头一仗要打响，大家都瞅着。惠妙猫腰，攥镰，麦稞儿索索响，虫子似的撞她的胸脯。那儿被她男人抓个半熟，胀乎乎，那儿有麦粒一样的金色山谷，谷底流着浓浓的麦香。她一天割一亩半麦子，从坡上割进沟里。沟上的人说："立本娶个能豆豆，福来来的。"娘儿们话难听，娘儿们说："没过门浪三浪四，过门就得勤快些。""过油肉不腻,立本妈图个手脚利索。"男人们说:"那地方更利索,立本不用使劲就进去了。"

婆婆回骂几句,村村如此,谁也不当回事。

割到坡底割到了头。惠妙望着长长的草坡,满坡的野玫瑰,像涂了沥青的鸟儿咕咕叫。玫瑰花深埋在黑森森的叶丛里,风舀出大团大团的花香,风潮乎乎沉甸甸。风落在脸上手上化开了。刺玫叶儿扑上来,像墨宝在她眼瞳里慢慢磨,磨出浓浓的汁、泪黑乎乎的。她就这样子扎在这里,开花结果?根一旦伸进土里,只能使劲地扒。

惠妙走进刺玫丛中,玫瑰刺扎得她心惊肉跳。她像走在黑夜里,透过厚厚的玫瑰叶子,她看外边亮晃晃的麦田,金黄的麦子和黑沉沉的野刺玫一明一暗,拼成了白昼和黑夜。惠妙站在黑夜里看外边的土塬。你割完塬上所有的麦子,黑夜照样落下来,麦子年年长,你的汗有干枯的一天,你的骨头会累断。她摘刺玫叶子,嚼烂吞下去,竟没有苦味。她看仔细了,这是野玫瑰。

土塬像风尘仆仆的牛群漫向北方,塬北是桥山是鄂尔多斯高原是蒙古沙漠是大戈壁。牛群穿过如此广阔的地域,会渴死累死,牛蹄子会裂成八瓣。她看清楚了,黄土破碎才叫塬,塬连不在一起,塬是喝不上水的牛,牛瞅着刺玫叶子使劲儿。叶子飞旋,弥漫天地,叶子的黑影太可怕了。她男人的手是最早的黑影。男人摸她的手,她哆嗦,接着是胳膊是胸口,她大片大片地沦丧,最后她男人像鹰落下来,她缩成冰块化不开了。男人在她身上捣鼓,执着得像个娃娃,他在打开她的门。他神情亢奋,像浴在黎明中的公鸡。她要散开了,听着自己的碎裂声该有多么残酷。尽管这不是春天,她还是化成了水。男人像火柴,女人擦一下就能燃烧起来。

最早把她化成水的那个人叫存义,跟她一个村。存义是镇化工厂的采购员,南来北往,见多识广,镇上的姑娘都瞅着他。她们看惠妙一眼,就妒忌得喘粗气。惠妙高考不中,回家不到一年,农村人的全套功夫她一学就会,无论干啥事她都拿得起放得下。她在镇职业班学裁剪。她不像她的同学,读了浪漫小说只会幻想啊流泪啊写日记啊,浪漫之余她从小说中得到想象。大胆的想象使她更透彻地领悟出裁剪艺术的真谛。她承的活儿备受欢迎,她家的日子比别人滋润,她给自己备的嫁妆令伙伴们咂舌。她们对存义嚷嚷,存义看惠妙一眼。那一眼功力无边,拨去月边的云影,月亮活脱脱露出来。

惠妙等着存义娶她的那一天。

存义娶的不是她，是惠惠。惠惠哥哥在县银行当股长，管贷款。存义承包化工厂，没银行不成。存义走南闯北，理智得炉火纯青。存义懂女人，就买琼瑶和岑凯伦的书送她。她陪他流泪，说激动人心的话，句句像诗。她把这些诗写在信笺上，积了好多，锁进小皮箱，不让他看。他耳朵贴在箱盖上，他说里边关着鸟儿，鸟儿唱歌哩。他知道这皮箱子顶个小银行，女人付的都是高利息。

她确实小看了母亲的眼力。母亲断定她经受不住婆婆家的劳累，母亲知道没有爱的女人饭都吃不香，咋能啃土坷垃？她小看了自己的美丽所孕育的节疤。那个疤在胸沟里，是颗黑痣。存义摸一下，痣就硬了就结了痂，疼痛难忍。她的花蕾炸开之后，存义和他的白马消失在空气里。她的身边全是黄牛般的土塬，塬喘着粗气。

嫁妆一件不带，留在娘家。她来到北塬，夜就从刺玫丛里孵出来了。她在夜幕里捉星星，星星像眼睛，手指一碰就灭了。她的勤快有啥用？塬畔的麦田一片金黄，她割出好大一片，那里流不出原来的她。她不想在这里流汗。

这里唯一叫她动心的是野刺玫。刺玫叶子飞旋起来，潮润黑亮，燕子就这样飞；刺玫叶子吐着浓香，香得人打趔趄，她胸沟里的黑痣就吐这种香味儿。存义说他闻着这味儿就站不稳，脚下打趔趄。存义走后，痣就硬了结痂了。痣长翅膀，跟着主人走，她万没想到，这呆虫子会落在北塬的刺玫丛里。她爬上坡，刺玫叶子雨点似的撞她，撞那颗黑痣，硬硬的黑痂掉了，痣渗出津津的汁，痣潮润润，衬衣好像都湿了。你这鬼。她急忙抓住刺玫。枝上的刺扎破手指，血渗出来，她真的湿了。她开始打战。她眯着眼瞧手上的刺，刺和叶子粘在一起，这是她与过去唯一的联系。野玫瑰清香爽口，兑进浓浓的记忆，嚼之令人销魂。

小姑提水罐过来。

"嫂子，刺玫叶子春天好吃，现在老啦。"

"你吃过？"

"嘻嘻，都吃啊。春天刺玫发芽，芽儿手指蛋那么大，满坡都是的，嫩得像蚕，开水一冲就能吃。"

"全村子都吃啊？"

"都吃，顶好的菜呢。"

小姑给她舀水，小姑说："嫂子，咱这里偏僻，就这野刺玫留得住人。新媳妇刚来都不习惯，到春天吃一茬嫩刺玫，就没事了，就成地道的北塬人了。"

……春天到了，惠妙和小姑子摘好多嫩刺玫芽儿，惠妙吃得满嘴喷香。麦子黄了，刺玫叶儿老了，惠妙待不住，回娘家。小姑说得对，只有野刺玫芽儿留得住人，吃完了，人就得走。

袁立本对他媳妇这么好的涵养，全都因为他妈临终前的一番话。

媳妇勤快半年就懒了，里里外外的活他妈一个撑着。袁立本经舅舅介绍进县广播站做饭，去城里闯生路，弟妹正念书哩。麦子割一半，媳妇在刺玫丛里蹲半天撤回娘家。那时，袁立本是个二尿，整天嚷嚷着要揪老丈人的山羊胡子。老爸嘲笑他嘴硬尿不硬。话难听，在理。他媳妇是城跟前人，长得亮堂，一面花镜儿似的，照一下粗夯的袁立本，他只会拍后脑勺，舀不出几碗水。

懒媳妇公公最讨厌，进门就得干活。弟弟妹妹跟着讨厌。嫂嫂刚进门时做的衣服多漂亮，嫂嫂一懒，好风光没了。男人袁立本跟媳妇只快活几天，就不让近身了，只能看只能闻。

一家人气愤，他妈不气。他妈累倒了，熬过冬天没熬过春天。那天晚上，他妈从炕上爬起来，打发走别人留下大儿袁立本。

"嫌妈找的媳妇不好？"

"中看不中用，一张画儿似的。"

"你媳妇是福相，闲话少听。"

儿子憋半天，说："她心里有人，以前跟人好过。"

他妈恍恍惚惚，认不出儿子。

"女人都一样。一朵花似的大闺女总有人攀，又不是石头蛋蛋。过了门，哭一场，日子照样过。"

袁立本发冷。他妈说："妈就是这么过来的，你吃不了亏，娃娃。"

袁立本对母亲早年的事有所耳闻。他妈出嫁前心里有个哥哥，几乎成为他爸爸。后来嫁到北塬，爸就是北塬人。他妈在北塬安安分分过了一辈子。现在想这种事，简直不可思议。人他娘的太偶然啦，谁都能制造你，造你的那个人连母亲事前也不清楚。

婆媳天生是冤家，他们家例外，这两个女人很投缘。袁立本把他妈的死讯带到岳丈家，媳妇惠妙愣好半天，细密的睫毛里爬出一堆银亮的泪疙瘩，泪光飞蛾似的，轻柔舒慢。凄婉中的媳妇竟如此赢人。这一瞬间，袁立本仿佛领悟禅机，他媳妇的美妙绝伦他不配品尝。他如此丑陋，一个大活宝一个二尿。

媳妇收拾停当，扫他一眼："难受成这样子？"好像他不会难受。袁立本用自行车驮着媳妇，他显然弄清了媳妇的嘲讽。他从没有难受过。念书念到初中念不动，回来种地，地没弄头。跟村里的狐朋狗友东逛逛西窜窜，甩甩老K，偶尔溜进赌场开开眼，跟着学两下，不敢大弄，没本钱，怕老爸。老爸的撒手锏是：给你娃不娶媳妇，你娃就得猴着。娶媳妇的前一天黄昏，一同办喜事的几个伙伴在村街碰上了，都穿戴一新，人模狗样儿的，一个瞅一个。有人说："尿，再野一回去，明天就野不成咧。""对对，最后一天当娃娃，耍耍二尿。""狗日的老爸，把辕绳给你娃套上咧，你娃野骡子野马跑不脱咧。"他们吵吵嚷嚷咋咋呼呼涌上公路，拦住一辆手扶车爬上去。手扶车嘣嘣嘣嘣放黑屁，他们唱起来唱得悲痛欲绝：

天下二尿多，不是我一个。帽子歪歪戴，媳妇来得快。小伙子狗熊哩咯，吭哧吭哧揭不开。

二尿们寻衅闹事，被派出所扣起来，打电话叫村长来领人。村长挨个儿扇耳光："还没上火线就吓成这熊样子，腰上没劲叔给你们帮忙。"……母亲去世，就像剜他一锥子剜出了血。他是货真价实的二尿，竟然驮回花骨朵似的俊媳妇，把灰蒙蒙的北塬照亮了。自行车晃晃悠悠爬塬上长长的陡坡，媳妇稳稳地坐在车后，媳妇不搂他的腰，他娃浪漫不成。他自言自语，不知嘀咕些啥。

媳妇问："想你妈啦？"

"嗯。"

"你妈是好人。"

"我家没好人。"

媳妇不理他。他说："老在娘家别回来么。"

"你死了我保证不回来。可惜死的是你妈。"

说不赢媳妇干脆给自己说。袁立本自言自语："广播站的人斯斯文文，我去对了，我妈有眼力，把我看透了。"

"狗屁炊事员牛尿啥哩？挣几十块烂票子还是临时的。"

"为挣票子才不干这营生哩，我妈不想让我当一辈子二尿。"

"还有点自知之明。"

媳妇明白了婆婆的用心所在。二杆子男人满脸悲戚。她头一回发现这臭男人还能陷入沉思。

臭男人陷得深沉。媳妇进门，儿子便是顶梁柱。老爸乐得自在，尿事不管，赶集搬砖逛庙会，没钱花抓住儿子骂娘唾儿子满脸臭唾沫。媳妇长住娘家，弟妹加上老无赖爸爸，一家几口等着袁立本发落。一天傍晚，上高中的妹妹领着上初中的弟弟走进新房。妹妹说："哥，我不念书啦，弟弟也不想念啦。"小兄弟赶忙应一声。老大袁立本从炕上滚下来："好好念好好念。"妹妹说："咱家这样子能念吗？我回来还能帮家里干活。""家里有哥在，不要你操心。"袁立本长出一口气。他面对的现实如此严峻，真不知母亲过去是咋弄的。他瞪着窗外，月亮圆溜溜跟他眼睛一样大。

自从有了娃娃，他再没上过媳妇身。到星期六，他早早下班，带一篮子熟肉和工资去岳丈家看媳妇。岳丈是个嘿嘿笑，对谁都是这两声，人缘极好。岳母当家，很满意篮子里的熟肉。岳丈家是个独家大院，三代单传，庭院很深，有用不完的空闲房子。惠妙带娃娃住她出嫁前的老房子。儿子圆实干净，像只大白兔，躲着他："爸爸臭，爸爸脏脏。"

媳妇望他一眼，算是问候。他摸出一个月工资递上去，媳妇没抬头，织毛衣，像个城里娘儿们，有织不完的毛衣，他袁立本没穿过。他把工资放桌上，媳妇留一半，给他一半，他惴惴不安："都拿上么。""你就这么贱。"袁立本嘿嘿笑，儿子大叫："爸爸像外公，就会嘿嘿。"媳妇扇一巴掌，儿子逃出去。袁立本说："你不在家吃饭呀。""才算说了句人话。"媳妇起身泡杯茶，搁炕沿上："喝水。"袁立本顾不得烫，端起来喝一口，噗噗吹一气。媳妇说："我娘养得起我，这几十块钱给娃娃用。"窗外的山杏花吐着清香，他想起春天，坡上的刺玫冒出新芽，大姑娘小媳妇飞蛾似的落满坡。他媳妇避开大家，在土旮旯里扳刺玫芽芽生吃，吃得喳喳响吃得满嘴喷香，香味飘出好远。他们的房子里一直有这种芳香，原来发自媳妇身上。媳妇离他很近，媳妇芳香如故，他的神情煞是骇人。媳妇说："你想吃了我。"他果然想吞媳妇一口，那嫩嫩的后颈窝仿佛亮晃晃的清水，那年夏天麦子垛起来，阳光从麦垛上泻下来流进媳妇金黄的乳沟里。那颗黑痣熠熠闪光，那里粘着潮湿的麦粒，麦粒浅浅的金色乳沟里，终归会流出泥土永恒的醇香，黑痣像钻石在泥土里在麦粒里熠熠闪光。媳妇在麦垛前只站过一次，阳光就把她烫在麦穗上了，烫在金黄色的波浪上边。媳妇说："你师兄请你掌勺为啥不去？""待县城好。""那儿也是县城么。""那儿离家远，看不上娃娃。""娃娃是养大的不是看大的，娃娃不用你管。老王给你每月开二百块，你应该实际一点。"他跟媳妇从未谈过这么多话，他直勾勾盯媳妇，媳妇往后挪挪："你是装糊涂还是惹我生气？""不是不是，这里离娃娃近。"媳妇停好久，说："没想到你这么浪漫。""太实际也没尿意思。"媳妇心里说："这人真没法子。"

袁立本铁了心待县城里。每月工资给媳妇一半，让老爸糟蹋十几块，剩余的钱得攒起来，夏收秋种过春节弟妹上学，用钱的地方太多了。世界到处是窟窿，你得像耗子那样乱窜才行。母亲去世，媳妇只管自己和娃娃，全家人的穿衣成了头疼事儿。媳妇是裁剪能手，他在柜子里翻到一本媳妇的裁剪书，琢磨了好几十个夜晚，扯布来拿老爸试手。老爸只要有新衣穿，不在乎得体与否。弟妹就不同了，没娘的娃娃不能亏了他们。在自己身上试手也不能马虎，穿不得体的衣服咋去见媳妇？做出来给老李看，把老李给震翻了，老李成了下一个试验品。老李娃娃一大帮，乐得他帮忙。这回他给弟妹各扯一节布，裁好送缝纫店。女店主问："自己裁的？"

"自己裁。"

"手挺能的。"

"嘿嘿，不能没法子么。"

弟弟妹妹穿上新衣服，很时髦。"你嫂子做的，合身不？""嫂子好久没给我俩做衣服了。"妹妹嘟囔着还是笑了，新衣服对女娃娃的诱惑简直威力无边。妹妹说："嫂子好手艺。"有了好手艺，人人都求她帮忙，他志不在钱上。妹妹几乎识破他的西洋镜："明明是你做的么，这么偏心。""你嫂嫂揽活儿，哥打下手。一回生二回熟，你嫂嫂教的么。"

这理由很像回事。他想起死去的母亲，他总算没辜负母亲的一片苦心。

麦子垛起来等着碾打。弟弟妹妹累得颠三倒四，趴在凉席上呼呼大睡。老爸下厨做饭，算是帮他。老爸奚落他："丑婆娘能干活，你妈不听。媳妇肯干你娃轻松一半，不高兴还能拿她出气。"袁立本捧着瓷盆呼噜噜灌绿豆汤。老爸说："你把她哄回来捶一顿，媳妇是打出来的。现在的小伙子都不行，底气不足，见了媳妇小腿打抖。我们那一辈儿，嘿嘿，你妈多能干，活儿都是她的。""我妈是累死的，你有脸说这话。你会干啥？家里地里你哪样撑得起？""这是你爸的好福气，有本事训你婆娘去，呸呸！"老爸喷他满脸臭唾沫，他气得脸发白牙打战。弟弟妹妹躲到墙角悄悄吃饭，他和老爸大眼瞪小眼。老爸说："卖狗子想干啥？想打你爸？动你爸一下，你爸有敌敌畏喝哩，公安局不抓你村里人也骂臭你。"

袁立本脸上的汗豆子跌得山响，一甩八瓣，火星四溅，好热的天啦。热浪从太阳圆圆的门洞里喷涌而出，大地黏糊糊被煮烂了，知了声嘶力竭，像吹炸的铜号，阳光软溜溜落下来，塬顶嗞儿嗞儿冒起白烟。碾打麦子的电费没处着落哩，老爸吼啥他听不见。虱多不痒账多不愁，灾难是穷人的三餐六饭。他妈咋就看中他是做饭的来，锅碗瓢勺确实修炼人呐，是金刚也得化成水。

摸黑来到母亲的墓地，袁立本点一根烟。他相信母亲的话，他媳妇是个勤快人，在娘家时心灵手巧，刘家塬的人碰上他都这么说。媳妇进袁家的门没带来那份机灵劲儿，怪谁呢？只能怪他自己，就在他耍二尿耍二百五的时候，母亲适时而退，退进土窝窝，把偌大的家口撇给他。面对茫茫荒塬，他终于想到要做点活，老天爷不会叫你白来一趟人间。现在，男人女人的活他都会。

从媳妇的冷脸子里他竟然学来了日夜企盼的绝活，他的剪裁手艺跟媳妇的差不多。他笨惯了，都说是媳妇教他的，他不置可否。他不相信自己能赶上媳妇，大伙把他的手艺跟媳妇连在一起，他就感到发喘。幸福得慢慢来，他等着直接把他跟媳妇连在一起的日子。

媳妇长住娘家，显然不想与他有什么瓜葛。在县城的几年里，袁立本知道了一些媳妇出嫁前的情况。媳妇跟人好过，那是个富裕人家，主人干体面的工作，家里有漂亮的小楼，有城里人羡慕的一切，那是座宫殿，是他袁立本梦中的世界。像他媳妇这样的人应该生活在那里，而不是他这样的家庭。母亲敢娶配给他，是让他有出息。母亲大概也不会把惠妙真正当作袁家的媳妇，而仅仅是袁家的福音。母亲相信，靠这种福音，她的娃娃会出落成有用的人，洗刷二杆子丈夫的耻辱。随着而立之年的到来，袁立本甚至产生这种想法：母亲当姑娘时的那个意中人会复活。袁立本无意让那个陌生人做母亲的丈夫，再做他的父亲。母亲的心愿肯定是这样子。母亲按照这样的愿望来祝福他指点他，母亲指给他成长的道路显然是不曾谋面的陌生男人。至此，袁立本从酣睡的壳里脱落出来，他从夜空里似乎能听见隐隐的私语，而且看得见星光的蓝圈中弯弯的人形飘在天地间。你看吧想吧，夜静得不敢出气儿，他几乎感觉不到自己有气儿。瞌睡虫子似的离开他，不知去向。他经常是困一会儿就醒来，从屋檐下伸展自己的目光，伸得老远老远。

他想母亲在世时的情景：那时他半夜三更看电影回来，厨房里亮着灯，母亲还在做活儿。那时他正二尿着哩，他压根不知道母亲啥时睡啥时起，穷苦人不贪炕，这道理随母亲的去世总算灌入他的心灵。他相信了媳妇来他家的使命。他对妹妹说："不要听闲话，你嫂嫂是好人。这样才会有出息，知道不？"妹妹点点头。妹妹本来就不怀疑嫂嫂的出众，嫂嫂刚过门时露的那几手她记忆犹新。

"也不要恨爸，爸上了年纪，上年纪的人都这样。爸过去很自尊。"

"真格？"弟弟不相信。袁立本说："你和姐姐小么。哥还记得，那时爸干干净净，利利索索，说话得体，在村子里很有威望。"袁立本一字一顿描绘母亲愿望中的父亲形象，"地里活很累，爸累坏了，就成这样子。"弟弟说："哥哥你也累，以后也成这样子吗？""不会不会。"袁立本忙把馅儿捏圆溜，"哥读过书，哥在大单位工作，不会这样子的，再说有你嫂嫂。"

自从待在娘家，惠妙不再显露裁剪手艺，扎花之类的女红也懒得过问，娃娃的小衣服都是从商店里买的。她压根不认袁立本，娃娃果然不像袁立本。娃娃的上上下下像妈妈，连脾气也像，自尊敏感整洁。她整天看电视给娃娃讲故事，娃娃睡觉或跟外公外婆玩，她就翻存义送她的那些书。她读着琼瑶和岑凯伦，她在那个世界里流泪叹息埋怨命运的不公。但她永远不会埋怨存义，存义的举动虽然伤害了她，但那却是地道的男人作派。男人要出人头地有所作为，就得忍痛割爱暂受委屈，这正是男人的魅力所在。惠惠不属于她这一档次，惠惠是她的同学是她的崇拜者。存义对惠惠绝没有爱，仅仅是一种理智的选择。她要在娘家待下去，待多久不知道，但她却知道存义家的小洋楼耸在村子的中央，像座教堂。她每天都在祈祷。惠惠有啥呢？就因为有个本领高强的哥哥。她惠妙灵巧的手迷人的风采让人黯然失色，她的勤快她的聪颖属于徒劳。正像人们说的：有福之人不用忙，没福之人忙断肠。她终于在存义和惠惠身上找到相同的地方：大众化的小技巧他俩都不会。存义是不屑一顾，惠惠是学不会，吉人自有天相。比如两人都不会骑自行车，惠惠骑车摔一跤见车子就打哆嗦，存义看不起骑单车风来风去的人："有本事坐小卧车。"他果然当了厂长出进有车。

惠妙帮娘做饭，手艺大不如从前。娘数落她，她反而觉得自己有长进，娘说她是懒婆娘时她心花怒放。这不是迈向幸福的第一步吗？娘仿佛认错了女儿："城里女人也不像你这样啊，懒人抬不起头。"母亲干练精明，风风雨雨几十年，靠的就是治家的本领、下田的功夫。

女婿家是那种情况，女儿的悠闲简直是造孽，娘暗示着。女儿生气了："赶我走好了，我又不白吃你的。"女婿每星期六不空手来，每月都有工资留这。母亲不再吭声。女儿说："你们死了这份心，要我给袁家下死力没门。"母亲轻声说："你是袁家的人了。"女儿冷笑："生是袁家人，死是袁家鬼，我可没你那么封建。"女儿倒炕上，想睡合不上眼。母亲抱着外孙。外孙的小脑袋里没有爸爸没有爷爷没有姑姑，只有妈妈。母亲望着窗外自言自语：

"隔壁的翠翠出嫁时啥都不会，她娘愁得睡不着觉。女婿是老大，分家只分一间房。小两口起早贪黑卖米糕，盖起一院新屋，人劳累得像木炭一样黑瘦。她娘劝说：'啥都有啦松口气吧。'翠翠说：'老财主还知道攒窝哩，庄稼人么，骨头软了就硬不起来了。'她娘说：'惠妙嫁个好男人，嫩豆腐似的，我娃命苦，累成了黑炭。'奚落人连脸面都不避。"

母亲看女儿一眼等女儿反应，女儿说："翠翠咋说我来？"

"翠翠说：'我男人是个窝囊废，离我就活不成咧。哪像惠妙的男人，里里外外一把手。'"

女儿半闭着眼睛，女儿的心思就这么深吗？母亲凑过去大声说："你没听见？"

"听见又咋了？"

"有你不多没你不少，总有一天你连待的地方都没有。"

女儿不吭声，女儿想她的心思。母亲压低嗓门说："你一身的本事都飞了，都落你男人身上了。男人不会窝囊一辈子，男人有本事就能粘女人。"

女儿说："他粘吧，他能粘住女人我就解脱了。"

母女俩没话可说。过了好久，女儿说："今天星期六。"话音刚落，院子里响起自行车声，上高中的儿子和女婿说着话进来。儿子说："多亏姐夫的好手艺，车子快骑上我了。"袁立本站在院里嘿嘿笑，两手油污污的。儿子打来热水招呼姐夫。

母亲说："连车子都摆弄不了还想考大学。"

惠妙说："不会修车子才能上大学呢。"弟弟反驳姐姐："美国资本家的娃娃还刷碟洗碗哩，都啥时代了，这么保守。"惠妙说："你存义哥为啥能当企业家，预备大学生给咱说说。"

高中生说："痞子二流子当企业家的时代过去了，步鑫生倒台你知道吧。现代型的企业家不是他们，他们搞原始积累可以，开创新局面要靠大学生和转业军人。"

她再也不能小看弟弟了，当年存义抨击老村长时就这么狂妄这么尖刻。高兴之余，她感到弟弟兵锋所指是她昔日的恋人，心里便不是滋味。

丈母娘总觉得欠了女婿什么，殷勤备至。袁立本取出两副中药交给丈母娘。丈母娘对女儿说："立本开的单子比医院大夫的都灵，你爸吃两副腰不疼了。"女儿看一眼自己的男人："你啥都学，是不是跑江湖啦？"袁立本说："咋能跑江湖呢，咱是本分人。过日子么，都得会一点，吃五谷杂粮就要得病。""你还真修炼出来了。""娃娃都有了，再当二杆子还算人吗？"

夫妻俩接上火，母亲和弟弟赶忙走开。

惠妙说："你看我像不像人？""别捉弄我啦，有你一根手指头我都知足了。""不骗你，我笨了懒了成了惹人厌的懒婆娘。"男人瞪圆眼睛。惠妙说："我啥都不会干，你娶我亏了。""不亏不亏，哪能靠女人撑家哩，要男人做啥？""你这张乖嘴嘴，你以前笨嘴笨舌的。""现在还笨哩，不会说话。"惠妙说："我只给你家养一个娃娃，没做过啥。""儿子娃娃哩咯，能养儿子的媳妇不多。"惠妙心想他这么看我。新媳妇三天勤，生个娃儿就是功臣，就算尽了天职就不用再干这干那累死累活了。他当真不指望我了。惠妙说："我没陪过你，你不难受？""看看你就心足了。这是咱俩第三回拉家常，跟你唠叨我就高兴。"惠妙不吭声。袁立本说："你过门三天就把全村人给震了，都知道我袁立本不是简单人，不把我当二尿了。""那是你自个儿弄来的，不关我的事。""我是木头，都说我沾了媳妇的灵气。""我可没教过你。""我说过么，看看你就成了。一星期看一回，石头都化成玉了。""又卖乖嘴嘴。""实话哩咯，医书上讲，七窍八体通着哩。你画儿似的，看多了手就灵巧了。"惠妙睁大眼睛，她似乎该正眼瞧这个男人了。袁立本说："我妈说你是贵人，敬着不吃亏。"惠妙抬头看男人，男人面无邪思，透出隐隐的灵光，这木头果真有了灵性。男人袁立本说："弟弟妹妹都敬重你，妹妹有希望考上大学，弟弟一直是班上前几名。""他们自己有出息，与我有啥关系？""袁家崖几十年娶的都是五疾六兽没样框的丑媳妇，有眉有眼的你是第一个，我们那烟雾畔亏了你。"存义没娶她，她只想着到兔子不拉屎的地方去惩治自己。世上没有福便是祸，既然心上人不再属于自己，她就该跳祸坑。她压根儿没想到能落成这样子：既没惩罚了自己也没让别人倒霉。她脑袋里吱喽吱喽冒白烟，汗水哗哗涌上鼻梁。袁立本没见过媳妇这种神态，慌乱之中想起带给媳妇的东西。

"尝尝我泡的菜。"袁立本从包里取出小菜坛。

媳妇说："装塑料袋就行了，费这么大事。"

"装袋里不经放，坛里保鲜，啥时候都能吃。"

"没见人泡啊，都是开水煮过凉拌着吃。"

"这是陕南人泡香椿的法子，刺玫也能泡。"

他媳妇揭开坛子倒扣的黑碗，浓浓的脆香飘出来像湿漉漉的鸟挤满屋子。他媳妇"啊"一声，竹筷夹出一根刺玫芽芽，像透明的嫩玻璃。他媳妇侧着脸咬一口，咬声清爽，屋里又多了一丝芳香，绵绵的像陈年花雕的余味，拉得好长。他媳妇红红的嘴唇嚅动半天，张不开，刺玫芽儿碧绿清香，像惊蛰的冬虫突然灌注了灵性。他媳妇潮润润的，多了一份娇嗔："就知道给人吃野菜，你这猪。"

男人袁立本不会听嗔话，也没见过媳妇这阵势，正经如故。

"过去皇上娘娘也吃这哩。刺玫入药，根深一丈，吸尽地阴又开春阳，是上好的滋补品。"

媳妇说："你不吃一点？"

"干我这活儿，味儿都闻够了。"

"那我不客气了。"

媳妇只吃两口，筷尖上的刺玫芽儿像娃娃的手指头，她身上马上痒痒起来真的像儿子的手在抓挠。父子血脉相通，她忍不住看男人一眼，细牙紧咬，咬出异样的味道，这是男人的手啊！硬梆梆带芒似的伸进她的嘴里，她的全部都被粘住了，她看见沉落在心底的泪水，她看见北塬黑森森的野玫瑰，那黑影魔鬼似的从坛子里钻出来。有这等法力的除非存义，绝不会是这个榆木疙瘩。她毕竟是个心细的女人，榆木疙瘩开窍了咋办呢？她着魔似的捧起坛子，里边晶光透亮，那奇异的芳香蜜蜂似的叮满她的身子，蜜蜂的刺扎进去。她从粗糙的坛壁上摸到了男人的手、男人的脚、男人的背、男人的胸、男人的脖颈，她双手把住坛口，刺玫芽里冒出男人的精血，冉冉升起，仿佛海面行走的太阳向她迈进！大片的空白之后，她羞怯难忍，抬头看男人。男人站在她跟前，轻声问："你病啦？"原来她手里紧攥着男人的大拇指，指尖向后撇，像强悍的匕首。令人销魂的片刻纯属幻觉，她不想让美丽的幻觉消失，她真有点喜欢这个男人了。

初婚他们曾同房一次，仅仅一次。以后数年，年代久远；袁立本悟性初开，一时想不到那种狂喜的事情。他刚度过漫长的冬天，还不习惯飞驰而来的太阳，更不要说去把握时机投入生命了。袁立本轻声说："你就像菩萨就像菩萨。"

"是你病了，木头。"

媳妇嗔怒，瞥他一眼，端起凉茶狠灌。

吃饭时，全家对女婿的手艺赞不绝口。女儿的大方劲儿没了踪影，涩得像生柿子，母亲感到奇怪。儿子和老子筷子不断线，把女婿带来的泡菜吃去大半。母亲说："惠妙吃啊，立本带给你的。"女儿吃一口哆嗦一下。岳母说："惠妙明天就回去，立本好静下心做男人的事情。"女儿说："你别赶我，他就这么没出息，挣钱还要把老婆拴裤腰带上。"袁立本说："我能挣来钱，我刚接下苏州服装店的活儿。"弟弟说："姐夫好手艺呀！那老板娘眼高得很，职业中学的裁剪老师她都看不上。"姐姐说："她傲成这样子？"弟弟说："听说是打苏州来的，都叫她金剪刀，那么好的手艺偏看上咱这小地方。"袁立本说："县城还小啊，通火车哩，上西安下宝鸡。"

大家都笑。

袁立本跟着笑。

臭男人是根木头，不开窍，对她的眼神儿无动于衷。臭男人走了，她喝好几杯凉水，大火在身上蔓延，她焦躁难忍。她趁儿子缠外公的工夫，从厨房抱出小菜坛，扒几根刺玫芽芽咽下肚，像吞了鸦片，越吃越上瘾。淤在心头的烦闷全在坛子里了。她是个矜持的女人，她从未慌乱过，一旦慌乱袭来，她无从防备，束手就擒，她感觉出一种危险。一整天嚷嚷着要回家，收拾这收拾那。女儿真要离开，母亲却不忍心，劝她再留几天。刚收麦子，夏秋空闲有时间。女儿不听。包塞得好圆，还不停地找东西，最后她打开立柜，连母亲也吃了一惊："那是你姑娘时备下的嫁妆，你不是一直留着么！"她喃喃自语："衣服有灵性，我不走它们也不走。""娃娃都有了，带嫁妆，别人还以为你做了亏心事。""我做亏心事？我真做了又咋样？""哪有给自己惹是非的？"

天黑时还没找完，母亲欣慰的是女儿又多留了一天。第二天天亮，女儿又开始忙碌，恨不能掘地三尺。母亲笑她："我娃，你把财宝埋下啦，是不是？""我也弄不清把啥东西留下啦，越急越想不起来。""先回去待几天，换个地方就灵醒了，再回来找也不迟。"

女儿躺一会儿又起来："妈吔，要出事啦。"

"晴天大白日会出啥事？立本又没出远门。"

"你帮我想想，会有啥害怕的事情。"

"你疑神疑鬼的，我想不起来？"

"我也弄不清我丢了啥，我找不到哇，我找不到哇。"女儿摇头大哭，泪珠甩出老远，哭得歪儿歪儿的，哭睡着了，鼻子还一抽一抽，母亲心疼得不行："还像个娃娃，娇气宝宝。"

进来一个男人，声音轻轻的："姨在家。"

母亲几乎认不出来："是存义，你还有记性啊，不是把我们家忘了吗？"

"惠妙找我哩。"

"找你？几年前就找你，你是贵人，她就不敢缠你了。"

任凭老太太百般挖苦，大男人不加理会，母亲稍加平静。这男人毕竟是一方的显要，母亲沏茶端来。存义礼节性地呷一口，说："惠妙睡啊，我等一会。我不知是咋啦，这些天着了鬼，老待不安宁。"

存义精瘦干爽，像细钢筋折出的空架子。老太太说："跟生铁铸的一样，那么多钱不吃做啥呀？都花媳妇身上啦。"存义魂不守舍，往里屋瞅。套间的门半掩着，亮出惠妙的翘翘脚，像蹿出河面的鱼脊背，清凌凌的。存义长出口气说："还是老屋子住着舒服，洋玩意徒有虚名。"

"你家里盖得跟庙堂一样，神仙都眼热哩，瞧得上我们这土窝窝。"

"图时髦就图不了舒服，还是你们老房子舒服。"

存义有一句没一句，老太太没有离开的意思。这些天他成了夜游神，四处游荡。他不敢找医生，他知道这不干医院的事。坐在昔日恋人的屋子里才明白：早来这里就好了，就不用受那么多的罪。他摸出烟点着，他来这里应该有所作为。当年他下决心娶信贷股长的妹妹时就下决心要干大事：他承包乡化工厂，进而揽过服装厂，成为全省乡镇企业界的一颗新星。功成之后，他发现他错了，老婆是块黑面包，艰难时刻充饥还凑合，要说享受，跟惠妙比，简直有天壤之别。大姑娘小媳妇他沾过不少，吃中药似的一副副喝下去，又尿出来，心里空空如也。现在，他鬼使神差，来到这里。他总算松一口气。他抽着烟尽量不显出慌乱，平静才能使人信赖你，何况他面对的是个精明的老太太。

惠妙抱儿子从里屋出来。儿子突然闹起来，撕妈妈的头发，妈妈不敢用劲，哎哟几声塞给外婆："妈，你带他出去，他想撒野。"娃娃到外婆手里安静下来，鼓着眼睛瞪这个陌生男人，仿佛他要干坏事。走出院子，娃娃问："那人是谁？""村里的叔叔。""他要吃我妈。""你妈不是西瓜，吃了又不能解渴。""我妈就是西瓜，脸红得像西瓜瓤。"

存义说："你儿子真厉害。"惠妙说："我儿子火眼金睛，你想吃我，得是？""说那么残酷干啥？来坐坐不行吗？"惠妙不吭声。她头发有点乱，脸盘红得像刚破开的西瓜瓤。她想回家的事，现在想不成了。她长住娘家就是为眼前这个活宝。宝贝总归是宝贝，在她失去耐心行将离开的时刻，宝贝意外地出现了。她倒一杯水，放存义跟前："你瘦成这样子？"

"你就想想，我过的啥日子？"

"活该！你自找的，是屎你得吞了，是尿你得喝了。"

"我可不是来听刻薄话的。惠惠不像你想的那么坏，她是个好媳妇。烦恼像虱子，自己身上生的，别人替不了你。"

"我比别人更遥远，你会后悔的。"

"这些天我颠三倒四，你肯定也舒服不了。"

惠妙的脸蛋一下白了。存义上来扶住她颠狂的身体，白裙子砰一声像春天的花蕾炸开了，他像只工蜂扑在花蕊上，惠妙整个儿像破开的红瓤西瓜……惠妙用热毛巾擦半天，擦不掉脸上的火焰和眼睛里的光亮。她说："我要回家的，你咋能这样？"

"怕你男人发现？庸人自扰。"

惠妙突然对袁立本产生一种报复后的快感。这一回本来是他的，木头人开窍也开不到地方。

存义站在她身后，他很奇怪她身上的香味。

"这是玫瑰香不是香水。"

"你沾女人太多鼻子熏坏啦，这是天然野玫瑰。"

"法国的？意大利的？你男人真有本事啊。"

惠妙看见北塬，看见那里的麦田和野刺玫。她在那里只割过一次麦子，可她吃了不少那里的野玫瑰。她说："那是塬上的一种草药，啥样的病都能治。"她叹息一声："那药要一直吃下去，天长日久，病就会好。"

存义抱紧她，说："怪不得你这么瓷实这么香，简直像没过门的姑娘。"

她说："春天只摘一次，过了春天就老了。它的根一丈多深，攒一冬天的劲儿，憋出来的芽芽嫩嫩胖胖的，个个像娃娃的手指头。"

存义捏她的手指头，咂着像咂一瓶小香槟。他说："你原本儿没动，还是香喷喷的大闺女。"

她说:"生吃能保住原味儿,能驱散体内的寒气……"

存义打断她的话:"宝贝儿,你待娘家就整天背医书啊。"

她说:"熟了也就生厌了。我们最好的时候你离开我,我们生分了你却来了。"

"又开始背台词,你的戏真多。"

她说:"别小看我儿子,他可真有眼力,他说你要吃我,你一家伙就把我吃了。"惠妙伸手摸存义的脖子,这回她是主动搂上去的。她说:"女人就像房子,谁来得早谁就能打开。"

袁立本当初只是随便找一家缝纫店做自己剪裁的衣服。本地人大都认识,他怕显丑,专找新开的缝纫店。东街口有家新开的"苏州时装店",女老板三十来岁,不是本地人。女老板接下活,翻开一看是剪裁好的,不好开价。袁立本说:"随便收下,二件衣服么。"媳妇漂亮,他就信任这个漂亮女人:"自己裁的,怕人笑话才找你这个偏店。"女老板感了兴趣,再抖开衣料看,连声称赞。心想:这人看上去粗笨,手倒灵巧,便朝袁立本手上瞅,那五根手指头像绷出地面的树爪。袁立本怕烫似的一缩手,走了。

两天后,袁立本来取衣服,女老板说:"你手艺不错,稍加发挥就能赚钱。"袁立本说:"那算啥手艺,惹人笑话哩。""那么自卑干嘛呢?我有一批活儿忙不过来,你愿意干工钱好商量。"商量好工钱,女老板带他取布料。店里只有一辆女式自行车,袁立本干脆把两匹布搁肩上扛走。

来钱的路子不容易,袁立本夜夜加班。老李羡慕得要死:"狗日的发市啦。苏州娘儿们眼高得没边边,多少人吃了闭门羹。"袁立本嘿嘿笑:"怕是瞎猫逮住了死老鼠。"

二匹布剪好送去,女老板很满意,又给他一批活。袁立本问:"谁家这么多活?"女老板说:"化工厂搞福利,每人一件。"袁立本说:"这是大买主啊。""就是,厂里头儿验货哩。"

里屋走出几个男人。前边那瘦高个袁立本认得,是县城的名人存义。存义认出这是惠妙的男人,存义说:"你手艺不错么,你媳妇教的?"袁立本"嗯"一声。存义说:"你媳妇那双手巧夺天工啊,她要开店才能给咱岐山人争光。"存义望一眼女老板:"钱都叫你们蛮子挣去了。"说罢,头儿们钻进"巡洋舰"扑哧一声走了。

小车碾出小巷，巷子深如水井，一片清朗。袁立本说："他太有本事了。有本事的人啥都不缺。"女老板说："那是你的幻觉。你媳妇很能，得是？""我媳妇，我媳妇是个贵人。"苏州女把铁疙瘩似的关中方言说得温润委婉，仿佛镶了玉，听来入耳。袁立本说："南方那么富，到北方来有啥混头？""这地方清静。"袁立本心想：这是挣过大钱享过大福的人。苏州女泡一杯茶递给袁立本："这是我们家乡茶，我自己做的。"白瓷杯上开着粉粉的茉莉花，袁立本捧着，手指滑润不敢用劲。苏州女自己端起一杯，杯盖晃开道口子，溢出浓浓的茉莉花香，香味似乎飘自瓷花的花蕊。苏州女呷一口说："这样喝。"袁立本照样子碰一下嘴唇，急出一头汗："南方人太雅了。"苏州女笑笑，把装茶的雕花竹筒抱进里屋。侧房里的缝纫机嗒嗒嗒像机关枪扫射，有不少帮工正在干活。袁立本看到的是吐露长发的女娃娃的后脑勺，像玉米棒鲜嫩的缨子。他原以为广播站那些文化人是最高雅的，想不到这个打工挣钱的地方竟然更为雅致。

给这样的主家做活儿真叫人高兴。袁立本笃实有加，把做好的活儿早早送来，一件件让苏州女过目。苏州女是个仔细人，查货很严，看他的活儿瞥一眼就叫人搬走。苏州女进屋抱出竹筒，泡二杯茶。桌上有几杯残茶，是铁盒里的茶叶。袁立本说："你是看人泡茶么。"苏州女说："都跟你一样笃实就好了，对虚人干吗那么实在呢？"茶喝一半，外间机声停下来，下班了。袁立本起身想走，苏州女说："天黑还早，有急事？""没啥事！"袁立本坐下。苏州女给空杯满上开水，打开录音机，说："都是我喜欢的歌。"一个小女孩在里边唱，唱得很天真。袁立本说："跟嫩笋子一样，是个娃娃歌星？"

苏州女说："那时我很小，爱唱歌，人人爱听，后来就唱不成了。"

袁立本这才知道，是苏州女的歌声。苏州女说："不唱了也就完了。"袁立本说："做生意也行么，多少人羡慕你。""别人羡慕你，你自己不羡慕，也没有值得羡慕的地方。""这盘磁带美得很。""啊，就这一点点，转不了几圈。"

苏州女的眼睛飘起雾团，渗出湿漉漉的亮光。袁立本说："你不容易呀，到我们这地方可是隔了千山万水，你不想家？""南方太潮太闷，到这儿来闻闻土味，吹吹干爽的风，找一片安宁。北方太清静了，黄土宽厚得像水牛。""家里没人？""有过，现在剩我一个了。"袁立本越发好奇。苏州女说："有过家，跟我男人一起办公司，生意越做越大。啥东西都不能大，大起来人就毁了。生意跟先前做官一样，越大越容易，越大越脏。幸亏小时候跟乡下外婆学会了做茶的手艺，这手艺能保持女人的清净。一点小手艺，别小看了它，有它在你手上，你就不容易变坏，潮闷的梅雨天都能挺过来。"

袁立本想起母亲的忠告。母亲要他敬重媳妇，不就是一双巧手吗？正是这双巧手，母亲不顾媳妇婚前的不清白也要娶她，以此来震撼儿子木讷的心灵。袁立本说："你了不起啊！""咋了不起？""我妈去世时说过这样的话。""唔，这样子。""我以前是个二尿，木头疙瘩。""木头实在，二尿劲儿可不能言。"

袁立本要走时，苏州女又拿出一批活，并给了前二次的工钱，二百块。见袁立本有点不好意思，苏州女说："剪一件二块五，你是高手按三块算。你的手艺我看上了，你要愿意，随时都可以承活儿。"

承包期即到，二期承包非争个你死我活不可。存义给全厂二百多职工每人一身毛布工作服，给心腹班子秘密发红包。后院安静了，他松一口气。他每天都去惠妙那里，这不是长久之计，他要招惠妙进厂，惠妙不干，这些天一忙乎，冷落了她。

办公室主任委婉地劝他去看城里新来的苏州女，他还罩在惠妙所散发的刺玫浓香里，懵懵晕晕。主任换个口气："看看活儿也行啊。"眼下用人之际，他真怕服装出差错。一见苏州女，他心想：主任不行么，南边几趟白跑了。他看着几件成品，果然做工精细，款式新颖。离开苏州店，他说："那女人不咋样么。"主任说："你这几天有点迷糊，身在花丛不知香呀。欣赏江南美女非高手不可呢！""这话咋说？""常言说美人如玉，色泽耀眼光亮夺目的是一般货，上乘品色气沉郁很有韵味。打眼看不咋样，可你仔细看，光泽不强却很潮润，摸在手里也不光滑，软溜溜的就像凉粉团儿。""嘀嘀，你像是睡过她。"主任嘿嘿笑："女人要耐看耐嚼才有筋道有味儿，咱北方女人不是辣子就是大蒜，要么就是水萝卜。""你他娘的，把自己老婆都腌上了。"

主任真把他给煽动起来了。细细一想：就是么，只瞅了这娘儿们几眼，就像瞧那悬在夜空里的月亮，光照不强却很清朗。心里骂主任：狗小子真绝妙呀，几句话就把天下女人全概括了。他在办公室忙一阵，处理完公事，进里屋换上Ｔ恤衫牛仔短裤，装一包洋烟尽量现代化一些。

苏州女很热情，他知道事情麻烦，太礼貌了嘛！他想寻出这女人心理上的慌乱，苏州女平静如水。他精通男女兵法，萍水相逢，女人微微的一惊往往笃定乾坤，后而就是一马平川了。

苏州女坐门口，与他相隔丈余，但注意着他，仿佛用内功交手。苏州女静静地看他，看他有何事。他却首先慌乱起来，有这句没那句，家常也拉不起来。他仅有的感觉就是：苏州女阅历很广，大半个中国溜了一圈，涉及个人便滴水不漏。可他的目的渐露出端倪。三十来岁的女人，那眼睛是何等功力。他像泡在澡堂子里。他觉得自己滑稽透顶，他压根儿没想到自己身上有小丑的角色。那是他从未遇过强手的缘故。

这时帘子一响，进来广播站做饭的。你媳妇快叫我喝干了。他稍加平静，为找到一块平衡木而欣慰。苏州女招呼袁立本坐下，坐她刚坐过的竹椅。竹椅只这一个，其他都是不锈钢椅子。苏州女从内屋抱出古香古色的竹筒，泡两杯茶，坐袁立本对面说："请用茶。"自己先呷一口。

存义品过不少上等茶，知道苏州女这回泡的是商店里买不到的，那是私品，轻易不示人。苏州女给他泡的是商店里的盒装龙井，样子货。主人没有与他攀谈的意思，注意力在袁立本身上。他起身告辞，苏州女点点头："欢迎常来。"

他这才发现聪明人也能窝囊，就看在啥时候。老天并不注定谁英雄一世，谁窝囊到底。他要找袁立本的媳妇，他要肆意蹂躏。惠妙是他过去的恋人，重温旧情没有复仇的快感。在与惠妙的频频相会中，他知道了惠妙在袁立本心目中的地位。他快爆炸了，一见惠妙就嚷嚷："我要打炮我要打炮。"他脸色青紫鬼气缠身，惠妙问："出啥事啦气成这样子？"他眼睛发潮可止住了泪。惠妙知道他受委屈了，躺下后百般怜爱。他平静下来，叼一根烟咂下去半截：他要娶惠妙，他要瞧袁立本的痛苦样儿。

他羽毛已满，惠惠她哥难不住他了，他要离惠惠娶惠妙。他默默离开惠妙家去办这事。等赶到办公室，方略已定，他托付主任去办。事情很快办妥，女方得一笔款子没有闹。主任说："我带来一位朋友。"他跟那人握手，让座儿。主任说："你这婚可离得太及时了，你大舅子东窗事发，倒台已定，他倒咱就得吃亏。这位朋友是惠惠她哥哥的冤家，信贷股的副股长。"他听懂了其中的奥妙，不停地拍主任的肩膀："一箭双雕呀！""噢——还有感情需要啊哈哈哈。"

笑过了瘾，他再次与副股长握手，两人拍胳膊抱肩，相见恨晚。他叫人布一桌酒菜，不多却也精致，边吃边聊。主任说："我们头儿财运桃花运双运齐旺。"副股长说："这么说江南名花已经到手了？"主任说："我们头儿快醉卧花丛了。"他说："你们错了，那娘儿们有内膘，咱功力不济。"他倒发现苏州女还是个人物。主任说:"头儿,苏州女到咱这第二天,有头有脸的就盯上她了。看起来风平浪静,心里都憋劲儿哩。"副股长说:"这女人是阿庆嫂,不寻常啊。老兄若有西门庆的功夫,那吃到嘴里的就不单单是肉了。"待存义的胃口吊起来后,副股长说:"银行账上她的存款是六万,从南方转来的。在咱这赚的钱大概存别处了。"存义说:"知道这消息的人恐怕不少吧?""我们对存户保密,只有股里几个当事人知道。盯她的人只知道是口好肉,生意红火,色财两旺。"存义没必要再顾忌了:"老弟,你真把我给逗起来了。""你已经火力侦察了么,功力不行小心为妙啊!"

熬出头来的幸福就像蜗牛爬出了洞,惠妙的幸福是不由自主的。她只想了结那段孽缘,重新开始生活,真的离婚跟日夜思念的老恋人一起过日子,她却有点惊慌失措。她朝后看,痴迷数年的幻影正在消融,她的巧手就这样残损了。她嫉恨夺走存义的惠惠,无意中又得到了惠惠的一切,包括惠惠的笨拙。

她把这些天发生的浪漫故事都讲给袁立本听。袁立本说:"我能帮你吗?""我要重新生活。""咋样才能重新生活?"惠妙想了想说:"咱俩没缘分。""咋样才能有缘分?"惠妙愣住了。袁立本说:"缘分这东西太不好弄了。"惠妙说:"就像那天你给我送泡菜。""泡菜不好吃吗?""好吃。""好吃就没缘分了?""有,我等着来,你走了,缘分就没了。""我没走,我就在咱房子里。"惠妙叹一口气:"你真不明白呀,那天我那样子你真看不出来?""我看出来啦,你想回家。我高兴得受不了,先回家收拾收拾,家里太脏了,没女人的家简直不是人待的地方。"

惠妙不吭声。

袁立本说:"人家说我是木头,木头也会开窍呀!"

"会开窍,"惠妙说,"有柳木有椿木有榆木。春天来了,有开早的,也有开迟的。"

"有不开的吗?"

"都开,迟早不一样。"

袁立本重重叹一口气:"是不一样。我咋帮你?你现在比我艰难。"惠妙说:"咱俩没缘分。"说完之后,惠妙知道他又会按原先的思路转一圈,便又说:"咱俩的缘分完了。"她的头低下去,小声接上说:"放我走吧,咱离婚去。"

咕咚！袁立本倒地上。惠妙跳起来，她不敢叫，捂着嘴不敢出气。袁立本趴一会儿醒来，嘴张着，在地上盖个湿印。他爬起来擦掉唇上的土末，眯着眼看看最后时刻的媳妇。离婚协议书存义早已写好，惠妙掏出来放桌上。袁立本俯下身，工工整整写上"袁立本"三个字。写好拿手上瞧瞧，协议书上坐着他媳妇，他闻到纸上淡淡的香味，颁发奖章似的递给惠妙。他说："你是好人，好人不该受难，我不拦你，你重新生活吧。"

话刚出口，风冲开门窗，好像要揭掉人的头皮。"娃娃留下，"袁立本说，"娃娃像妈，留下做个纪念。"娃娃她带了三年，见她要走就哭了，被袁立本哄住。

土塬一颠一颠跑起来。土塬像牛，牛脑袋嘭嘭磕着北山的石头。以前是牛蹄子碎，这回牛蹄子牛脑袋都碎了，可麦子每年都得长起来，黄土不长麦子就像女人不生娃娃。袁立本手摸着儿子的大脑袋，那神情就像刚扳下春天的第一茬嫩刺玫芽儿，那神情就像是说：我让你发芽啦，你发的芽芽就是我发的。

她问过袁立本："北塬那么陡，一旦滑坡野刺玫就毁了。"

"刺玫根跟蜘蛛网一样，土块在网兜里，毁不了。"

"万一毁了呢？"

"根在么，根好几丈呢，根断了干了，水一泡还发芽。北塬经常滑坡，野刺玫长在淤泥里一年比一年旺，就把塬缝好了。"

塬碎不了。

女人只能碎一次。新婚之夜她以为破了，她看见袁立本就来气。她像候鸟一样飞回娘家，尽管生了娃娃，她下身是完整的，她的心还在恋人身上。那天，她被菜坛里的刺玫迷醉了，她打定主意，回北塬，让那个木头男人重新破她，却没回得去。这种机遇跟世界上其他诱人的机遇一样不属于老实人，聪明人总会恰如其分地闯进来。存义一回又一回，数不清的幽会把她变成空气，如失去了重量和形体，她不再是固定的了。她这次回来办离婚，仿佛感觉刺玫的根爪蔓延到她身上，来缝补她，使她重新大放光彩。她原以为女人的破碎就是干那种事，就是那瞬息间的痉挛和痛苦。袁立本在她出门的一刹那抬起头，她看见他的眼睛从混沌中奔涌出一片清澈，他的瞳仁光点熠熠，那光点是一个人的青春和梦想。

这是她第一次看他的瞳仁，火点闪射，她脑子里"噗"冒起一股青烟，像被激光击中的飞机。她惊恐万状，事后她才知道，女人在这种惊骇里才能显露出她们最纯净的美丽。她真正的破碎就这么容易。

女人是抔黏土，碎在有出息的男人手里才能烧出精美的陶器。这男人要有一双能干的手。

在惠妙之前他没幻想没有梦，这个美丽的女人带给他的最大收获就是这个。他忠于幻想却被幻想所出卖。他不承认这种出卖。他对苏州女说："她是菩萨，大家骂她没道理。"

苏州女说："你也不能宽厚到这种地步，你真的不难受？"

"你以为她是坏女人？"

"我信你说的，可你受的是内伤，等伤发作就晚了。这些天你要常来我这儿。"

"我又不是小娃娃，连根草都不如了。"

"人有时候不如一根草坚挺。"

"你说的是城里人，是念书人，他们是玻璃人容易破碎。咱这些陶瓷罐子摔八瓣都没事，水里泡一泡又是一团泥巴又能烧出新的来。"

苏州女笑道："你的坚韧近于无赖。"

"我媳妇就这么说过我。"

"她喜欢你哩。"

"她喜欢我们北塬的野刺玫。她说她的心碎了，刺玫能治，塬上人有病摘两片叶子嚼嚼就没事了。开春的嫩叶子还能当菜吃。刺玫根比男人的胳膊有劲儿，那是最有力量的东西，它把塬收拢得紧凑凑的，土坷垃靠着它才不散伙儿。"

"我都喜欢它了。"

"植物是地上最值得信任的东西，它的枝枝蔓蔓长在你身上，你没法不淳朴厚道。"

袁立本想他的乖媳妇。土塬上的男人一个"乖"字，就道尽了那女人的千姿百态和种种妙境。

那么个乖媳妇离开他，毕竟很痛苦。袁立本坐在母亲的坟上，期待母亲能给他说点什么。母亲不会不知道现在发生的事情。墓堆仿佛大地颤抖的嘴唇，吸净了尘世的噪音，寂静像冰块一样向四面漂流，冰块碾平了地面上的杂物，大地平坦坦袒在他的四周像个大盘子。他抬起头——一个人从静默中走来，蹲他跟前，这是他母亲。

"娃娃，你媳妇没走。她要真走了，你就会另找人。你惦记她，她还在么。她最珍贵的东西给你留下了，你不要吃了五谷想六谷。"

"人都走了，还有啥珍贵的。"

母亲抓住他的手说："以前你是废物，你脑子开窍了，手有灵气了，靠的是谁？"

"可我没媳妇了。"袁立本哭起来，哭得龇牙咧嘴。

母亲说："大男人要懂女人最珍贵的东西。她离开你就会发现，她啥都没了，乖娃娃和巧手手她一样都没了。"

母亲说："细细看你的手。"袁立本的手热起来，全身的体液哗啦啦奔流起来，他感到他捉住了一双灵巧的小手，像摸河里的鱼，他的手指叭叭响，手指摸过的地方，泥土顺溜软和蓬松，他的手就是这样由迟钝变灵巧的。男人一双能干活的手跟铸宝剑一样艰难。

母亲说："人生一世泥土里刨食，靠的就是手，就是勤快和聪明。"

母亲说："你爸年轻时是个刚强的人，下得了苦干得成事。那年，朋友家娃娃满月办酒席，他被人灌醉了，回来倒炕就睡。玉米等着灌水，他勤快惯了，第二天半醒半醉去浇地。那次出去，他再没回来，回来了一条醉鬼，村里人说，他嘴里喊着：浇地去浇地去，脚却迈进酒店。店里正开赌，连喝带赌把人给毁了。地里的活他一样也拿不起，只好靠妈下地。男人废了手，不如一个女人。"

天已大亮，母亲消失得杳无踪影，可母亲的悄声细语到处都是。黑夜并未消失，仅仅换了一身新衣，母亲的声音从草尖，从树影，从大地深处隐隐传来。他忽然想到母亲年轻时的种种传闻，母亲的灵魂冉冉升起，火团似的在阳光里攒动。

男人没出息，几代翻不起，女人的血和劳累就白费了。

袁立本想起跟妈打埂的情景：麦穗扬花，早玉米就种上了，种在麦田的空行里，收麦后又在麦田里种晚玉米。妈说："麦子是早玉米的哥哥，早玉米是晚玉米的哥哥，大的带小的，长得快长得壮，不生六指。"

存义忙得不可开交。惠妙说："你退下来算了，银行存款够咱吃几辈子。""撒手丢钱你吃错药啦？我恨不能把印票子的机器搬到咱家。""有福之人不用忙，没福之人忙断肠，你就这么贱？叫手下人跑去。""有些事还得我亲手办。"

惠妙始终不知道存义在忙乎啥。他衣冠楚楚潇洒精明，他不在家她就慌得不行。她从未尝过嫉妒的真味，跟袁立本过日子，嫉妒简直是天上的故事。男人最大的不幸莫过于不会沾女人。存义发现她只是一般性的自我防备，并未觉察自己的动机，便把心放在肚子里。

盯苏州女的都是有来路的人。苏州女洞若观火，只把袁立本奉为上宾，对旁人不卑不亢。来了就倒茶，喝干了也不加，觉着没趣儿要走也不送。苏州女这一手，把大家逗得猴急，大家把气就都憋到袁立本头上。

存义几次碰壁碰得心烦意乱。办公室待不住，待家里又想不出妙策，愁容满面，岂能瞒过老婆。老婆劝他，劝半天反把她给劝愁了。老婆心疼他，不忍心看他的蔫样子。他把老婆上上下下打量一番说："我待你咋样？"

惠妙说："那几年你的心叫狗叼了，现在狗又回来啦。"

存义说："那天我说我要把印票子机器搬到咱家，记得不？"

"你莫非成了二屎二百五？精神有毛病，得是？"

"咱岐山城真有一台印票子机器呢，不过我不当超级大国我不霸占它。"

"一会儿要搬到家里，一会儿又不霸占了，你真的成了二屎二百五。"

"家里有你这块香油馍馍呀！"

惠妙像只鸡哇一声扑到存义身上，撕耳朵。

"存义我日你先人，这些天你背过我嫖风来，得是？存义我日你八辈老先人，你把话说清楚，有屎你拉干净，少给你老娘缠裹脚。"

存义两只耳朵又红又大像炸过头的油饼，存义笑嘻嘻任老婆撕抓。存义想弄的事一定得弄成，心里有个想头锥子戳屁眼照样笑嘻嘻。老婆撕抓得没劲儿了，蜷在床角喘粗气。存义柔声细气，把苏州女及各路诸侯的情况大致说一遍，像说一桩买卖。

"我说过么，咱有你这块香油馍馍咱不稀罕她，饱汉子不寻野食。咱瞅她账上的票子不瞅她身上的肉。咱跟她热火一阵子把她弄糊涂，咱要啥她给啥，十几万元哩，机器也得印好几天。"

惠妙说："只要你跟我过日子，我不吃那份醋。不过你吃了五谷想六谷，我总不放心。"

"权当我跑生意去了没在家。"

"人家心在你身上，你跑，跑你娘的脚后跟。"

"以前你可是个灵醒人啊，跟大木头袁立本过了几年你也成大木头啦。"

说起以前，她就激动。以前是什么日子哟！是他们拌着泪一起读琼瑶读岑凯伦的日子。存义摸着她的后背小声说："只要钓住她，就能抓大鱼。"

"你这几天碰钉子了？"

"你猜苏州女看上谁啦？"

"至少比你强。"

"说出来气死你。"

"谁？"

"袁立本袁木头！"

"噢——是那种女人，"惠妙似乎看到了电影里的人物，"跟我过去一样呀！"

"有点像你，气质比你好。"一句话把惠妙说躁了，存义笑起来，"江南美女来到黄土高原，物以稀为贵么，论真功夫哪能跟你比。"

他们的卧房就象元帅的中军帐，两口子运筹帷幄，他们真的相信世界有个私人印票子的地方，他们就是印票子的个体户，苏州女就是印票子的机器，至少也是票子摞起来的美人儿。

"为了咱的好日子我不吃那份醋。"惠妙缓口气说，"我咋帮你？"

"你去见见她，你有办法。"

袁立本每天七点下班到苏州时装店来。一整天苏州女没多少事可做。这天下午，进来一位女客，清秀娇嫩，依依可人。女客说："做套裙。"苏州女抖开衣料看，是裁好的，路数跟袁立本的很相像。苏州女看一眼女客心想：小地方也出落这样的人物。

苏州女说："你手艺不错么。"女客说："我哪有这手艺，别人帮的忙。"女客接着又说："袁立本的手艺。""怪不得眼熟。"苏州女知道她是谁了，随声说："你坐么。"女客说："谢谢不用了。听说立本在这儿揽活儿，多亏你帮忙。""谈不上帮忙，是他手艺好。"苏州女泡一杯茶端来，惠妙呷一口，说："立本是个大好人，我配不上他又帮不了他的忙。野路子来钱他不会，跟你正好学手艺，大姐有活儿多给他些。"

惠妙说得满脸通红，离开时眼睛湿湿的。苏州女愣半天。她没想到袁立本的媳妇这么漂亮，心这么好。

袁立本下班赶来，苏州女嫌他来迟。苏州女话少了许多，怔怔地瞅袁立本看。袁立本心无旁骛，谈东谈西。

第二天天擦黑，苏州女跟袁立本正唠着，惠妙走进来，袁立本慌得没处坐。苏州女招呼惠妙坐下，她看见袁立本整个人变了样儿。苏州女心里明白，尽量不言语。惠妙问袁立本娃娃咋样生活可好，问一阵后，对苏州女说："立本做泡菜绝啦，吃一口香死人。"

苏州女说："南方泡菜？"

"他自己泡的野刺玫。"

袁立本粗脖子红脸："她胡吹哩，我不会，真格不会。"那泡菜是给惠妙的，咋好意思再给别人。惠妙说个不停，他争不过只好不吭声。

弟三天早晨，惠妙带着小菜坛到苏州时装店。"大姐，咱俩有缘分你尝尝鲜。"苏州女勉强不过，尝一口，味儿勾人魂魄。惠妙说："立本大概给你讲过，他们北塬的野刺玫既当药又当菜，没有治不好的病。尤其是像咱们这些受过磨难的女人，吃他做的菜，心里的铁砣也能化成水。"

惠妙走后，苏州女望着黑亮的小坛子发呆。袁立本的舌头飞了，不知飞哪去了，嘴巴空荡荡弄不出一句实在话。苏州女说："我喜欢这坛子，送给我吧。"

"那是给惠妙的，你要喜欢我另买一个。"

"我就要这个。"

袁立本不吭声，坐也不是站也不是。苏州女揭开扣碗，慢慢吃着。这一招一式把袁立本给看呆了：那天在岳父家，惠妙也是这样子品尝他的手艺。他的眼睛拉得细长，亮光激流一般在狭长的眼缝里跳跃。

苏州女走过来静静地看他。温婉的江南女绝不迈出第一步，那灼灼光彩从身体的每一个部位熊熊燃烧起来。袁立本扶住她说："你病啦？你躺着我懂点医。"

他在苏州女的穴位上用手指摁，他把她的呻吟和抚摸看成热病发作，他对这美丽的胴体熟视无睹……苏州女稍为平静，袁立本已从单位拿来银针，在她的主要部位扎上了。苏州女有点生气："你真是根木头！"

袁文本嘿嘿笑："早都是木头了。"

苏州女说："惠妙的男人咋样？"

"你说存义呀，那是个奸货。"

"你咋说人家的坏话？"

"钱让他赚了，官让他做了，女人让他睡了。"

"你羡慕得要死，是不是？"

袁立本看窗外的小巷子，巷子真长啊。

苏州女说："你嫉恨他，得了？"袁立本"嗯"一声。苏州女说："惠妙不是你媳妇了。"袁立本落泪。苏州女说："年年岁岁月相似，年年岁岁人不同。惠妙不是原来的惠妙了。"

苏州女倒床上，袁立本扶她，她轻声说："我一点劲儿都没了。"苏州女脸红眼睛红，整个人像块炭火，快成灰烬的炭火。袁立本起身就走。苏州女挣出一丝儿声音："你别找医生。""该找，找，找啊。"袁立本的眉疙瘩突突跳。苏州女张不开嘴，苏州女只有一双眼睛，瓷瓷地盯着袁立本。那眸子熠熠闪光，袁立本看不懂。咚咚咚跑出去。

那眸子孤寂地燃着，夜像木炭煨着这团火。

巷子里跑出来两个男人，是袁立本和医生。医生给苏州女号脉听心脏，医生把袁立本叫到外边说："你真会开玩笑，桃花病是我治的？""桃花病，我的牛黄，厉害不厉害？""厉害得很……要命呢。""医生，咋个办？咋个办？"医生是个年轻人，说不下去了，转身走开。

袁立本愣半天愣不出眉眼，弄水给她喝，弄湿毛巾敷她的额头。她瓷勾勾盯着袁立本，眼睛比嘴大，大得叫人害怕，枕头上明晃晃一双眼睛像天空落下一堆月亮，遮去了人形。

袁立本心想：南方人日怪，咋得这病，大概是想家了。袁立本看见柜子上的雕花竹筒，忙打开泡一杯茶，用匙子给她喂，找不着嘴，苏州女只给他眼睛不给嘴。袁立本说："你想吃啥我去弄。"苏州女长出一口气，说不出话。袁立本说："想吃东西就好，我就不心急了。"袁立本去抱那个菜坛。菜坛里空着。袁立本说："刺玫芽儿春天才有，要等到明年春天。"

她的瞳孔深幽幽，流出一颗一颗星星，又一颗一颗地灭在夜空里，冒着白烟。

袁立本来到北塬，塬上的草木都落叶了，塬顶呜呜响着风声。他看见母亲的墓，野玫瑰攀到墓顶，秃秃的枝丫瑟瑟抖动。

他不想看爸爸的怪模样，早早赶回县城。惠妙陪着苏州女说话，袁立本想退出去，惠妙叫住他："说你是木头，你真是木头呀。"惠妙从包里掏一堆五颜六色的营养品，跟苏州女拉几句话走了。

苏州女说："你去哪儿了？""回塬上看看。"袁立本心里空落落的，"刺玫叶子落光了，要等到明年春天。"阳光照进来，尘土满面，像被人追打的土贼狼狈不堪。苏州女的眼睛还是那样盯着他看，他想不出要说的话，坐一会儿起身走开。

夕阳在低空飘着，像炉里烤出来的烟叶，把岁月裱得那么枯黄惆怅。袁立本走两步回过头，苏州女的眼睛黑溜溜，在沾满灰尘的混沌的路灯下拓出一道湿湿的白印。蜗牛总是贴着粗粝的墙壁贴着黑黢黢的树干，蜗牛爬过的地方潮润清净。他的目光触上苏州女的眼瞳，就像小时候用手触摸蜗牛腹下的嫩肉，碰一下就缩手吸溜好半天。

袁立本想起苏州女的眼睛就害怕。老李讥笑他得了花柳病，他想唾老李一脸又扯不下面皮。

"存义我日你妈，你屋里有媳妇你干这号缺德事。"袁立本老牛变猴子，蹿上去抓存义的肩膀往前推。存义干叫唤："干啥，你干啥？"前边是沟，立本把他推到沟坎："干啥？我日你妈干啥？"存义扑通掉下去。沟不深，存义在麦地滚蛋儿。

苏州女屋里响着录音机。那是她自己唱的歌，她披肩长发一个人跳舞。袁立本站门口，苏州女说："进来坐。"便去抱出雕花竹筒给他泡茶。

苏州女说："你听，我自己唱的：你跟我来，我给你水喝。我年轻时就爱唱这二句。"

"你没老，你还是个小女娃娃。"

"我现在不是年轻了是迷糊了，女人弄不好就会犯迷糊。"

苏州女揭开菜坛子，里边飘起一团浓香，她夹出嫩玻璃似的刺玫芽。袁立本很吃惊："叶子都落了，哪弄的？"

"你给惠妙，惠妙给存义，存义给我，批发货。一吃就好，病好光了。"

"存义有媳妇哩。"

"你不该说这话，要说说别的。我的茶叶只给你喝，你每天都要来看我。"

袁立本在巷子里听见她唱歌："你跟我来，我给你水喝。"巷子好长，大街像在天外边。

袁立本每天下班都去看她。坐到八点半，她就说："我要休息了。"有时她神经兮兮地问袁立本："八点半休息是不是太早？"袁立本说："乡下人天黑就睡，城里人玩活儿多，不到半夜不上床。""你忘了我有病。""你病没好？""迷糊病，怕是好不了啦。"

袁立本总是在巷口碰上存义。存义穿风衣骑车子，学《追捕》里的杜丘，把脑袋埋在风衣领子里。存义的车子靠在苏州女的窗下。有一次袁立本进去，到窗台下，里边的声音弄得他心跳气喘。

他躺床上，窗外的月亮摇来晃去，苏州女的眼睛就是这么晃来着。她这会儿跟存义在一起。存义我日你妈你干这号缺德事，你把惠妙撇在屋里惠妙肯定哭哩。袁立本坐起来。这些天他替惠妙操心哩，他也得了迷糊病，病得不轻省。

第二天傍晚，袁立本起身要走，苏州女拉住他喘粗气："我害怕，我害怕死了。

"存义不是好东西，你理他干哈？"

苏州女落泪，落两滴就干了："你别走，你守着我，我害怕死了。"

"我不走，我收拾他狗日的。"

苏州女靠紧袁立本："他把我吃光了，吃得一点儿都不剩。"

"嫖客日下的存义，把惠妙害苦了。"

苏州女抖一下，立本俯身看她。她的眼睛一轮一轮大起来，光波潋滟，千姿百态，几乎能听到鸟雀的鸣叫声。她整个儿被眼睛罩住，灵光环绕。苏州女心里说：我被掏空了，他心里还有惠妙，他真是实到家了。

圆圆的树，方方的石头，等它们有了灵性，花儿就会开，鸟儿就会来。

巷子里响起自行车声，苏州女从她的灵光里跳出来："你别碰他，你快走！"袁立本懵懵懂懂走出来，跟存义打个照面。房门恶狠狠响一下，袁立本站在大街上。

袁立本长出一口气，进馆子里要酒喝。店主给他一瓶西凤酒。袁立本瞅半天："别拿冒牌货日弄爷爷。"店主一愣："袁大头，没喝就醉了。"袁立本灌半瓶，没醉，只觉得头很大。袁立本说他醉不了，店主就陪他喝。

店主说："兄弟，全城的人都瞅着你。"

"瞅着我，瞅我干啥？我脸上有风景，得是？"

"瞅你的锤子哩。"

袁立本抓酒瓶要打，店主按住他："我说兄弟，你是头号大二尿。苏州女张三李四王二麻子不认只认你，你把锤子一提走咧。苏州女快叫人掏光啦。"

"她爱跟谁睡就跟谁睡，关我屁事。"

"十几万块钱哩，你以为光是睡觉。女人叫人日糊涂啥事都干哩。"

入冬二个月了，苏州女的钱早已转到存义账上，存义没有撤军的意思。惠妙开始着急，怕存义飞了。惠妙硬着头皮找立本，立本能帮上忙。袁立本弄一根打狗的枣棍，截住存义："存义我日你妈，你把她的钱搂光了还赖着不走，我敲断你的狗腿。"

立本敲他的脚把骨，他吭哧半天说大实话："我要她的茶叶罐罐，她的秘密在茶叶罐罐里头。"

"放你妈的狗屁，你吃了五谷想六谷，你啥东西没吃过？"

"兄弟你心里清楚么，男人要的是女人那份灵性。惠妙的灵性丢在北塬了，苏州女的灵性在茶叶罐罐里，她只给你一个人。我弄来十万八万尿不顶。"

枣棍落在存义的脚把骨上，像敲石头。存义没感觉，存义说："我本想在这女人身上烤烤火，没想到火蹿上身把我烧成了灰。"

枣棍不停地敲，存义听着自己骨头的声音，说话也有了节奏："两个女人把我毁了，我心里没劲儿了，我啥也干不成了，厂子叫主任弄去了，主任把我掀沟里去了。"

"黄鼠狼的屁股一百个眼，你的眼道那么稠，别人能把你套住？"

"我本想逢场作戏捞她的票子，没想到她身上有比票子更赢人的东西，鬼就把我缠住了。主任瞅这机会做手脚，二期承包把我拉下马，他成了坐轿的。聪明人做一回二尿，比二尿二尿一百倍，一辈子都是个大二尿。"

袁立本拄着枣棍看蜷在土窝里的存义，存义的脚把骨咕嘟咕嘟冒黑血，像卧一只青蛙。存义说："我说的都是大实话。"

"说了就说了还强调一下，可见你平日里就不说实话。"

"这女人身上有一种东西，扎我一下我身上流出来的都是脓。"

"那你还缠她，你这坏种。"

"那东西刺人一下，人就得低下头看自己的胸口。看一眼就完了，非跟她在一起不可。"

"你吃了五谷想六谷，你想把天底下的姑娘都弄了，得是？"

枣棍戳到眉尖，存义没有避让，存义说："那东西有的女人一生都有，有的女人只一会儿。人就活这种味儿，以前我不知道。我不会离开惠妙，可我没法忘掉她。"

袁立本去找惠妙："他回心转意了，你要看好他。"惠妙松一口气说："我知道你要说啥。婊子养的主任把我存义坑了。其实我存义早不想管厂子了，我存义账上多了十万元，我两口子吃利息，日子美滋滋。"

"嗯，美滋滋。"

"你嗯啥？你说你嗯啥？"

"我没嗯啥。"

"你嗯来嗯去你是猪吗？"

惠妙喷出了泪："我本想让他出去一会儿，他出去就叫鬼缠住了就变样儿了。"

"他好着哩，我只捶他二下他好着哩。"

"你真的打了他你这王八蛋。"

惠妙夺过枣棍，心急手快梆梆二下，立本的脑袋起两大包，立本转身就跑。驴日下的，把我也掏空了。

惠妙到苏州时装店大闹，说她存义丢这儿了，一辈子回不来了。两个女人混战半小时，轰动县城。

袁立本赶到时苏州店面目全非，雇的人走光了。苏州女躺铁床上，怀抱雕花竹筒眼睛瞪得老大。袁立本说："刺玫能治大病。刺玫根扎到我妈坟上了，刺玫根专往旮旯里伸，北塬的野地里全是刺玫花。"

苏州女说："我被掏空了。"

袁立本说："石头堆里都能长刺玫，你是个大活人你不用操心。"

苏州女说："我被掏空了。"

袁立本说："北塬的深沟里有上百年的野刺玫，根深十几丈，能引来天上的雷电，雷击不死，冒出的嫩芽儿像人参。"

苏州女坐起来要那个菜坛。袁立本说："有缸不用坛。惠妙待她娘家，我只能用坛子送，缸在屋里，有缸不用坛。"苏州女说："有缸不用坛。"苏州女下床来："我好了，可我的钱没了。"

袁立本说："你是金剪刀你的手在哩。"

苏州女说："钱丢了也好。那是我鬼丈夫挣来的，我还以为把他丢干净了，这回他成垃圾了，存义喜欢都拿去吧。"

袁立本说："咱有手哩咱自己挣。"

袁立本拉起苏州女的手细细看，那手水一样嫩。苏州女说："这是你第一回主动拉女人的手，木头有灵性啦。"

袁立本的手狂乱起来，月亮在窗外摇晃，晃成一条宽阔的河。

红　　原

> 见血才算儿子娃——西北民谚

　　黄昏，李可叔叔一下子感到他的最后时刻来临。

　　刚才，李可叔叔输得精光，羔羊皮袄都被扒去了。他一无所有，离开赌场。街两边的树阴暗黧黑，树丫像乌鸦的翅膀，拍着嗖嗖而过的冷风。进屋时他听见了那声音，那是彩霞姨的妹妹的声音。

　　"姐，明儿天一亮就走，他不愿意也不行，分居三年就准离婚。"彩霞姨的妹妹走进东厢房，那是李可叔叔母亲的屋子。

　　彩霞姨合衣躺着，面朝墙，臀和肩圆圆拱起，凹下的腰像马鞍。李可叔叔站了半点钟，抽了半盒烟。他总感到彩霞姨醒着，一直醒着，从五年前新婚那夜到现在，彩霞姨在这张土炕上没有睡着。这土炕是她做梦的地方，李可叔叔给我讲过，那些梦一本书都写不完。李可叔叔从立柜里取出老西凤，咕噜咕噜，脖间的鸡喔喔上下窜动。酒香扑鼻啊，这泡水是麦子里榨的，是麦油，麦子是地里榨的，是泥土的油。肠子像煎油饼，吱喽吱喽地响，李可叔叔的脸像鸡冠，摆着晃着。李可叔叔把柜子全打开了，二三瓶老西凤不止吧，那是多少麦子多少泥土啊，李可叔叔全吞了；脸成了一块方钢，晶亮透明的钢，热气在身外绕成白环，白环被火焰扇着，李可叔叔的脸炉火纯青了，好像几辈子没有喝酒。

　　五年前何尝没有喝酒，新婚第二天他就喝了。其实家里有好酒，刚办完喜事么。李可叔叔说，闷酒要喝自己的，拔别人尿毛栽胡子没意思。李可叔叔买了酒，躺在二道沟的草窝里，呷几口就摔电杆上。电杆湿了一片，麦苗湿了一片，碎玻璃"嘭"地一团白光，罩在眼前，眼睛豆像玻璃球儿——乱撞。"嘭！"白光翻卷，被阳光渗透，灿烂的金黄，像秋天的野菊花。那景色凝固了，在麦绿色的背景里只几秒钟，就镌在他的记忆里，像病菌渗进他的血液，潜伏在脑海里，滋长着，五年后，它的呼叫声唤来了滚烫的铅弹。李可叔叔在行刑队的草绿色军装前，在北山脚长满麦苗的土壕里，脑壳像空酒瓶"嘭"爆出一朵丰嫩的红菊。

红菊花是另一位老人的，是张家川的回民老汉留下的。他是个铁匠，住李二爷屋里，李二爷膝下无子，人缘又好，老人就把李可叔叔留下了。回民家里还有两个儿子。

我们李家都是中等个儿，短小精明，在外边做事的多，这几年考上大学的也多。李可叔叔是个红脸大汉，李二爷说他做不了大官，李可叔叔像他真正的老先人，没官气，却不笨，后来跑生意赚得很厉害，真正的李家人反而比不上。李二爷说这本事也是他回族先人的。李可叔叔和李二爷父子关系极好，有时超出父子范围，说怪话开玩笑。后来李二爷瘫在炕上，李可叔叔拉着架子车，往医院跑了一年多。葬礼是村里一流的，养子赛亲子，老人们很羡慕。第二年春天，李可叔叔开始往兰州、西宁跑生意。一去就是整整一年。那时他刚结婚，刚摔破酒瓶，碎玻璃菊花的图案刚印入脑海。我那时在兰州读书，他来待了一天。脸色灰暗，烟一支连一支。

"我们那一家到哪儿去了，张家川就那么大点地方。"吐完烟又说，"你二爷在时不好意思找，现在我当家，唉，我当家啦。"李可叔叔是半路生的，没见过两个哥哥，没到过甘肃老家，这个家他没法找到。老汉早做古了，陕甘地带黄土漫漫，哪一块都有亲娘老子的肉，哪一块都能说一串悲凉的故事。李可叔叔刚结婚，娶的是后村的彩霞，我们北崖的一朵花。花摘过来才一月，他找什么家？回民心真，他是真想家。我们北崖的水，在李可叔叔身上流了近三十年，血也凝聚了三十年，血这东西能击碎时间和地域的锁链。

彩霞姨叫谁心不跳呢，北崖的黄土都会扑簌簌溜下来的。我总觉得钥匙在彩霞姨身上。时间偏爱大美人，缠绕她的都是时间的精品，是绸缎。

李可叔叔把高原跑遍了，跑到麦加也不行啊。老先人或许是从大海上来的，或许是随着成吉思汗的马队从巴格达来的……李可叔叔记熟了黄土崖根的墓地，圆的像面孔，塌陷的像幽暗的瞳孔，他领悟了这些黑洞的奥秘。于是，他就把彩霞姨的血放了，在她雪白的胳膊上划一个洞，这火花熠熠的洞，使彩霞姨里里外外都白了，成了透明的晶体。这时候，李可叔叔才发现了一片透明中动人心魄的妻子。李可叔叔紧接着也割开自己的血管，两条血流在一起，渗透了在他们身下磨了五年的芦席和炕坯。李可叔叔说："夫妻应该在一起。"

彩霞姨的血咕咕叫着。

回民老汉寂寞了多年的墓坑亮了，有了萤火虫。那圆形的墓道是照天的样子砌的，蜡烛封墓时就灭了，每年正月十五，只亮一会儿灯笼，一袋烟工夫就化为灰烬。老人墓天圆地方，星星多年没亮，就不会有日月。老汉的孤魂流荡不散，李可叔叔都听见了。李可叔叔的脑壳里有精密的发报机，能收到这种信息，一旦时机成熟，便自动破译，促使他做出出乎自己意料的事情。老回民的血在李可叔叔身上流了三十年，是金子都长出来了。男人的每一滴血都是种子，能在女人那里长出生命，那个生命便保留下他留给世界的一切：他体型的图案、声音的节律、心跳的密码……嘀嘀嗒嗒，李可叔叔早已流了，早已撒下种子。彩霞姨的土地还是冬天，她的臀和肩像山一样浑圆结实，只要流进去，两条血就会绢出一个新李可，李可叔叔就能被墓坑里的老回民承认，就能获得彩霞姨金贵的命。命就这么简单，两个微薄的身子合在一块的圆。

李可叔叔说："心合不到一块，生一群娃也白搭。"李可叔叔命该如此，后来他说他只知道这么做，没想为什么也想不出为什么。多少事只能想不能做，少想一个不就完了，李可叔叔你真糊涂啊！

黑洞里的血像火鸟扇动翅膀，咕咕叫着，把彩霞姨的心事都叫出来了。这时，李可叔叔才洞悉了妻子的内心。两条胳膊就是一片树林，还有二十支颤抖苍白的手指，血管从胳膊最白最嫩的地方张开，是用剃须刀划开的；两只胳膊两只黑洞，同样的声音同样的节奏，像春天的山谷，雪水把月夜弹奏得如泣如诉。彩霞姨一直是冬天，冬天再长也要结束的。李可叔叔的刀片轻快得像闪电，把阴云密布的天空划破了。他也本能地划开了自己的胳膊，腱子肉上暴出一只眼，两只眼足够流露一个完整的心灵。夫妻的本义就是两个心灵合并，也就是浑圆充实的人生。

心灵被人的意志所损折，意志被纷乱的世界所困扰，进而也困扰血液。这时血液像鸟儿一样自由地叫了，自由地唱了。彩霞姨听到了陌生而亢奋的音乐，血流得更快了，在音乐的旋律里跳跃，在冷漠了五年的屋里汇聚女性的大海。彩霞姨想起五年前的新婚之夜，长明灯的玻璃罩里是袅娜的红焰，箱柜是平滑的红漆，白墙上是红"囍"，炕洞里吱吱燃烧的麦秸爆出夏天的火热，红缎被裹着白棉花，下边是妈妈织的蓝条纹单子。蓝色和深红色均匀粗实，像万里平畴，像慢慢苏醒的田野。她将洁白无瑕地躺下，染红妈妈亲手织就的人生平原……她没能染红那片地方。女人只有一次，只有红红的一次，窗纸被雪片敲打着，冬天是过不去了。第二天早晨，李可盯着单子看了好半天，没吭声出去了。这屋子是她的，她没染红这屋子，尽管她心灵手巧，把屋子收拾得像皇宫，秘密只有她知道；春天是心灵的自然流露，是心灵的投影，春天不是装点出来的。她的春天被人拿走了。李可流尽汗水把心劳碎，也浇不活这块土地、这个春天。

那时我还有希望，尽管你让人睡过了，我还盼着你，我恨的是那个人。

你算什么东西，敢恨他，他是你这种东西恨的，你不配提到他。他才是真正的男人。只有他才这么干。

好多年前，彩霞姨就迷上他了，她不再感到自己是什么大美人。

彩霞姨在玉米地里解手，他天神似的从崖顶飘落，从二丈多高的黄土崖降临。接着，闪电般发生了那种事。她推着他的手说："我要不愿意，你一百个赵春也是妄想。"赵春释然了，低下了头，彩霞姨便依了他……看着红透了的天空，红透了的秋天的原野，彩霞姨吓坏了。她黄昏时才走出玉米地，火焰在远天流动，大地柔软如水，她轻轻地走，轻轻地说："彩霞满天，彩霞满天。"

以前她是高不可攀的山，赵春轻轻一下就把她夷为平地。赵春是个真正的男人，能填海造田，把她犁成了沃美的田野。不像李可，天生就是端盘子的。

"赵春，咋不帮家里干活？"

"要帮你帮，八百里秦川干得完吗？我要离开这烂地方。"

赵春伸出手，白嫩细长："我从小讨厌下地，家里供给我，我要出去就得有好身子。家里做糊糊就得给我擀面条，要不就不吃，饿死都不吃，委屈自己最没出息。"

"饿坏咋办？"彩霞姨把白馍馍给他，他瞅一眼顺手插进兜里，他两天没吃东西了。彩霞姨心里热浪翻腾，幻觉连绵不断地出现：飘零的杨树叶子成了金光闪烁的彩蝶，天空又深又远，墙壁的干泥像蜿蜒的群山，起伏着蓝色冲击波，他一定会有出息的，一定一定！

赵春很少回村子，用的东西都是彩霞姨捎的，彩霞姨便借机会去他宿舍。赵春不比居民娃娃差，腕上是他哥的手表。那时，居民娃戴表的也不多。赵春打完球，总是懒洋洋地打女生宿舍前走过去，白回力鞋轻快地晃动。

"高考梦不好做，我要曲线'救国'。"

赵春望着彩霞姨丰满的身子，两年来，他演算的题还没有在那里抚摸的次数多。

"是我害了你。"彩霞姨眼窝里旋着泪球。

"别说了，我当兵去，从部队考容易些。"

"你要吃苦了……你真勇敢。"她扭在赵春胸前，像油锅里的麻花。

"听口气，你是鼓励我去送'死'，我不得不'死'啊。"

"你不会死，地球炸了你也死不了。"

"祝福吧……""啪"地一响，她脸全红了。

赵春自有赵春爱的方式，跟谁都不一样。新兵走的时候彩霞姨竟没有找到他，彩霞姨带着鞋垫和毛线手套，哼着"月亮走我也走"，跟雪花一起在车站飘了整整一下午。

三年，她没有得到他的信，她的信更没法寄，三年中的第二年，她终于忍不住了。她在高高的土崖下站了好半天，冰雪都封不住的血液从大地深处涌流而出。她抽泣着，尽量不出声。她利利落落来到赵春家，赵春妈先前见她是真欢喜，今天也欢喜，但彩霞姨能尝出味道。"我娃考军校了，公家事大，给屋里也不来个信，是秘密工作。"赵春的哥哥嫌老娘啰唆："我兄弟考学校不容易，要干大事就顾不了那么多了。"几年前，她就知道赵春有出息，她还知道赵春现在还爱着她，咋这么傻，跑这里来？赵春会用他奇特的方式爱她的。

彩霞姨又回到土崖底下，那雪地里埋着他俩的一切。她走啊走啊，想起小时候见到的拉磨的小驴，蒙着布不停地走；有着这块布，她就能感觉到自己，没有它反而空虚缥缈。雪踩光了，脚印里渗出她的血、她的哺吟及他矫健的身影。他没有别的声音，见了面就直勾勾盯着她，从头到脚从脚到头，瞳仁慢慢弯成勾，猛一下，她就像条大白鱼乒哩乓啷乱摆。他没有情节也没有什么表白，可她爱他爱得发狂。她常来这里，感受曾经发生过的一切。

第三年，她想到该嫁人了。

李可叔叔现在扼着彩霞姨的血管，血液里流出的声音，并不使他感到惊奇，他最苦恼的日子已经过去了。在那些日子里，他想到了那些话：我能从你的鬼模样里看出他的面容。他没有娶我，我发誓，要让代替他娶我的人吃尽苦头。你竟敢代替他，我是他的人，我恨你。你这个鬼精灵，赚这么多钱，还要跟他比高低。

这些话李可叔叔想过，而且比这更远。

大学生都是眼睛长在天灵盖的稀有动物，他们对李可叔叔不无恶意地点点头。李可叔叔躺在床上，翻看《战国故事》，是舍长给小弟弟买的。李可叔叔看得津津有味，看完了，满脸要说话的意思，这会儿大伙都闷得慌，也想来个新话题。

李可叔叔舔舔嘴唇说："项羽才是英雄。"

"何以见得。"

李可叔叔不懂"何以见得"是啥意思，可他明白这是在问他。

"要是能过江，他肯定赢了，不过江就因为他是项羽不是刘邦。"

大伙开始瞪眼睛。"得江山算不了输赢。"李可叔叔这一句挺沉。跟项羽赢得了自己一样，李可叔叔赢得了舍友们的尊敬。半年后，李可叔叔又来我这，站在门口，头发都快扎进门框里，大伙都看痴了。他鼓鼓囊囊的筋肉带着高原的风暴和雪的清香，他走在曲曲折折的深沟里，灰黄的高原就像磨盘，霍霍旋转。李可叔叔说他走遍了陕甘一带的土塬，有墓坟的地方他都去了，墓都在山南河北，都在向阳的地方。他灌下整瓶的烧酒，酒液溢出喉咙，噗到地上煮着黄土。空酒瓶"嘭"地碎在石头滩上。哪一块地方都是，哪一座墓都是，看遍了，看到的都是。李可叔叔满面红光，像天幕上欲滴的太阳。老回民从小就跟着更老的回民云游四方做买卖，跑遍了黄土塬，跑遍了河水绾结的村镇。

"有黄土的地方就有家，来！祝贺你找到了家。"

"黄泥岗上不分家，我们是一家，你找到了，我们也就不凄惶了。"

李可叔叔一定会扒开玻璃碴和酒液沃盖的黄土，眼睛睁得大大，像山鹰，啄着永远也啄不开缝的天空。

舍友们塞给他小香槟，大学生们只能是小香槟，老西凤一小滴都能把他们放倒。李可叔叔却一小口一小口品着，品完了舌头像锯条左右扫两下，点根烟，鼻孔里粗粗地拔出两条黑绳。

"我跑断腿也总结不出这么中听的话，你们到底是读书人啊。"

这帮小兄弟早雌化了，再把萨特抬出来，李可叔叔都晕了。

李可叔叔挺严肃："书都是人的经验，那小兄弟说的就是我想的，我想了很久走了好长的路。"

路和书是两码事，让李可叔叔没法解释，他坏就坏在死认真上。

路把书义压住了，好说名言警句的小兄弟，却真心实意地跟李可叔叔谈心里话。他正"挂面"①，是打别人碗里捞的，舍友们说是吃别人的剩饭，他好难受哟，难受得睡不着觉，逢人就宣泄烦恼，像失去阿毛的祥林嫂。

李可叔叔说："关键是对那个人的看法。明明是个伪君子，是个无赖，她却难以忘怀，你咋帮她？十个你叠一块也转不过她的弯……你们最幸福，女学生白净得像鸽子，校园是好地方啊。我们镇上有个学校，我小时候在里边待过，我常去那里。"

白烟卷在李可叔叔的嘴唇上突突跳动，蓝色烟雾从喉眼里翻腾而出，铺排出一片平静的天空，白烟卷突突跳跃，像蓝色天空里翅膀斜成直线的鸟儿。李可叔叔的嘴唇少有的红润啊，像两瓣春眠欲醒的山谷，含着一群纯情的山羊。北山每一条山坳里，都有这样的渴望，每一块石，每一块土坷垃。

李可叔叔成了大家的好朋友，我感觉到了什么，尝着总不是味儿。

我多少次偷偷地看过彩霞姨，一秒不差一分不偏地瞅着，时间的喧嚣声顿时消失，她身上便会出现天籁般的沉静和温柔。就这么瞅着，好多时间过去了，数不清的太阳的金箭，折断坠落或射中芸芸众生，就这么瞅着，对女性的灵感，对女性的美的顿悟，就会天神般降临。赵春从二丈高的崖顶，跳进郁郁葱葱的苞谷地时，也是这样感觉的。

李可叔叔面色沉郁："我只会在这里说说，学生都是纯洁的人，没啥要紧的。"

是没啥要紧的。这些话，千万不能对自己生活圈里的人诉说，几年后，我也有了这样的习惯。出差时的列车上，那些素不相识的人便是知己，他们竟跟我一样，坦率真诚。车到站，有意味的人生便结束了。

彩霞姨嫁到我们村，第一顿饭，镇住了全家，夏收割麦子，镇住了全村。彩霞姨难得的一手女红，勾起娘儿们美好的回忆，枕套窗花烟格子手织单子，娘儿们对这位高中生另眼相看。彩霞姨的模样与她的女红是和谐的，瓷瓷实实，稳稳当当，扎住了营盘。

婆婆整天捏着长杆旱烟锅子，东家西家，彩霞姨更希望这样，大家从婆婆的悠闲里，便会想到她。新媳妇们熬过第一年就算毕业了，揣个娃娃，开始东家西家，

---

① 挂面，方言，即谈女朋友。

树荫底下。彩霞姨反而更勤快了，闲着无聊，无聊得想流泪……碾麦机突然停电，彩霞姨望着被太阳烤得瑟瑟发抖的麦子，嘴唇开始打战，泪到底不同于汗，清悠悠弯不来，在脸庞上划出白嫩的河道，汗就是黄沙的堤岸。我虽然坐过几年教室，阳光烤煳的皮肤没法再白了，大家都叫我"黑娃"，我大概是太阳黑洞里落下来的。彩霞姨说："黑娃，你明儿走？""下午走，明儿要上课。""我弟太远了，像你这么近，也能回来帮忙。""学生干活样子货，我是尽心不尽力，也尽不了力。我能做多少活？回来两天安慰父母罢了。""李可叔叔就能干了，你别操心。""他能干，他是好身手。"彩霞姨这才发觉，自己的操心是多余的。哪一年不是李可叔叔干的？彩霞姨又开始望那边的麦田，望自己的春天醒来时的那片土地。

阳光一骨朵一骨朵从麦芒尖旋转上升。麦子就是这样，被阳光从地层里牵出来，给她穿上嫩黄的宝宝衫，给她穿上碧绿的童装，给她穿上长长的绿裙子，在田野的清风里袅娜轻舞。麦田里总有拔不尽的粉红色细花，连芨芨草都会喷出油乎乎的花瓣。最热烈最稀罕的是刺玫花，好大的田里才那么一株。麦子的波动是给她彩霞的，麦穗细长的眼睛流转出团团泪花。这是麦子最值得回忆的时候。谁是太阳的纤夫，大地的脉络有多么沉重？有人拧着脖子在田坝上吼开了炸雷一般的秦腔。人们听见喤喤响的铜锣，铜锣扣在太阳的天灵盖上；人们听见嘣嘣嘣嘣急促的暴鼓，鼓点敲在熟透的脑壳上；人们掰开一虎炸厚的锅盖，腮巴撑得像山，舌头一拨拉就落下肚去；人们把面揉得像牛筋，面条长得能扎腰带，能把太阳像按牛犄角一样按到犁沟畔上。自己仅仅是悠悠天地钓竿上的诱饵，生命的流矢骤然而过，大家都在钓钩上……麦子穿好嫁妆，金黄的绸缎衣裳，阳光柔软得像弯曲的小河。彩霞姨看见了我没看见的东西，她打麦捆里抽出干枯的刺玫花，翻看刺玫花的残骸，半天不说话。北方什么最红？是野玫瑰。火焰里有刺，火辣辣地盯着太阳，太阳只好趴进云堆里躲藏起来，像没有看见它。美人的孤傲只有唯一的一个人不怕她，不把她当回事。那是她的太阳。彩霞姨想起她火红的岁月，三伏天的苞谷地里，二丈高的黄土崖骤然垮下，压起冲天的火焰……

秋天，彩霞姨的弟弟毕业了，分在广州工作。她只一个弟弟，她倾注了极大的力量和希望。现在，她却像背石头上山的人，背到山顶，人也瘫了，提不起神了。几个妹妹对她没有多大的魅力值得眷恋，她似乎觉得，妹妹再有能耐也是她这种样子。即使考上大学，也未必幸福。想到女人的幸福，她对赵春的怨气越来越大。一个字的信也没有，大火烧过还有撮灰呢！苞谷还有根呢！野草烧后还要吐新苗呢！人竟这样柔弱，不及野草。爱，真的是一股风吗？吹开花之后就无影无踪了？留下天地这空洞的房子，偷吃禁果的人，大概没有一个想拥有果园或树的，吃饱之后，便越墙而去。出力流汗修枝浇水的差事留给李可这样笃厚的人。怨气使彩霞姨不能自制，把她白净的圆脸熏瘪了、熏黑了。她不相信，田野里怒放的野玫瑰会无影无踪，那红红的火焰，从她最隐秘的地方涌流而出，把那块地方凝固了、干涸了，那里的苞谷和土崖，砖块似的被炭火烧硬实了。赵春一声不吭，咬牙切齿，眼睛钢炭一样闪着火光，只有这样的大火才能融化她、锻冶她。她是刺玫花，多少地里才那么一株。

  那年秋天，我在家养病，彩霞姨常来找书看。我手边都是契诃夫的书，她翻了翻说："过去爱看契诃夫，现在没意思。《第六病室》住的时间长，谁都能习惯，除非疯子不习惯。"我比她还老："生活本来就是在没意思中找意思。"那时，我总以为，自己的苦恼和无聊不会到别里科夫的地步。我正念大学三年级，胡乱摸着写诗。在没意思中找意思，像娘儿们翻包袱，竟也翻出几片鲜艳的布头，竟也在刊物上闪了那么几下光泽。后来发现刊物比垃圾还臭，比娃娃们绘满地图的尿布片还臭。巨大的悲哀像巨大的原子弹，炸得我都没法寻找自己。我那么几下闪动，与彩霞姨燃燃于原野的火光相比，简直是鬼窝里的萤火虫，是死鱼的眼睛，迷幻了纯蓝的天空和纯蓝的海水。

  我这儿没好看的书。她只偶尔来坐一会儿。我去她屋里，她斜躺着看一本杂志，窗台还有十来本，都是小摊卖的那种刺激性极强的杂志。她没抬眼，顺手丢给我一本，头埋得很深，看得有滋有味，嘴角挂一串柔媚的微笑。彩霞姨就有这本领，淫荡的故事从她眼睛灌进去，能变成迷人的笑。我没法理解一位少妇的心，我现在这样写，是因为我将要步入中年。生活无所谓好坏，却能使你成为真正的人。人如草木，形形色色，无所谓真假。李可叔叔坏就坏在太认真了，反而坏事。

  彩霞姨知道会有这么一天。赵春回到小镇上，完全成了另一个人，英俊的军官形象从梦幻变成现实。赵春领着女朋友，县委书记的女儿，在小镇黝黑的街道上走着。商店、照相馆，最后到镇中学拜访老师。这个梦该由彩霞姨来做。现在，彩霞姨哪里都不能去。黄土崖下，麦苗青青，像手腕上清晰的血管，突突跳动。她坐在窗前，院墙外的白杨树晃着美丽的身段，黑乎乎的大街上只有白杨树是干净的，煤烟和灰尘涂抹不掉杨树的洁净。赵春领着那个姑娘，是彩霞姨同一个学校的，彩霞姨高中毕业时她上初中。彩霞姨是时间的精品制作的，她很平静。她从窗户望出去，越过碧绿的田野和黑色树林的土塬，越过街道上建筑物的墙壁和人群，她看着这姑娘的美丽和优雅。彩霞姨的天生丽质足以自持，她的自尊足以诱导她所要做的事和所想的事。这姑娘的优雅无疑超越了她，而这一点点恰好是她所希望的。女人的愿望不经过酝酿，往往产生于一刹那间。赵春从二丈高的崖顶跳下来，就那么一刹那，她就有了爱，她就决定了。

她还看着，他们走进母校，来往的学生也这么看，看着她的愿望，她精心构思、日夜编织的愿望。她的愿望又回到当年她心跳脸红的地方……他们出了小镇，这地方很新鲜，也是她所希望的。他们靠在黑黑的树干上。那姑娘红色的身影被赵春捂住了，团团大火被赵春捂住了。赵春像壶盖，被热浪冲得突突跳，红衣角时而亮几下。彩霞满天，满天彩霞，天红地绿……

彩霞姨很平静。院墙外的杨树像白蜡，在满天大火中融化了，软软地倒进屋里，缠绕着她。她看见自己被结结实实地挤在树干上，按捺不住的亢奋打散泪花，笑容湿漉漉地烫在树干上。细嫩的小河缠着黑瘦的刺槐树，鸟鸣流萤般飞来飞去，她最难熬的日子里，萤火虫都烧起来了，各个角落都在骚动。睁开眼睛，她被李可紧紧搂着，她猛然爆发出意想不到的力量，把李可叔叔拉到胸前，更有力地弹跳。李可兴奋万状，兴奋中带着诧异。三年来，他从没得到过这全真的感觉，这种感觉刻骨铭心。天麻麻亮，彩霞姨就失去了这种感觉，毕竟不是第一次了。

第二天，她还是哪里都不能去。她奇怪自己怎么知道是第二天，而且还知道明天是第三天，是最后一天。真正有记忆的时间是从六年前赵春跃下土崖那一瞬开始的。静谧优美的境界里，"咚"响一下，春天的放映机浓墨重彩，开始涂染她宽敞明净的银幕。六年来，时间没有停滞，六年间所放映的春天永在。凭什么证明今天是第二天呢，就因为三年前赵春的无影无踪吗？她多么荒唐，她的生命是上千上万的春天。从哪儿捡来的第二天？她毕竟捡来了。女人从来就是无中生有的天才，只要点到敏感的穴位，一缕轻微的气息都能裂变为骇然的风暴。她操起一把刀子，从刷刷飞逝的时间之河，切下大大的一块，放在自己膝头细细玩味。那是时间的盆景，她生命的一帧小照。自赵春的血流进来，瞳仁的银幕上便布满葱绿的苞谷，一片永远的绿原。明天是最后一天，太阳落山就散场。夜幕把那身影卷走，去最优雅的舞台，那里不是她的世界，不是她来主演的美丽的故事……

彩霞姨收回目光，窗户刷地黑了，幕落了，戏散了。正好李可叔叔倒在炕上，天刚黑，他们夫妻从没这么早上炕的。彩霞姨好像就睡这么一回了，万般柔情化作一池春水，她像要沉入大海，梦呓般地叫："春，春，春儿兄弟，你在哪哒哩？呜——呜——"

李可叔叔一怔，他忽然明白了，跳下炕，扯住彩霞姨大腿一拉，她上半截趴在炕上，下半截展在炕沿上，李可叔叔抡圆了皮带，噼啪噼啪……彩霞姨很平静，比她想象的要平静。她死死盯着窗外，夜色刚开始都那样，浓黑一团，像要挤破玻璃，现在不是淡薄了？星星叮咚，像春山月夜的溪水。耳边还在噼啪地响，刚开始钻心地疼，不一会就好受多了。赵春嘶啦一下，揭去十八年处女的幕。这强烈的节奏不是第一回。她六岁时，跟妈赌气把碗摔了，爸就黑虎着脸，把她按在房沿石上，噼啪噼啪揍了一顿，简捷明朗的一段像流传在黄土塬上的民谣，就那么几句。爸爸赶着黄牛碾麦子，她夹着罩篓跟后边接牛粪。太阳像铜锣，在头顶喤喤喤响，爸爸吊起嗓子吼秦腔，过来过去就那么几句：

刘彦昌哭得呀，两眼汪

怀抱着娇儿，小沉香……

反反复复，牛转一圈他吼一圈。那吼叫声简洁明朗，像吃了豌豆放的屁，像黄斑斑老虎皮一样烈性的土地，像咔嚓一瓣蒜呼噜一筷头面的喉咙喔儿喔儿，像红膛瓜水的脸乌瓦实黑的衫。

"那一回，不知怎么爱上你了，我以前没见过你。"李可叔叔丢下皮带没看她，进厨房灌了一马勺凉水，回屋里倒在被上"啪"拉灭了电灯。遥远而古老的歌谣，从星光里漫泻而来：

媳妇没睡哩你就吹灯哩吗

你急啦吗

急啦就去洗焦胡基

出门走上五六里

要洗河里洗要洗河里洗

一颗星从院墙跳过来，粘在窗户那块圆玻璃上。

你急啦吗！

你急啦吗！

这回是齐声合唱。彩霞姨小时唱过。姑姑出嫁第三天,她跟爷爷去看姑姑,就这么唱来,姑父姑姑都红了脸。

彩霞姨看清了,那清白色的亮光不是星星是萤火虫,是他俩的长命灯。新婚之夜,天麻麻亮,李可黑沉沉地出去了,天麻麻黑才回来,嘴里喷着酒气。那天,她就盼着李可揍那么一顿,李可没有,只是歉意地笑笑。

彩霞姨第一次仔细端详着自己的男人。

"真要爱这死鬼了。"彩霞姨这张琴是牛筋做的,这次被李可叔叔弹响了,她瑟瑟发抖。

天没亮李可叔叔出去了。脚步声出了院子,出了村子。彩霞姨穿好衣服,天大亮,屋里收拾整齐,她去厨房做饭。婆婆在堂屋里抽烟咳嗽。她端饭进来。婆婆古怪地说了句什么,接过碗吸溜一小口,再接筷子。她回自己房里,调的生萝卜烙的油饼,花瓷碗飘着酸香。她站起来,脚步声像风在街上来回流动,不进她家的门。饭桌上依然热气腾腾,她奇怪,饭桌边该有个娃娃。她从没想过娃娃也就没怀娃娃,她的影子一下子模糊起来。她是坐在家里,坐在饭桌旁边,饭桌是她男人做的,饭是她做的。还有很多,窗外的杨树一片金黄了,该是什么季节?屋檐下有结网的绳,燕子却没有垒巢,燕子把巢垒在墙外的杨树上了。杨树满身金黄,树叶像铜板,被阳光敲得叮当响。杨树底下就是苞谷地,她挖那里的泥土抟成时间的盆景,小心翼翼地放进自己的心房,一把小锁当啷锁上了,一锁就是三年。该坐在饭桌边的臭娃娃就在里边锁着,燕子衔着泥巴也朝那里飞。不可思议的事情太多了,她一下就被加工成妻子,一下子就被制作妻子的传统工艺征服了。那把锁开了,她的房间空荡荡的,没有该有的娃娃,没有年年都来的燕子,扑面飘来地窖似的潮气。赵春三年没进去了,今天是最后一天。他在另一间屋里,那间屋子是她所向往的,既然他有出息了,就该去住体面的旅馆,而不是她这间旧屋。她听见自己在哭,争强好胜的她竟哭了。那抽泣声在遥远的地方曲折婉转,就是不肯靠近她,知道她脾气古怪,但还是告诉了她:田野上正是秋天,田野上蟋蟀在唱,许多秋虫在唱,土拨鼠忙忙碌碌开始攒仓,而她的房屋空荡荡啊空荡荡。原来,心房里深锁的是孤独和寂寞,一直潜伏到现在,开始流露了。还是没有他的脚步声,天不亮他就出去了。他摇摇晃晃地回来了,他喝酒了。婚宴上他一杯又一杯,许多人都摇晃开了,他稳稳当当,还是一杯又一杯。新婚之夜,天没亮他就走了。他摸她来,摸着了那把锁,他是童男子,他不知道这把锁意味着什么,他趴在缝隙里看,看见那房子里有个陌生人，他就出去了，出去就喝醉了。自己的洞房花烛之夜却要去为别人饮酒祝福。多少人喝不醉他，他自己把自己喝翻在野地里，野狗似的。他这么想着：那时我对你还有希望。你被人睡过，那人走了，我就进来，可你一直锁着。她听见了敲门声。他忍不住了，抽出皮带来敲，门终于敲开了，他惊恐万状，跟三年前的早晨一样出去了。其实她知道，赵春走后没再来，她就是不知道为什么要老锁着门。什么也不为，当年赵春跃下土崖就没想过为什么。没有脚步声，今天是最后一天，她等不到了。天麻麻黑，她撩开夜幕快快地走着，走在了秋天的前边。脚步声压碎了秋虫的合唱，一直到站台上，她不知怎样把赵春抓过来的，渐渐地远离了人群，被厚厚的夜幕裹住了。她心跳得厉害，细细看啊就是赵春，温柔的夜色围过来，她的心房就开了。赵春跟当年一样，什么也不说，龇着嘴，喉咙里咕噜噜像滚石子……"你又回来了，今儿要见不到你就糟啦，就要爱上他了，由不得啊！"她兴奋得喘不过气来。赵春揣着自己的下巴壳，看看表说："车要开了，多保重……"

他破例第一次不到天黑就回来了。酒毕竟是酒。迷醉的眼睛再次注视媳妇时，不觉得扎眼了，她跟以前一样漂亮迷人。他一边跑买卖，一边找老回民，这些与媳妇无关，新婚之夜，蓦然间的不快也与她无关。是另一只巨大的手在捉弄他，他只感到自己的血是从高原深处老回民的墓坑里渗出来的，他要回去。那里的黄土呜呜乱叫：有了媳妇就是家。血流进媳妇那里，命就到家了，他就回来了。现在，老回民招呼他，李二爷劝慰他："娃，石头大绕着走，别强求。种子撒上汗水浇上。长不出苗来不怪你。"

他绕开走，他凄惶得不行。他想起自己的一句什么名言：得江山不能定输赢。想起关山以西的高原，家在哪儿？他不知道。

彩霞姨的胳膊终于不跳了，脸颊上的火焰顿成灰烬，石灰刷的新屋一样。李可叔叔看到了期望已久的纯洁的妻子。美丽动人的画面终于出现了短促的一瞬，他要的就是这一瞬间，生命迅疾一闪，没有呼啸没有回音，带着强烈的幻觉。俩人的梦幻超越意志，撞起这短暂的一瞬，一瞬胜于百年。李可叔叔最后一天对我说："她的血我只放了一半，我们是夫妻，血流在一块就是永久的夫妻。另一半血，要把留在那个人身上的赚回来。女人的命就是我的，与他无关。可他那么早那么轻巧就把她占领了，我只有征服死亡，把阴影从她身上赶走。我肯定比他强，他是逃兵，我是胜者，就这么回事。"李可叔叔临刑前没喝酒没吃东西，他不需要这玩意儿壮胆。他想得到的已经占有了。

彩霞姨的血流干了，白得像菩萨，很快进入迷幻状态。

"我本想跟你好好过日子，你不想想你是什么东西，竟敢跟他比高低。"她浮在血的油画上，月光迷蒙，她还能感觉到身边的彩釉，他和她的。她即将消失，她听见赵春的脚步声在空旷的血管里响动、消散。这时，她感到李可的手伸过来了，她的脉络变成树的根须，根须的网已把死亡紧紧地兜住。她所有的努力都将是徒劳的。

"他只三年，我妹妹会等他的。"

巨大的纯洁狂乱地抢占她的身体，白昼般从脸移向胸再往下，记忆像迷途的羊在乱撞乱叫。还是苞谷地，苞谷黑乎乎的，缨子粉嫩红润。

……夜里，县委书记的女儿来找她。

"部队上前线了，我估计赵春要出事。"

"不会，他不会死。"

"死对他是一种幸运，他有另一种可能。"

彩霞姨不敢想另一种可能，她瞅着她，她听自己不敢听的话时总是瞅对方。

"我以前崇拜他，那时才十四岁，像小树，觉得温暖的都是阳光。接触了二年，他确实爱我，但我不能不退却了。他只是在发高烧，还自以为在发光发热。他身上的动物性太强了，第三次约会就扑上来，摔跤似的。他使我感到失望。正像我爸爸说的，苦难使有的人刚强，而使另一种人比纨绔子弟更坏。何况他并未吃过苦。你不要恨我，其实没有这个必要，少女看到的都是梦幻，最先泛滥的都是污水，金子在水层底下，我们成熟了才配有真正的爱。"

姑娘走远了，彩霞姨却感到了一种莫名其妙的欣慰。

半年后，姑娘的话得到了验证。部队入滇之际，赵春跑回来了。他去找姑娘，姑娘不理他，说现在不想当女人。赵春说："什么时候都行，我是贴上了。"姑娘冷冷地扫他一眼，目光丰富极了。把姑娘变为女人既然这么神圣这么可歌可泣，干这些事也只能是他。赵春慢腾腾往回走，他百思不解，他的战场是在这儿而不是在前线。两个兵在家门口正等着他。第二天有趟车，赵春被羁押在县武警中队。彩霞姨天黑时赶来了，赵春恢复了冷静："你还来看我，我当人都死绝了。不要紧，蹲几年照样一条好汉。"

"我等你，你出来我就离婚。"

"现在离，你男人兴得很，修桥补路，听说又给学校捐了一万。赶紧离赶紧离。"

我们正好在县法院实习，我见到了李可叔叔，他不抽烟。

"那本小人书在不在？叔想再看一遍。"

"啥小人书？"

"忘性咋这么大？"

没法找《战国故事》，我手头是《史记选》，我读《项羽本纪》给他听，他庄重得像神像，他在甘陇塬上见到清真寺顶的月亮时，也是这种神情。

我的恋人正是我的同班，我们在小镇上散步。她说我是好人，我点下头没吭声。我追了四年才追到的，我仅仅是个好人，彩霞姨从没说过李可叔叔是个坏人。

李可叔叔是自首的，对犯罪事实供认不讳，对死刑尤为满意。几位老公安站起来点着烟，听着哗啷哗啷的镣铐声渐渐远去都沉着脸。他们劳碌坎坷了大半生，这个案例太简单。警车从大街开过时，李可叔叔的眼前是一片攒动的人头，黄脸黑发跟苍茫的大地一模一样，跟父亲的墓坑一模一样：那是厚厚的黄土，他看到了厚土下极脆弱的根茎，每一根都连着一张自己的银幕。

一位老公安对我说："你叔太执拗了，生活嘛……"

李可叔叔阴沉着脸，不断地望天空，生活太沉太重，他走在地上的时候很少望过天，很少这么长长地伸着脖子。

枪响后，子弹偏了。他从血泊中翻过身，执行的人转身走开，过来两个武警开了枪，他才安静了。据武警讲，他们过去时，李可叔叔嘴里冒着血，声音很小："下次要打中，一下就成，就一下。"

那瓶老西凤就是一下子喝得精光，那只空瓶就是一下子爆开，肢解太阳的。

那里没有苞谷地，却也一片鲜红……

家　园

何处是归程　　长亭更短亭

1

离家去上学，以为真的离开了。长途汽车钻出北山，在平川换乘火车。家乡的一切——消失。有一束亮光颤巍巍，从阳光里跳出来，那是母亲干燥的目光。

记得姐姐出嫁的时候，红红的亮光随着迎亲的人群离开村子，就像田野消失了一茬庄稼。母亲扶着门框抹眼泪。父亲咳一声，母亲的泪就干了。母亲就是这样枯老的。后来我参加工作，东奔西跑，总觉着在家门口打转悠。我就像钉在门板上的铜钉铞，被山风拍得丁零当啷。

2

已经是冬天了，雪花渺无踪影。

我爬上渭河堤，身边走过的那位少女很白。她折回来时，我从《叶赛宁诗选》上瞅她，我被震撼了。我跑进堤下的枯草滩，扯碎亲爱的叶赛宁；这不是读书的年龄，这是青春的岁月。我开始放火，枯草裹着浓霜，被破碎的书页烧着了；烟柱粗壮凶猛，比诗人更忧郁。

在校园里，我一眼认出她，她是外语系的。她压根儿不知道她已经被我审读了。她的黑发仿佛那股子青烟。

进阅览室不是为了看杂志，杂志比书更臭，是无聊文人们的时髦垃圾。她竟然坐在这里翻杂志。值班的丫头问我："《世界文学》，新来的？"这书我看过，我没法红口白牙说瞎话，就借了一本。

我明目张胆地朝她跟前蹭。我想潇洒一点，含蓄一点，这对少女很重要。可我不行，我是山风吹大的。好在她聚精会神，看不见我的狗熊样儿，以及鸟男女们鄙夷的目光。

我看《世界文学》上的版画，看到封四，情绪调节好了，我开始读它。她正看《民族画报》，我心里好受多了，我怕她也尝古今中外的文学名粪。她在看边塞风光，那都是大自然的肖像，清清爽爽，让人想起浑圆温厚的黄土丘。她望着土塬上的小白杨，树影在她的眼瞳里颤动。偷读少女的青春已经罪孽深重了，眼瞳可是她的心灵深处啊！我一下子揭开了她的天窗，她脸红了。那棵小白杨，仿佛电影镜头，在她瞳孔中越颤越高。我听见妈妈的声音……

"红儿，把住树把牢，妈就来。"

妈妈到沟底挑水，早晨下去中午上来。树叶上的露水干了，娃娃脸上的汗珠儿满了。妈掬起桶里的泉水，我喝一掬，她喝一掬，小白杨树喝一掬。

"记住这树，它跟你一起长大。妈捞你的时候，它才一丁点嫩芽芽，你刚会打愣愣，它身上就有山雀儿卧。"

"妈下地时，把你拴在树根上，你没病没灾长这么大，多亏这树。"

妈妈的嘴唇不动了，眼睛潮潮的，露出树那样干裂的根块。妈妈真的干枯了。在她干枯的那一刻，维系于心灵的脐带真会断裂，我会疼痛得放声大哭，哭回湿漉漉的春天，哭回孕育生命的母爱。那条挣不断的脐带像蜗牛，跋涉寻觅，直到我离开世界。否则，我会永远徘徊，像流浪的野风，没有归宿。

3

"你认识这棵树？"

"嗯！"

她看我，我说："那树就长在我家地边，别人都砍了，就它活着。"

"为啥要砍掉？"

"盖房子盖庙，另外么，树歇庄稼。"

"没树，山该是什么样儿？"

"那棵树有我妈护着，她不死没人敢动。"

"那以后呢？"

"以后，以后鬼都不知道，何况人呢。"

她打开笔盒，拉开水果刀。我知道她要干什么，我侧身挡住管理员的视线，图片落在我们手里。

"你像个诗人，落在你手里比留在画册上强一千倍。"

我有点受宠若惊。

"你咋认识我的？"

"早晨河堤上，我等着下雪；已经冬天了，不见雪花的踪影。"

"你说我是一片雪花。"

我们爬上渭河堤。渭河刚出陇山，不怎么宽，河面凝然不动，两岸的黄土悄悄地漂入水中。唯其不动，才显出它是一条真正的河。在这样的河边，没法不沉默。河浮游在青色的秦岭与黄色的高原之间，透出空灵的禅境。

麻雀在叫，我们身边站满了黑黑的柏树，树下卧着安眠已久的老人。带少女进墓地很不吉利，我想走开，胳肘被她抓住。

"你喜欢这里，为啥要走开？"

"不，不喜欢。"

"言不由衷，你的眼睛告诉我，你敬仰这些老人。他们一生劳累，有这样的归宿，很满意的。"

我看她，她一下子远了许多。心在战栗，我多么想打破这种尴尬局面，可我不会。我梗着脖子离开墓地。

4

日记本疾风般印满我的思想。很久没动它了，它像搁浅的破船驰入激流。

我又听见妈妈的声音，它细若游丝。

……我发烧说胡话。妈妈端一碗凉水，竖一双竹筷，碗里撒一撮面粉，开始念叨爷爷奶奶，以及我们家族古老的祖先。念叨完了，大声说："你孙子乖着哩，不要你操心。"啪！一笤帚把筷子打飞。手蘸凉水，在我额头点几下，很快就退烧了。

这天夜里，妈妈把铰好的纸人贴在门扇上，走进黑暗里，走了很久，悠着嗓子喊："红儿——回来，红儿——回来！"姐姐在门后模仿我的声调："回来了噢回来了。"

我在被窝里听妈妈的叫声,这声音流水似的酥开大地,催开结实的种子。

一个生命就这样形成了。

我落在沃野的草窠里;蛐蛐叫蚂蚱跳蜻蜓飞来飞去,它们在迎接泥土吐出的生灵。依照古老的仪式,在我降生的前几天,妈妈徜徉在草木丰美的河边,哼着飞禽虫豸编织的古歌,用来呼应即将降临的生命,并把这些功劳归之于河。

"你是妈打河里捞上来的。"

每个娃娃都有一条温暖而神秘的河。

"下雪了,妈不行了,妈叫你你可要回来。"

我一下子懂事了,我忙岔开话头:"到处都是野花,下雪还早。"话头一旦出来是难以岔开的,这跟我的笨拙没关系。坡上、塄坎上、塬畔上堆满碎金似的野菊花,耕牛卧在花里像肥壮的蜂王。

"那是给妈开的。"

"桃花、杏花呢?"

"给你媳妇开的。"

秋色斑斓,秋风萧瑟,我望着妈妈,妈妈一下子远了,沟塬上只剩下她的声音。

"别的花结果子,冬天的花不结果。它结的是一片白白的孝心。雪花可不是白白落下来的,它可是天上的花啊。"

雪花是天上的花。

5

天窗打开了,我顶着碧蓝的苍穹,一道塬又一道塬地爬过去了。悲凉粗野的秦腔就是这样响起来的,柔情似水的信天游就是这样响起来的,心惊肉跳的腰鼓声就是这样响起来的。那塬、那梁、那陡落的坡、那深不可测的沟,被我的脚趾挑动了。细细弯弯的路有了灵性,塬仿佛黄土浇铸的音符,奔流出一种内在的秩序和韵律。

长空和大野寂静无声,我的声音越过顶峰,我不会再粗脖子粗脸地吼秦腔了。我不是哑巴,声音会以另一种方式宣泄出来。

太阳湿淋淋地飘上蓝天,我瞪着它眼皮眨都不眨。这是我第一次跟太阳对视,脊梁"唰！"滑过一道硬朗的液体。我是大人了。太阳把它全部的力一下子注入大地优美的躯体，我渴望这种东西，这种创造生命的力量。

我来了！我看见了！我占领了！像那个不可一世的凯撒，我把自己摊开在温厚的塬顶，血液愈流愈响，野风揪起头发，像团黑色火焰。我是炽热的，大地更为炽烈。

她不知不觉蹲在我身边。我看她，我的目光刚刚濡染了长空和大野的灵性，她会偏爱这一切的。大自然赐予人的悟性超越情感的冲动。

"你知道我会来的，才在这等着？"

"嗯。"

"你看这沟多长。"她指着塬下那条沟。沟到底有多长，谁也说不清。缓坡上有礓石公路蜿蜒而上，直到北山，接通那里的山坳沟壑。这条沟确实很大，每个旮旯里都有人家，整座山城像它下的一颗蛋。

"这叫长寿沟，这里可没有坟墓，在这等我总算讨到吉利了。"

"你对泥土感兴趣？"

"你说错了，我对它很熟。"

我不信。这个细皮嫩肉的城市女娃娃对泥土仅感新鲜而已。

她说："地里的活很累，很辛苦，可我能挺住。风吹日晒，我还那么娇嫩，因为我是个姑娘。"

我在她近乎透明的肌体中看到一种根茎，田野里的女娃娃总是娇嫩而不失韧性。

"我生在城市长在山里，我是山风吹大的。"

那些朝向太阳的路，宛如纤绳，绷起沉沉的叹息。纤绳断裂，太阳轰然坠落，溅起浓重的暮色。

夜雾一团又一团，仿佛长寿沟吐出的舌头，融化在她脸上，她湿漉漉的。星子在高空啾啾叫，我吓坏了，我的舌尖搅着夜雾吮吸她的一切。她的手指勾住我的肩膀，就像崖缝里倔强的小树，她全身都软了，水团儿似的，可她的手指有劲儿。这样的姑娘，能融化一千次，却不会毁掉。

在此之前我完全是空白，对女人没有一点经验。农村那些结过婚的二屎小伙子告诉我："娘儿们娇嫩，一碰就化没了。"其中有个三十来岁的汉子说："有些娘儿们不这样，你能把她揉出水，她骨子里的劲儿揉不出来；那股子劲儿醒着呐。"那时我十五岁，就认定这汉子是根老姜，说的是真理。那时我就很坏了。我曾为新婚之夜如何哄弄新娘就范而发愁。我只记着那汉子的话：娘儿们骨子里的劲儿揉不出来。

　　我不敢轻举妄动。我摸她的手，其实是在使劲捏，她没声响，我吻遍她的脸，没敢碰嘴唇。那地方一碰就起火。我虔敬地看她的嘴：这口井深不可测，里边有很多很多甜甜的水。我这么望着就够了。其实我并不坏。她是个少女，我很久以前就憧憬过的少女。越过她的额头，我望着冥冥的苍穹，有个声音，微弱而清晰：

　　"你可以进去，但要记住她的眼睛。"

　　她的眼睛闭着，可那声音从高空轻轻划过，我看见一隙纯洁的天光。

　　"那是你进去的地方，你必须从那里出来。"

　　那道白光消失在灰暗的远空，她的灵魂在天上，那里有她的一双眼睛。

　　她说："你还没问我叫什么。"

　　"我已经知道了。"

　　我盯着她的身子，那仿佛是一束白光，从生命中辐射而来。

　　"你是指这，"她捂着胸口，好像泄气了，"我叫雪花，落在你身上了，你这家伙。"

　　我捏她的手，她不拒绝。纤纤小手，像小河边嫩软的黄泥，我捏出她的骨头。河是有骨头的，从河岸攀缘而来的树根就是，还有绵绵的草根。她要一用劲，河床就陡峭，静若处子的河水就会成为激流。

　　她的手属于我了。这是开始，是立足点，我可以捏第二次，甚至更多，她都不会拒绝。要保持这个滩头阵地。现在不能吻她，除非她激动得像夏天像煮开的水。

　　我学布谷鸟叫咕咕，这是秋鸟的叫声。她学了几下，不如我的地道。

　　一路上她默不作声，听着我播放出来的各种鸟声。

6

　　宿舍里全是打呼噜声。我睡着了，眼睛还醒着。我看见妈妈背着一大捆柴火在爬那高高的塬，黄尘轰轰开过来，妈妈就不见了，那捆柴火散落在地上，后来柴火也看不见了。塬上只有黄尘在窜来窜去。

　　终究有一天，我会失去妈妈。我把雪花领到墓地，就是征兆。得到雪花的同时也失去了另一种珍贵的东西。

妈妈手脚不利索了，干不动了；妈妈四十多岁，她干的活早超过她的年纪，八十岁都不止。人跟东西一样总有用完的时候。

我坐起来，宿舍里的呼噜声像坦克车队，我凄惶得不得了。

7

我实在回忆不起我出生的那一瞬间是怎样的情景。脐带以及剪断后其噪喤喤都是在书和电影里看的。

生命就神秘在这地方。

我这么搜肠刮肚，是因为这会儿仿佛置身于一个新世界。我被割断了。我不会去翻书去找朋友胡吹乱扯。人到这年龄，十九岁，唉，该想想自己了，自己是怎么回事。有必要上大学吗？大学不教这些，这些也不是教的。自己的问题得自己学，自己干。生命这东西其实也简单：你的就是你的，谁也代替不了；各有各的体验。

我的体验真难受。

我从娘肚子里爬出来的时候，跟这会儿差不多，因为难受而号啕大哭。用声波探测世界，世界是冰凉的。那时我就很清楚，世界是怎么回事，我是怎么回事了。以后的日子便是一步步地验证，生命就是对世界最初印象的验证过程。第一印象至关重要。

妈妈说我是天快亮时打河里捞的，妈妈受的罪可想而知，整整一夜啊。我问她："你先抓我的胳膊还是腿？"

"头，凉娃，先是头，要不你早淹死了。"

我对这些很感兴趣。上初中时，我在宿舍里给大家谈这事儿，比如：腿先上岸的小子最有出息，顶天立地，是帝王命。县长公子轻蔑地说："河里面有屁，娃儿打女人下身出来的。"城里娃都拥护他，于是就分为两派：城里娃都是女人那地方尿出来的。农村娃都是打河里捞的。上高中后生物课把这些秘密捅破了，可我总觉得城里娃是尿出来的。

真理赤身裸体，让人转不过情绪。我选择文科与此有很大关系。

对文学的最初感觉是在小学快毕业的时候，那位年轻的女教师说："抚摸大地，你会感到崇高的母爱，你会得到温暖和信任。孩子们，我们都是太阳的种子，只有在泥土里才能生根发芽。"

第二天凌晨，我撇开伙伴，溜进麦地，地老鼠似的刨麦叶下的湿土。凉生生的，我开始打战。我知道地底下有滚烫的岩浆，就像我们儿子娃娃的睾丸；那是大地的命根子，最初的生命从那里发芽。那些拔地而起的树就是这样把脚伸进土层的，就像夹在我们双腿间矅矅飞动的小鸡鸡。

8

我又来到那块墓地，野风在坟头呜呜叫着，枯草眦裂，宛若二胡的丝弦。那是黄土的魂。

黄泥岗上无老少，我仿佛成了年少的鬼魅。我躺在草窠里，人死了就这样躺。土葬的伟大就在于它的人道主义，人由土而来，最终归于土，使生命趋于浑圆。我才不想让火葬场的大烟囱把我流放到天空去。我身下的黄土不知融化了多少生命，草根绵绵，系满这些不灭的灵魂。从高空，我看见我贴在地面，我在地球之外，我进不去。

我任凭幻觉的摆布，竟然看见雪花蹲在我身边。我知道这是内心的某种激情。

我抓住飘摇的草茎，草茎的韧性使我不由想到雪花那小而有劲的手指。用力撕，手被勒出血。草茎的汁液与血搅在一起。你渴望激情，她就蓦然而至。

我是我吗？我存在于何处？我是树？是人？是草？是飞尘？是无色的风？什么都是什么又都不是。雪花，看这血，树脂似的结在手指上，昨天还是一颗胚芽，今天就长出来了，我的手指发芽了。

我嘲笑这夏日炎炎的天，向它举起／一串空葡萄，往发亮的葡萄皮里吹气。／一心贪醉，我透视它们直到傍晚。／哦，林泽的仙女，让我们把变幻的回忆／吹圆！①

吹圆美妙的幻影，那是雪花与妈妈拼合一起的图案。是她，又不全是她；是妈妈，又不全是妈妈。雪花白莹莹的，妈妈黯淡了、枯黑了，沉入我的记忆。

我抓挠厚厚的黄土，这不是记忆吗？岁月和生命风化而成的微粒。我从冰凉的土块里闻到妈妈的气息，脑袋里吧嗒一声，仿佛揿亮了一盏灯；我看见故乡的小屋，山风呜一声揭开木窗，露出妈妈失神的眼睛，像快要熄灭的灯！

---

① 引法国诗人马拉美《牧神的午后》。

9

  妈妈的眼睛一直在车窗上晃，下火车换汽车，越往山里越清晰。

  这是不祥之兆，即所谓生命的回光返照。

  忽然，一束白光扑来，碎在车窗上，湿漉漉的。天空破裂了，雪花唰唰飘落。清瑟的初雪。

  塬畔黑黑的槐树林里晃动着一个赶路的女子，红衣黑发，袅然远去；雪地兀然旋起一片清韵。她的身影听从我心中的呼唤，与雪花一起粘贴在车窗上。她的眼瞳，她的睫毛；她的瞳孔别有天地。双瞳意味着什么？我的爱。对家园母亲？对钟情的女子？

  生命处于再生的边缘。

  雪花纷飞，像大把大把抛撒的纸钱，冬天显得虚幻。走出车站好远，好像还在梦境里。只有山塬、深沟、杂树野草是真实的。

  深沟的旮旯里露出村子的一角。路越来越细。我心里装着一个美妙如歌的少女，我把她带进村子带到妈妈身边。她的名字叫雪花，她正在山里山外纷纷扬扬地飘洒。

  崖上的皱褶那么深，它们在预示着什么？噢，当潮润润的燕子呢喃着降临塬顶时，泥土就是这样裂开的。雪花枯萎谢落，土缝里流出娇嫩的麦芽。种子从妈妈干硬的躯壳里滚落，落在我憧憬中的少女身上。这少女便是她的化身，注定要完成她的使命。

  老核桃树歪着脖子拦住我，我每次回家都要喝它树洞里的水。那是它的根爪从四野八荒汲上来的，夏天清凉润腑，冬天温热解寒。我一口气哑下去把水哑干了，树洞空荡荡竟有这么大。呼噜又冒出一泡水，水面浮着木屑，拨开木屑，原来是妈妈干涩的眼睛，妈妈在地底下很深很深的地方，她的魂影是被老树的精灵唤回来的。

  我的手脚笨起来，仿佛刚来到人间。一座土丘悄悄爬到我身边，就像古老的神龟。那是一座新土砌成的墓茔，是悄无声息的妈妈呼唤我回家。她叫哑了嗓子，山风呜呜咽咽，老天爷的鼻涕流下来了，流下来了。我滑倒在雪地里，我爬着，吞吃白白的雪，再吐出来，白白的雪裹住我，我跟妈妈躺在一起。我抱住坟头呜呜咽咽。山风终于吹破了我的喉咙，我终于唱出山野里被风唱得烂熟的古歌：

灰野雀长，

媳妇坐在热炕上，

老娘睡在高山上。

悲伤蘑菇似的长出来，肥壮无比，模糊了我的眼睛。混沌初散，天空下站着苍老的父亲。

"上学要紧，怕你伤心，没给你写信。"

大雪裹着我们父子往回走。父亲给我讲妈妈临终的事情。

"她把麦子淘净，晒干要去磨面。过了晌午又说不去了。忙出忙进清扫房子。过年才扫舍，这么急干啥？她说：过年才扫舍吗？快入冬了，让雪花干干净净落在咱家里。该收拾的收拾停当，太阳下山，她才松口气：他爸，我困得不行，眯一阵子。就上炕睡了。娃娃，你妈啥时候这光景上炕？别人翻二觉她才犯困。爸想着不对劲，她说没事没事。爸下厨房打鸡蛋，风箱刚响几下，就听你妈红儿红儿叫起来。爸进去时，你妈脖子伸长长的，瞅着大门口，声轻轻地：我娃有媳妇了，水灵灵的。就再没话了，咽气的工夫，手一个劲指厨房。唉，养下的老规矩。你妈在，不叫我下厨房的，挑担水就行了。唉，你妈才四十二，是心操的来，把后几辈子的活都做完了。我娃，你就把心放在肚子里，好好念书，将来不受罪。该吃的苦，你妈替你吃光咽净了。"

门上的铜钉锦在风中轻轻地晃，敲不出往日的脆音。爸拍打身上的雪，我没动。这种拍打声，对屋里来说是一种吉祥一种生气。女主人就会打好热水，进厨房盛饭端菜。"咋不动弹，木头了。"我忙拍净身上的雪。"带尘土进门，你妈看不过眼，人去规矩在。"

爸推门进去，妹子在屋檐底下。"哥回来了，水在屋里。"妹进厨房，碗筷叮当。爸蹲洗脸盆边，洗得一丝不苟。我接过热毛巾擦洗一遍。院里堆满雪并不冷清，妈的温馨还在，在妹的身上闪动。连饭的滋味都没变。我说："妹，你还真行。"妹一直盯我的碗。我说："三碗不过冈，一定吃三大碗。""吃饱为止，谁叫你硬撑。"城里待半年肠子变细了，我要自自然然吃下三大碗才行。妈做的饭我从来是这个数，妹不但知道而且很在乎。妹才十四岁，半年时间就成大姑娘了。

爸说："你哥知道了。你哥是乖娃，你妈托的梦他接住了，直接认到你妈坟上去的，你哥是乖娃。"

妹低头不语。爸说:"别难受了。"妹打断他的话:"我没难受。哥,吃呀吃呀。"妹真长大了。妹不会哭。女儿是娘的影子,有妹在,这院落就会保持妈的一切。妹终究要出门,到她该去的地方去,把秉承妈的一切带到那片陌生的土地,化开那里板结的土块,把那里变成生命的沃野。

妹妹收拾一阵,上学去了。

爸剥玉米棒子,让我躺炕上。庄稼人剥玉米是一种享受,很随意。爸说:"你外边做事,自己瞅个牢靠人,叫你妈放心。媳妇不进门,她化不了土。"

这是对女娃娃说的话,我听着很难受。过一会儿就不难受了。我想雪花。牢靠以及使妈安然超度,不是随便哪个女娃娃能做到的。隔开重重土塬和大山,我重新考虑雪花:这个女大学生,似乎仅有一点,她在某个山村待过多年。我从未冷静地理智地考虑过她。在她跟前不可能冷静更不可能理智。我的一切刚刚开始,我对她并没有把握。

爸以为我睡了,不再说话。只有玉米粒光滑的声音,散着丝丝甜味儿。我说:"爸,冬天集多,哪达热闹哪达逛,别一个人待屋里。"

"嗨嗨,我娃想哪去了。爸不是你们念书人,有想不完的心事。手里有活,浑身轻松。活是庄稼人的魂影子,有它就不凄惶。"

我知道我在说蠢话,我对雪花没把握。我并不出色,我笨得可笑。我的言谈举止快都市化了,而我内心这般眷恋田野,眷恋隐藏于泥土中的神秘力量。

10

山风吼叫着。

妈妈披土而眠。她带入大地的并不是死亡。她是作为秋天成熟的种子落在土里的。僵硬的土壳下边,麦种在秋末就会发芽。草籽和汁液饱满的树根暖烘烘地躺在山坡上。

生命并没有窒息。

妈妈披土而眠,她落脚的墓茔是所有种子中最宽敞的。我竭力想象着墓坑的形状:笔直地切进土层,很深,是长长的脚印的终点,一直到黄土最纯净最温暖的地方,依照天空和大地的形状,天圆地方,凿出一个浓缩后的穹隆。生命脱离故园走进新居。没有比母亲更温暖更真实于生命本源的家园，然后你脱离母亲脱离生命的境界，走进地狱般的世界；你并没有真正地走出来，仅仅是拉长了系于母体的脐带。原来并没有天堂，天堂在生命开始的地方。你执迷不悟，开始寻找"爱"，寻找真正的家园。

母亲与泥土，你要在两者中间打通一条生命的隧道。我看见苗条袅娜的雪花，我想象着她在我的身边。我掰碎从山城带回来的糕点，撒在坟上。撒完我那份，再撒雪花那份。我说："我替你撒上。"妈妈听见的将是我和雪花的声音，妈妈可以从中揣摩出媳妇的一切，妈妈会心满意足地走出棺椁，融人黄土，返璞归真，归人生命的真界。

棺椁是屋宇的象征，终究要离开的。

11

明天返校，妹打点好吃用的东西，爸叫我早早睡。

我迷糊一阵，睁开眼。爸蹲在炕沿上，烟头挂一颗灼红的火星。爸说："别看我，快睡，三十岁前有睡不完的觉，过了三十就睡不着了，你爸五十了，没瞌睡。"

烟头上的火星嘶嘶啦啦扯开了，扯成一团火。爸面如土色，仿佛妈坟头的那抔黄土。

爸说："咱家根子正，辈辈人走得利索。你爷去世时，吃饱饱的，蹲大门口晒太阳，要茶喝，一口一口喝干了。缸子落地上，就咽气了。"

爸说："临终前最怕跟前空落落没个人；庄稼人忌讳地空着，也忌讳人空着。"

后来我睡着了，似乎他还在说。天光大亮，爸跳下炕沿。"爸咋不睡？""歇好咧。""不睡咋歇？""我娃，将军马背上都歇哩，爸惯了。"

那年爸病了，躺了半年。坡上的地荒了。爸从窗口望着山坡发呆，嘴唇磨盘似的动，磨不出声音，恨不能把自个儿撒进潮烘烘的沃野。

12

潮湿的山影消失了,换火车后看到的是戴着雪帽的北塬。

列车开始滑动。一位误车的少女远远追来,白色风雪衣上飘起一团秀发。她站住不动了,两颗泪落进晨光,像嫩黄的豌豆,她很清爽,仿佛一片风景。

杏花飘落,在黄昏的鸟鸣里／我祈祷晨风,它没有送去我颤抖的信啊／咬破一只青杏／酸幽幽仿佛深窕的山坳。

那片风景连同少女永远消失了。下趟车有什么用?生命就像这列车,不舍昼夜地驰过月台。我们渴望的一切那么短暂,那么易于失之交臂。

13

校园落满厚厚的白雪,雪地平滑而宽阔。冬天是令人想象的季节。

我的脸干涸好久了,第一次露出了笑容。她就站在十几步外的地方,她在看我脸上那久别的微笑。

我不会流泪,更不会号啕大哭。我们家的人感情都在骨子里。而我的心,依然被失去母亲的悲伤噬咬着。我简直想象不出我的微笑是否有魅力,或许非常的狰狞。

"你回家了,"雪花说,"你们宿舍人说你做噩梦,魂不守舍离开学校的,你没事吧?"

"没事。"

"伯父伯母好吧?"

"都好。"

"你还有个妹妹,也好?"

"也好。"

"我这么问下去。你会这么说个没完。走,我们吃饭去。"

我们进一家回民饭馆,要两大碗牛肉面。我真木头啦,让她请客。我从包里取出两条油锅盔。

"尝尝，我妹的手艺。"

锅盔把她的腮帮揎个大包，大包塌下去后，她开始一点一点啃。

"你妹真不错，现在会传统手艺的姑娘凤毛麟角啊。你妹肯定会剪窗花，会做老虎枕头老虎鞋，还会做端午节戴的香囊，你妹是个心灵手巧的姑娘啊！"

农村的这些玩意她都懂。

"女儿是娘的影子，你母亲很能干，是你们那里最出色的母亲。"

我看碗里的牛肉汤，她说："你坐着，我出去一下就来。"

跑堂的回回娃指着桌上的锅盔说："俄那达多得很，你屋里哪达哩？"

我用家乡话说："曹在甘省哩。"

回回娃笑了。

我说："大清朝陕甘一省，咱是老乡党哩。"

"对着哩，"回回娃沏两碗茶端过来，"乡党吃好，你瞅下的女娃娃没麻达，是个乖女子，准是给你买烟去啦。俄屋里那尕妹子也给俄买哩。"

雪花果然拿两包烟进来，回回娃笑笑走开。两包红塔山，我真想抽烟。我是第一次，我潇洒不起来，笨手笨脚地点着了，呛出了泪。

她说："出了啥事？"

"我妈不在了。"

她愣一下，碰我胳膊，暗示我没戴黑纱。

我说："在村外我就碰上了。墓上没立碑子，我认出是我妈躺那儿了。我进屋里，妹没哭。妈的那份活她接过来干得不错。屋里一点也不冷清，妈在时的一切都没变。妈压根就没离开屋子。"

"你妹多大？"

"十四岁，几天工夫她就长大了。"

雪花哽咽着流出泪："长大了，长大了。"

穿过冷清的小巷，我们走向北塬。

长寿沟把塬破开一个宽大的口子，豁口上黑色的柏树仿佛老人残缺的牙齿。我很想哭，可我不喜欢哭，我喜欢女人哭。我想起老家那些叫丧的老婆婆，她们提着小脚丫拍打地面，丧歌悠扬哀婉。丧歌的词谁也弄不清，连唱的人也弄不清，但都知道那调调里全是亲人磕磕绊绊的一生。

我真想听雪花哭一场，我说："咱到沟里去，我想听你唱歌。"

我吃豹子胆了，冷美人竟这么温顺。我把她领到长寿沟的半坡，野草和刺槐树披着厚厚的白雪，憨态十足。雪花像只蓝鸟贴着塬畔飞窜。刺槐林里有一个圆圆的土丘，简直是个陵墓。我说："皇帝陵就这样子。"雪花说："我去过乾陵，就这样子。"我说："这下边埋着好多死人。""你别吓我，我要哭了。""我就想听你哭。""你，你。"

雪花没几下就哭了，呜呜咽咽，肩头一跳一跳，筛出稠稠的泪水，汪汪的一大片。空气湿漉漉的。

我点一支红塔山，我不看抽泣的雪花，我望塬顶黑黝黝的村子。村口吐出一条坑坑洼洼的土路，我们待的这片林子果然是一块块墓地。白白的纸花在雪地里不容易看清，风一吹，纸花犹如生命之旗"哗！"从雪中钻出来，还有五颜六色的大花圈。

墓地出现一个孝子，白衣白巾，丧歌断断续续，那是个女人。风把她的悲哀扯碎，撒过来。雪花止住哭泣，跟我一起听那支古老而神秘的丧歌：

嗳——娘啊——

呀呀呀——

你把我给撇下啦

往后的日子咋办呀——

嗳——娘啊——

呀呀呀——

你娃白白的馍馍提来啦

你一口不尝就走啦

啊——呀呀呀——

长寿沟两边布满许多纵深的岔沟，那都是真正的黄土沟，里边有村子有墓地。墓地的丧歌就像沟底的季节河，时涨时落。土崖陡立如墙，沟道狭窄，像刀拉开的口子，冷风嗖嗖，黄尘如血水呼啸从沟底蹿起，直上云霄，遮天蔽日，太阳尘土满面累得不能动了。一场白雪，滤净长空大野，飞窜的野风清冷遒劲、寒气逼人。啸音铿锵锋利。那些愣头汉子在沟塬上便吼起皇天后土的声音——秦腔，吼得青筋爆裂、眼冒血光。那些草台班戏台上，旦角领唱，吊起胃口品出滋味的时候，就会冲出一个黑衣老生,黑风罩脸、吼声如铜。一折戏下来,有人会吼炸喉咙,喷出血浆。

雪花大叫:"血,血!"

我的嘴唇红了,像噙了旺旺的炭火。我不知道我吼了什么。

吼秦腔不该让她看,吼秦腔要画了脸、遮住面目再露本相;吼秦腔就像当着众人剖杀生灵,剔出心里的疥疮,狠毒无比、目眦尽裂。儿子娃娃的悲悼就如此这般狰狞。

我的自制力太差啦,我不该领女孩子来。尤其是今天。不加掩饰是秦腔的大忌。父亲在家里总是轻轻哼,声若游丝,仅仅是胸口一丁点颤动,声音始终爬不上喉咙的陡坡。只有一回,我去地里送饭,老远处吼声连天,势如狼嗥虎啸,听得我腿肚子打战。穿过玉米地,青纱环绕的空地中央,父亲盘腿于锄头把上,闭目吐烟,恍若神仙下凡。我走过去,父亲接过瓦罐,咕噜噜,鸡喔喔[①]跳得像车轱辘。罐里的酸拌汤一口气喝完,一抹嘴巴,嘘——长长一股气喷吐而出,仿佛鲸背上喷起的水柱。后来,老师讲气贯长虹,我就想起父亲痛饮酸汤。

14

雪花说:"我真羡慕你,你妈,你爸,还有你妹。"

"这些你没有吗?人人都有的。"

"我是说像你那样的。"

她对自己的父母不满意。父母令人讨厌反而不如没有。

我说:"穷人除感情外一无所有,富人什么都有就缺这玩意。尤其是你们城里人。"

"你别口口声声穷人富人,农村都富了,都成万元户了。"

"你是电视看多了,大多数人有饭吃不再是饥民是真的,离富差远啦。万元户就像数百户人家有几户地主,一片林子有几棵大树一样。你在农村待过几年?"

"六七年呢。"

"你应该回老家看看。没人种地了,地都荒了。"

[①] 鸡喔喔:即喉结。

"他死了，屋子塌了，家没了，野草丛生，仅有几棵小白杨，我亲手栽的小白杨，在风中瑟瑟响。"

我怀疑这是她的幻觉。

她说："来校报到前我去过那里。我没进村子，我在山梁上看得清清楚楚，我生活了六年的家园，从地上消失了。房子被人拆了，土墙被人拉走了，那是上好的肥料。我没进村子。我进不去，我们一家欠那个人的太多了。我们始终是城里人，跟泥土隔着一层。像虚脱的人需要盐巴，人到一定时候就需要温厚的泥土。从那一刻起，我才真正感到父亲的意义，我才把那个人当作真正的父亲。"

"你的养父？"

"嗯，就是死去的那个人。"

她回家的意识太强烈了。当我触摸她绝妙风姿下温热赤诚的臂腕时，仿佛夏天，大地上的麦浪朝向我的胸口。

我的生父是省剧团的导演，母亲是演员，唱旦角的。1970年，灾难降临，父亲留在西安，母亲带我回到乡下外婆家。在外婆家的一年时间里，父亲常来看我们。父亲对生活无能为力，除过舞台他什么都不会。每来一次，妈都要给他准备好多东西，挂面锅盔装一大包。那时，农村细粮很少，外婆家里不能长久待下去。一天，妈对我说："小雪，去山里你怕不怕？"我说："只要有吃的就不怕。"那时，能吃个白馍馍就跟过年一样。妈望着天空，好半天，自言自语地说："为了爸爸，我们应该去那儿，爸爸是艺术家。"说到爸爸，妈虔诚地流下了泪。妈对爸爸的崇拜是骨子里的。她在外人面前高傲冷漠，在外婆家也不失贵人风度，在爸爸跟前她总是显得慌乱。

我们来到山里。妈改嫁的那个人是生产队长，刚死了老婆没娃娃。我至今不知道他的名字，我妈也忘了。

他长相凶狠，满脸是毛，我妈叫他土匪。妈是唱秦腔的名旦，一进山，大家就认出来了。养父为此很自豪。养父很强壮，山里地多，全年都吃细粮。他能打猎，野鸡、野兔，有时还能打到野羊、野鹿。我们吃得比城里人还好。过年时，妈准备好多细粮和野味，养父用架子车拉着，拉到山口的公路段。养路工是他的熟人，拦一辆去省城的车。司机以为我们是来乡下办年货的。"你们好福气，有亲戚在这，这里的资本主义尾巴又肥又大。"妈妈点点头，首肯了。车开了，妈长长出口气。我想妈应该礼节性地看一眼山梁上的那个人。妈长长出口气。我不看她，我看窗外被叫作山的黄土疙瘩。土疙瘩圆溜溜的，灰白的干草厚厚的，不像是冬天；看久了，会感到草窠和土层里很热。这一年里，他给我这给我那，我怯怯的，除新鲜外毫无感觉。他很黑，他的凶相一半是因为黑。他偏偏弄好多木炭，在铜盆子里点着放炕沿上。我和妈睡不惯火坑。炭火把屋子烘得很热。妈不大理他。他常带我去走村串户。这里被群山围着，出现在眼前的景色很动人：犁地的、撒种的、挑水的、纺线的；红红的女子、黑黑的老汉、爱笑的媳妇、爱唱的汉子；绿老虎、紫山羊、红喜鹊；屋里动的、窗上贴的、喧闹着、嬉笑着，拙朴粗野，一片农家的欢乐。跟山外跟城里冷碜碜的景象一点也不一样。他高兴的时候喜欢吼几段秦腔，像醉酒的人、像山里的沉雷，在荒原上飞。妈妈不理他，他尴尬地笑笑。……出山了，平川里有几片翠绿，那是冬麦和油菜。妈妈碰碰我："快到家了，快到爸爸身边了。"妈把我抱在怀里，不久就看见古城高耸而黯淡的城墙，看见了钟楼。

爸爸推自行车来接。车子堆成小坦克，摇摇晃晃，爸爸把不稳，妈妈接过来，总算勉强到家门口。巷子里的人都羡慕地看这么丰盛的年货。那都是野味，是卤好的，吃到春天没问题。爸爸高兴，又帮不上忙，笑呵呵直搓手。不知怎么，我想起那个吭哧吭哧爬坡的山里人，他干完重活喉咙里总是吭哧吭哧像斧子砍树桩。到山里的第一天，天快黑了，他端两大碗汤面条出来，那碗跟盆儿差不多。他说："吃，快吃，城里人吃不动饭。"汤面上撒一撮葱花，妈不动筷子，我饿坏了，先扒一口，面条筋筋的很香。山里人笑呵呵起身出去。我大胆扒起来，面条很快就被扒光了。妈说："喝点汤。"妈开始动筷子。我在碗底一刨，碗底全是红红的瘦肉。我好久没吃肉了。山里人忠厚，肉都搁碗底，像他们的一片心，不掺假的。

我说："妈，我上街去玩。"妈不高兴，瞪我。爸说："去吧去吧，一年没进城，热闹热闹去。"

冬天的太阳温温的，亮而不热，大街全是黑压压的人群，空气里散出焦糊味儿。娃娃们在城墙上狂奔乱窜，我倒像个小大人，若有所思。进院子到窗户下，听见爸爸喘气像牛犁地。妈妈在笑："我攒着呢，不让他近身。"妈没跟养父过，这阵子跟爸爸过哩。一种说不出的味儿爬上嗓子眼，像毛毛虫。

吃饭时妈才想起我，问我刚才在哪？我说在院子里，妈一脸不高兴。在山里她从不这样，她总是紧紧搂着我。我从没想到妈妈这么冰冷。爸爸给我塞一把水果糖，可我不想吃。爸爸说了妈妈一句："不该冷淡孩子。"妈妈笑了，来抱我。我才知道自己凉凉的，在妈妈的胳膊弯里慢慢融化。妈妈一直这样抱下去多好。她要不说话多好。可她说了："妈妈忙，妈妈有事，妈妈记着你哩。"她的笑真甜，城里人都这样笑。爸爸蹲下来拍我的后背，说好多话，城里人都会说话。可山里人从不，山里人笑没有声音，像他们自制的木炭炽热而无焰，像他们捶打的地堰，憨憨的，连老人的笑也不失憨态。

你不知道那一刻有多么可怕，我竟然把爸爸妈妈想象成"他们"，他们成了外人。养育了我童年的山村小屋因养父的死而消失，成了草木的园地。我再也回不去了。我真羡慕你，你爸爸，你妈妈，还有你妹妹。

"懂事太早不是好事，庄稼还讲节气呢。你们女娃娃又敏感得厉害。"

"屁话，除非是木头。妈妈哄我时还生着我的气，好像我坏了他们的好事。世界上没有比生气更冰冷的东西了。她言不由衷的话简直是冰上加霜。"

雪花一直抱膝而坐，望着塬下灰暗的山城。我躲在树后避开风头，好不容易点着了烟。

"还没抽够？"

"学校没工夫抽，只能在你跟前充英雄。"

她喜欢我在她跟前抽烟，这足以使所有姑娘逊色大半。妈总是在爸放下碗时，把旱烟盒放炕沿上。爸高高翘起小腿，背下垫着被子，用两张小纸片捻一支"大炮"。爸确实很累了，下地的活最劳煞人。乡下女人要像城里娘儿们一样，来几个封喉动作，大老爷们的小肠气早就跑光了，别说顶天立地，连只蚂蚱腿都掰不掉。

我说："你爸对你不错么。"

"是不错。关键是他们犯了一个大错误。社会逼迫他们离婚，吃饭成了大问题。他们不知道把女儿带进山村意味着什么。他们压根想不到粮食有神秘的力量。在城里只知道有粮站、有饭馆。没人知道圆圆的颗粒，没人知道汗水和泥巴的奇妙结合能维系生命。养父给我看到的是粮食成熟的整个过程。那时我才七八岁，正是需要温暖的时候，没有什么比泥土更温厚的了。养父就这样把生命融入山野，经过泥土和季节的过滤，流入我幼小的心灵。"

妈又强调养父的黑，并意味深长地瞥我一眼。我暗自得意，我大概是校园里最黑的学生，是黄土、风和阳光烤烙出来的。这点跟我崇敬的养父相同，我自豪得快要喘起来了。好在我不是胖子。"

我给她讲灰包的故事。我没赶上妈妈的葬礼，但我知道妈妈的棺木里该放一圈灰包。把炕洞里灶眼里的柴火灰扒出来，筛细用麻纸包了，跟死人一起下土。人死如灯灭、如灰烬，而且灰是上好的肥料，是土地的宝贝。没有什么比草木的灰烬更能与死亡相匹配。

雪花竟然觉察到灰包可以排除墓茔里冰冷的气氛。她说："灰是热的，跟鸟儿的绒毛一样。"

我摸她的手："跟你的手一样。"手爬上她的头发，我说："跟你的头发一样，灰姑娘。"她很乐意我叫她灰姑娘。我越过额头摸她的脸盘。我拧她，她的眼睛被我拉长了。我说："疼吗？"她"嗒"合上眼睛，静静地燃着；她的喜悦看不见只能直感。我对自己的粗鲁深感不安。她轻轻地一声呻吟，把一切都打消了。我咬住她的嘴唇，用舌尖顶住。我没想到我的舌头这么长，长长地流下去，像温热的河，扑轰，奔入新的天地。

舌头是我们的开始。

舌头？

我把她弄傻了，她喃喃地重复着："舌头是开始，舌头是开始。"

这是一首古歌的开始，生命仿佛是大野的沉雷，在荒原上疾走。从我的胸窝里我看见，一个圆臀高乳的少女伏在地上剥干硬的土壳，土壳里有一颗殷红的种子。我听见嘭嘭的腰鼓声，整个土塬掖的少女的腰间，嘭嘭！嘭嘭！这就是所谓的心跳如鼓。

我快要乱阵脚了，她感觉不到我身上那股邪恶的玩意。心底的野劲愈来愈狂。我捏她的下巴壳，我看见下巴底下的乳房。根块总在土里边。我摸下去，这是在松土里摸红薯的动作，我真摸到了硬硬的红薯，它跳起来，像河里的活鱼。我已经走进去很深了，我已进入旷野的腹地。我竭力想象乳房的形状：那是一栋麦包、一栋房子，又尖又圆，使生命免受饥寒之虞。麦粒光滑圆润，我的手颤如火焰。麦粒是人与黄土的杰作，浑圆的两瓣，夹着一条优美的山坳。黄土地把这单纯而原始的图案投射在少女的胸口。我在乳沟里触摸到令人战栗的潮润，她的心腰鼓似的嘭嘭响起来。

高原上的河就是这样静静悄悄流着，它的力量全在河床里边。

我们俩都没有声音了，心不知飞向何处。我的手依然在动，我的灵魂从高空注视这双热忱的手。莎草飘旋，艾蒿摇曳，黄土塬含着白雪，在大地的深瞳里，亮晶晶充满万籁的激情。

塬顶，啸叫的北风徒然而焦灼。

我的手粘满她的磁力，我的手吱喽一声穿过积雪，抓住燥热的干土。她有了点劲，挪开身子，飞快地看我一眼。

"以后不许这么坏！"

我嘴里甜丝丝的，望着她。我不知所措，我的目光一定很迷惑。她显然不满意我的胆怯。我粗拙的手指底下，是一颗微弱的心。心之所以像一面雕龙大鼓，狂呼乱吼，是因为它胆怯，像黑夜里的小孩，用尖叫来镇定慌乱。

她小声说："真的从舌头开始了。"

河流就是这样噬咬泥土的。

春天首先从人开始。三阳开泰，先开人，再开天，最后开地。人们从除夕之夜开始狂欢至正月十五，尽情享用美味佳肴，然后走进田野开始春耕，唤醒混沌灰白的天地。一年的开始称之为正，便是人之正、天之正、地之正、生命之正。由此，一生二，二生三，三生四，以至无穷。

她在山里待过，一定知道那句粗俗的民谚：小伙十七八，煎①拿马勺刮。

这是汁液丰沛的年龄，随便擦破一点，就会充满汩汩的奔流声。

"我十五岁就干庄稼活了。"

"在农村不算早。"

"不是打猪草搂柴火给大人当帮手。十五岁那年，我学会了种庄稼的全部功夫，"我说，"在农村，不懂女人就弄不好地。闹新房是最早的一课。谁家都希望，新婚前三天能引来最多的儿子娃娃。要的是儿子娃娃的喧闹和不安分的手。闹新房时，可以叫新媳妇点烟，可以捏新媳妇的奶头。人多手杂，野劲儿大，奶头被捏开了，新媳妇就能保证年头有喜。生了娃娃还要吃百家面，满月时，每家都要送去一把白面；百家饭消灾灭难。一个能干的庄稼汉，在顶天立地之前，不知要摸多少新媳妇的奶。新媳妇有了娃娃就不新了，算扎下根了；娃娃就是她们发的芽，村外大片的沃野就是她们的美妙青春。有些人离开了农村，他们身上的劲儿却是从新媳妇的奶上开始的。"

"那时你就学坏了。"

"七岁八岁，鸡狗见了眼黑。娃娃时坏，长大才有出息。长大了再坏，就真坏

---

① 煎即精血。

了。无论你以后干啥，大人首先要把庄稼的生长过程教给你：耕地，下种，锄苗，施肥，灌水，收获。侍弄土地是男人们开天辟地的开始，精通这一门才有资格娶妻生子，创造生命。"

我用红衣大主教的口吻说："最早的神话传说都是：造天造地再造人。"

哄弄外专业学生是我们中文系的一大恶习。这也是中国作家的劣根性：对城市写边民，对知识分子写梦境。我差点泄露我的作家梦。再狂也不能狂到这份儿。这丫头在泥水里泡过，没有精神病。

这些箴言不是课本上的，真正的人生之书是用脚写的。

几年后的新婚之夜，雪花告诉我：正是我的狂妄和梦想拿走了她的心，她才下决心嫁给我的。我这副憨憨的黄土高原模样，没人会由我而想到诗想到美妙如歌的少女。人们都是从形式把握本质的，尤其是女人，她们一般都是印象主义者。雪花这种非女人的悟性足以使我自豪终生。

男人是一片混乱，女人给你秩序和安静。

15

从黄土沟遥望星空，我看见迷人的双子星座。妈妈已经升天了，天上的星座接纳了她淳朴的灵魂。墓茔成为记忆，成为她的遗像。从遗像的背后，我领悟到翩然灵动的生命：它喻示着一位少女，注定要向我走来。

我置身于金黄色的山谷，那里边有一双乳房，那美妙的房门里充满少年的祈望和青春的骊歌。我抓住她的一只奶，我说："这一只是神的。"

"都是我的。"

"左边是你的，右边是神的。你的心在左边。"

我捉住她的手按在她的左乳下，我们一起抓那颗狂蹦乱跳的心。她说："像只野兔。"我用劲，她反而高兴了。她说："两人的手合在一起，你瞧，多漂亮的一个窝。"

我说："女人想兔子不吉利。"

"女人是兔子命，温顺胆儿小。"

"不是这意思。女人想兔子，生的娃娃是三片嘴，三片嘴知道吧，兔唇。"

"什么女人？什么娃娃？你真无聊。"

"地长庄稼，女人生娃娃，老天爷并不是淫棍。"

"小农思想。"她嘀嘀咕咕，满脸不高兴。

我知道我很俗，我高雅不起来。我那些山村伙伴，他们的爱情简洁有力，跟崖一样陡峭。他们在集市上瞅中一位姑娘，清清爽爽的大闺女片刻间就被他们瞅得滚烫通红。晚上摸到姑娘窗下轻轻一敲，窗户"哗"一下张开，往里边跳就是了。接到大学入学通知书那天，他们拍我的肩膀："伙计，皇粮好吃，跳窗户可没你的份儿了。"对此我很伤感：小伙子十七八，燕拿马勺刮。粗犷淋漓的高原之爱与我绝缘了。汽车开动了，伙伴们安慰我："城里姑娘中看不中用，实在不行就回来，水灵灵的女娃娃给你留着。"

伙伴们说的是实话。娶妻生子就跟下田出力一样至关重要；健壮的媳妇，虎实的娃娃，铁杆似的庄稼是他们生命的全部内容。

16

冬天是手脚皴裂的日子。我如此火热是干吗呢？让心跳加快？这不是心跳的问题，不是英国人雪莱在冬天呼唤春天的那种心跳。有本书叫《玩的就是心跳》，操！心成积木成跷跷板成哥儿们姐儿们挤眉弄眼故作潇洒了。不知痞子瘟三与魏晋名士有何内在机缘。关键是雪花一针见血，骂我是流氓。记得周作人曾说：中国文人的精神本质是流氓。可谓妙论。可惜先生小肠气不足，甘愿被日军鸡奸，竟然在更年期做娼妇。

我的罪恶有了旁证，流氓咱就流吧。我急于干那种事，跟山里的伙伴们相同。他们的预言使我沮丧。他们跳窗户时毫无畏缩心理。内心世界太丰富是一种负担。这篇小说是我的哀歌，是心灵告别荒原的哀歌。

激情消失后哀歌就开始了……

哀歌也叫丧歌，乡下人这么叫。

我找过许多哀歌，歌德的、里尔克的；尽管我对书深恶痛绝，毕竟还有几部生命之书。最后一篇是济慈的《秋颂》。

雪花说："你快熟了。"她用手指在我头上"哔"弹一下，这是老人对后生的赞许动作，源自挑选西瓜，响声沉闷者必是熟瓜。

我说："我早熟透了，你吃不吃？"

"你臭，酸溜溜的恶臭。"

一句话就让我败火了。

我说："你去干消防队，切尔诺贝利核事故该叫你去处理。"

我抓起书包一抖，叶赛宁、济慈、莱蒙托夫这些短命鬼翻筋斗滚出来。我擦火柴点着，诗人们噼啪乱响，挟带枯草，火焰很纯。那都是诗人们呕心沥血的声音，诗集仿佛棺椁，诗人们青烟袅袅。

我说："我熟不了，我快死了。"

我听见另一种声音，从诗的灰烬里飘散出来。

在黑暗中我倾听；而好多次

我几乎爱上安乐的死亡，

我在诗句里用温柔的名字称呼它，

要它把我宁静的呼吸收入大气：

我比任何时候都觉得死亡很惬意。

在午夜安逸地停止呼吸，

而这时你却如此狂喜地

倾吐着你的心灵！

你还要唱，但我已听不到了

伴随你高妙的安魂曲，我变成了尘土。

这是北欧诗人索德朗格的残稿，我一直把她当作北岛的老婆，可她死了，上帝闭不上眼睛。

雪花大人似的说："你妈刚入土，你也给土打主意，母亲的亡灵还未升天，就心如死灰啦。要在万恶的旧社会，你得守孝三年。"

她忘情地吻我，我一下子湿了。

17

风暴降临，我们惊慌失措寻找躲避的地方，大地如梦方醒一般裂开一个土洞，让我们钻进去。

我擦一根火柴，那微弱的火苗像小虫子，好半天才在浓重的黑暗里开拓出一点光亮。我们钻进了高原的腑脏，黄土里突出奇形怪状的礓礤石，像一根根肋骨，骨节里渗出清水团儿。

雪花说:"这是仙境,你瞧泉眼,它嘭嘭跳呢,像人的心脏。塬木木的,心却这么软活。"

我说:"高原是海,老家人铰的窗花里就有鱼,女儿出嫁的陪房里一定有梨木刻的木鱼,红凌凌跟活鱼一模一样。"

那些鱼在土里游动,发出扑通扑通的响声。

雪花说:"嘹礓石孵出水花儿,水花儿跟土孵出草木庄稼,草木里孵鸟儿,庄稼里孵娃娃。"

一个女娃娃就是一片沃野。雪花的声音,妈妈在长眠中一定听到了,墓坑里的死亡气息一下子消散了。我感受到了母体最初的温暖。

从母亲的热肠里爬出来,穿过茫茫大地,一直到这天然的土洞,到这美妙如歌的少女身上。我燃成一团火焰,身上的骨头像干硬的木柴噼啪爆裂。

这一刻,高原静悄悄的,一对少男少女在高原的洞穴里燃起大火,雪刷刷地飘着,雪是他们的火焰。所有的花都是五个瓣,雪是六瓣,地上的花是泥土铰出来的,而雪花是我从天上剪落的。

风用它的天籁之手铰着高原上的火焰。

我们的手合在一起,就是一个窝;我们的胳膊绞在一起,就是一条河。我们是自己的上帝。我们倒塌时互相靠在一起,手一下子消失了,接着胳膊没了,腿没了,脚没了,脑袋也没了,只剩下一团混沌的东西在跳动。

我最初就是这样子,仅仅是母亲身上的一块肉。那块肉在某一个春天,莫名其妙地发芽了;嫩芽顶破母体挺入蓝天,一直把妈妈抽空了,抽成一堆黄土。

生命在荒野流浪,备受孤独的磨难。妈死了,家没了,我成了旷野的风。

雪花睁开眼睛看我:"这是哪儿?"

"你身上。"

"哪儿?"

"你身上。"

雪花满意地笑了。

我不再是一团混沌,我进入优美而充满韵味的世界。那些从大火里消失的手脚、胳膊还有脑袋,都回来了,脐带没有断,骨头在泉水里淬过火,生命的枯水期过去了。

噢，变成男人是容易的。以前我是个二愣子，现在是男人了，是淬过火的大男人了。

少年时代转瞬即逝。关键在于过程，这就是爱的可贵。

我浑圆的心还在她身上，从那神秘的地方从头部向脚移动。生和死就如此完美地结合在女人身上。这是我所面对的全部人生。

她的身体蜷成"∽"。我和她就是那黑白两子。我们流在一起，我的命和她的命流在这奇妙的图案里。

好多年以后，在天山北麓，我从维吾尔古歌里再一次体验到生命的狂喜。那首叫《朱侬①》的情歌是这样唱的：

你的生命嗳啊呀来

和我的生命，啊呀呀来

啊呀来喂朱侬嗳，

结成一条生命耶啊呀嗳？

为了情人嗳啊呀来

我的生命，啊呀呀来，

啊呀来喂朱侬嗳，

可以为你牺牲啊呀啊呀来

啊呀来？

啊呀来喂朱侬嗳。

经过狂喜后的生命，少女变成女人充满魅力，少年变成钢顶天立地。

18

白杨树敲响了月亮，泥土支棱起银子一样的耳朵，你听见那声音没有？

没有。

那是梦幻，梦是女人的头发，黑亮而魅力无穷。

她笑笑，继续说：月光地里走来一头牛，牛眼睛又圆又大，湿漉漉像刚解冻的泉眼，那是世界上最伤感的眼睛。它身后的铁犁银光闪闪。它要犁翻我的梦。月亮

---

① 朱侬，音译，词意为狂喜。

不再陪伴我，像只天鹅，扑棱棱飞走了。铧尖很快碰到了我，我的皮肤跟泥土一样发出潮湿的吱吱声。

开垦处女地，铁铧要锋利，你们女娃娃伤感得好没道理。

你好锋利，你这张铁犁。那天在土洞，你猜我听到了什么声音？

除过泉水就是风。

不是泉水也不是风，是草根的铮铮声，像钟表的红针。

一会儿天上一会儿地下，女人就是没逻辑。

你还自称荒原浪子，你一点也不了解大地。草根铮铮响，那是脚步声，是一个纯朴的心灵在大地深处走动。人生是脚走出来的。

我猛扑一下，她的腮上发出潮润的类似拔酒瓶塞子的响声，"嘭"一下，白白的酒沫子溢出来了。她跳起来，带着香气满坡奔跑。土塬醇厚而甘洌。

灰白的干草唰唰作响。

幽暗的刺槐林鲜亮起来。

我的目光无遮无拦，我的视野是她炽热的生命的胴体。

妈妈，你真把自己作为酵母埋进黄土，让大地吐露你少女的梦，吐出这生命的精灵。

哪部古书里说："土，地之吐[①]生万物者也。二，象地之上，地之中。｜，物出形也。"

我就这样穿过少女之身，成为大地上的"｜"。

19

人不能在自己身上完结。冬天仅仅是一种幻象，在它冰冷的外壳下，温厚的泥土永恒不变，麦种用它生命的嘴唇，吮吸炽热的地脉和人的梦。

麦种爆发前跟梦中的少女一模一样，那仰卧反侧的姿势概括了我们生命最辉煌美妙的景观。

不要让我老了，我刚刚开始。

你不会老。不会。

[①] 引汉朝许慎《说文解字·土部》。

她的声音真好听。我摸她玉米粒般光滑饱满的皮肤。这肥沃而潮湿的泥土里，埋着我激情的麦种。

淬火后的男人，眼睛锋利无比，直直切下去，切开地壳一直到大地的心脏，炽烈的岩浆就像母腹里的胎儿，这是谁的激情？这是谁的种子？

是你的，是你从天上摘下来的，我要你。

她的声音梦幻般从松软的泥土里渗出来，我不相信这是冬天，我用力抓，我抓到的泥土跟她的皮肤一样柔韧光滑。她美妙的胴体闪出晕光，在大地上游动，像河里的鱼。她的韵律一圈一圈散开，一直到大地的心脏，地心里的胎儿开始蠕动。生命的节奏和旋律就是这样开始的。

她说："那岩浆就是你的激情，那胎儿就是你的种子。"

我竟然相信大地的心脏是我的。

"天空也是你的，你没有尽头。"她说，"地球是圆的，你的心也是圆的，你不会死了。"

我竟然相信我不会死。

种子落入泥土，就会一直长下去，一直到大地的心脏，到她身上。

她美妙的胴体闪着晕光。

我们从这里来，我们在这里，我们将回到这里。

我的舌头真长啊，我的吻像大江大河在她身上奔流。

她说："像娃娃咂奶。"

咂奶的劲儿是生命最初的冲动，从妈妈怀里就开始了，现在又落在雪花身上。用上吃奶的劲儿没有办不成的事，那是生命的全部投入。

20

潇洒的白杨、敦厚的刺槐、温柔的莎草。它们停在塬边，被深沟大壑挡住了，它们翻不过去。塬顶的耕地里，麦苗和油菜覆着白雪，仿佛塬的天灵盖，里边盛着土地淳朴的灵魂。

妈妈，你说我是打河里捞的。河里漂着一个月亮，鱼在月亮边吹水泡。我用罩篓在河里乱折腾，想捞上一个跟我一模一样的家伙。我看见我的魂影儿，被罩篓一下一下捣碎了。罩篓的缝隙太大，我的魂影儿溜走了，连小鱼都没捞到。

我不知什么时候能爬上河岸。

现在我爬上来了，我找到了妈妈说的那条河。

我奔流着。

生命的波浪在草木的根茎里，在岩石的斜纹里，在黄尘的飘逝里，在爱的痉挛里。我无处不在。

多少年以后，苍老的枝丫触摸到蓝空神秘的天机，汁液化为气团开始消散。我就这样干裂了，嘎嘎作响；青春飞逝，躯干硬朗有声，每一道木纹里都蓄满喷薄而出的火焰。我期待落日。夕阳坠上我的头顶；我轰然闪出火焰：我化为火，跟太阳去了，我化为灰，沉入刚下种的土地，天地分享了我。

21

那时，春天的印象相当朦胧，我们刚刚离开西安，住在乡下外婆家。

爸爸从西安来看我们，外婆骂他没血性不是个男人。妈妈是代替爸爸下乡的。爸爸保护不了妈妈。

爸爸说他出去走走，就到村外的树林里去了。妈妈怕出事，让我去看看。

我去的时候，爸爸成了雪人。我说："爸，你成雪娃娃了？"

"小雪，你也叫我雪人？"

爸的脸刷一下白了。雪人是没用的人，外婆经常这样说爸爸。人不行与雪有啥关系？爸怕成这样子。

我说："爸不用怕，雪人多好看，你不是给我讲过白雪公主吗？"

爸爸说："那是书上讲的，生活中被人说不行就完了。"

"外婆迷信，你也迷信吗？"

"没道理的话往往很管用。"

务实的庄稼人把侍弄土地看作是最有创造性、最富有生命气息的工作，他们看不起演戏的，尤其是男人演戏。那时我好恨外婆，在西安时爸爸多神气，开家长会，连校长都把他当大人物。

我跟伙伴们在门外堆起高高的雪娃娃，外婆颠着尖尖脚过来，我说："你不喜欢雪娃娃，不让你看。"

"喜欢喜欢，娃娃通神仙，跟大人不一样。"

晚上，野风像鬼叫。我害怕，哭着要妈妈。妈妈送爸爸好几天了。外婆搂着我："狗娃乖，狗娃蛮。唉，你爸也算男人，让老婆养让老婆哄，在老婆跟前一把鼻涕一把泪，那也叫男人？城里人都是阉了蛋的，没尿用场。"

那时我不懂这话有多狠，尤其是对体面的大男人。我知道说的是爸爸，我不哭了。外婆把我放枕头上又念叨："我娃都比他强。"

寒风黑鬼似的尖叫，靠近了窗户。外婆咬破中指，朝窗外甩几点血，再加一口臭唾沫，又开始念叨：

雪娃娃，不要怕，

天神天将护你啦。

地底下有你妈，

天顶上有你爸。

铜胳膊，铁指甲，

银子眼，金脑瓜，

妖魔鬼怪全跑啦。

我真不怕了。好像院子里站满手持刀枪剑戟、头戴银盔、身着金甲的天兵天将。

外婆说："那是给皇帝把门的，妖魔鬼怪近不得。"

外婆从炕柜里取出一碗核桃、一碗红枣，打开窗户，雪光闪射，像碎了的月亮。

"雪娃娃你来叫，你跟神仙能搭话，听外婆教，一边唱一边撒。"

我捏一颗红枣一颗核桃，外婆一句我一句：

红的妈，

绿的爸。

命根子，

地底下。

掐不断，

嚼不烂。

今儿雪娃娃，

明儿铜罗汉。

一抬腿，

震山川。

一声吼，

星灭啦，天亮啦。

大门开了，白天我们堆的那个雪娃娃走进来，硬胳膊硬腿的，弯腰捡果子，红枣咽进肚里，核桃塞脚下。

外婆说："红枣活血，核桃壮骨头。"

雪娃娃看见我们了，外婆不让撒。雪娃娃停在窗前，外婆抓住我的手，给雪娃娃头上接两颗红枣，雪娃娃的眼睛亮了；给雪娃娃手里塞两颗核桃，雪娃娃的骨头嘎巴嘎巴响。

雪娃娃一颠一颠出了大门。

外婆头贴窗格，说："大人眼浊，见不上神仙。今儿借我娃的灵光，见神仙啦。狗娃，你知道小仙人去哪儿了？他到地里去了，到地里去了。拿走核桃拿走红枣，滋润麦子去了。红枣是你妈，核桃是你爸；你妈眼睛有水了，你爸有骨头了，有骨头才叫男人。"

我不知道男人对妈妈有什么意义？外婆那股子虔诚劲儿把我感动了，我不再感到外婆可恨。

我不知道，外婆也不知道，几天后妈妈要改嫁到山里去。雪娃娃走出院子没有停，一直走进大山，在山里等我们，外婆祈祷的有骨头的贵人在山里。

"其实你喜欢你爸。"

"哪个？"

"两个都喜欢。"

"胡说！"

"故事是一种愿望，你希望父亲是个真正的男人，跟大山一样强壮。雪娃娃便预示你和你妈注定要去山里。你妈小时候在乡下待过，对泥土有印象，泥土是她最初的记忆。"

我开始结巴，我必须像个男人，说出结实有力的话。我说："作为女人，你妈在山里得到了真正的幸福，一种前所未有的幸福。"

雪花望着我，仿佛在看一片空白。我是否太残酷了。我说："女人比较含蓄，我猜得不错的话。养父与你妈大白天互不搭理，或者经常吵闹，"我一直说下去，"女人本质上是黑夜，是夜一般的梦幻。女人的清醒很丑陋，恍入梦中是女人最美妙的境界。"

我的脸上重重地挨了一巴掌,雪花不知自己干了什么,哇一声哭了。只一声,便淹没了一切。

……

"我梦见一头牛,它犁得很快,铧尖深深扎下去,我一下子碎裂了,流血了。那年我十四岁。"

女娃娃的美丽如此艰涩,女娃娃的鲜亮是黑色的死亡衬托出来的。

我说:"我要好好待你。"

甜言蜜语涌上喉咙,我就不会说了。舌头不争气,嘴巴像木头,费好大劲才咯噔铮出那句骇人的话:

"雪

花

!"

……雪花落下来,我发现我很宽很厚。我的腿在躯体上疯跑,大地松软潮湿,一点也不像冬天。

有一天,邻居家来亲戚,他们家女孩跟我睡一起。妈妈只好去养父房子里。半夜,我被东厢房的打闹声惊醒。邻居家女孩说:"大人打架你别管,我爸常打我妈,打不坏的。"妈妈又哭又叫,我急得不行。忽然,妈长长尖叫一声,声音滑得很长,闷闷地沉下去。邻居家女孩说:"没事了,你爸你妈好了。"见我迷迷糊糊,她说:"以后你就知道了。"我不信她的话,我听见妈妈呻吟着,像在发高烧。我光脚丫跳下炕,那边没声音了。女孩也睡死了。夜静得可怕,我回被窝里,我睡不着。

第二天见妈妈,我大吃一惊,妈妈光彩照人,像传说中的仙人,身上散出淡淡的馨香,全身的轮廓都软了、甜了。记得她演《三滴血》最精彩的那一折,就是这种风采。

养父扛着猎枪下沟了,沟道里吼出一声声秦腔,像驰过大片大片的北风。屋檐下的红辣子飘起来,金黄的玉米棒子嘭嘭响,响声饱满圆溜。后来我才知道,那一夜对妈有多么重要。爸爸以前在她身上的一切,都被那一夜比下去了,被那一夜刷洗一新;旷野的雄风使爸爸霎时变成朽木。

我说:"你妈不会跟你养父过一辈子。"

"为什么?"

"爱与生活是两回事,结婚是过日子,平平淡淡,不仅仅需要爱。就像爱吃肉不能顿顿吃肉,我们山里人过年才吃肉。"

"你太残酷了,说的有道理,可人不爱听。"

"真话人都不爱听,就像人病了才吃药。你妈现在经常有病,又治不好是不是?"

"她经常坐阳台上,望着北山发呆。我劝她去山里看看,她说:'小雪,当年妈给你补课你忘了吗?'那时,我白天上学,晚上妈给我补课。养父说:'让小雪跟你唱戏么。'妈说:'不,她绝不唱戏,她要上大学当工程师。'养父说:'唱红了,大伙儿一辈子都记着,就像你,全陕西没人不知没人不晓;下地干活,喇叭里放一折你的戏,跟过年一样;大伙儿都说:你天天都在过年。我们三百六十天才过一个年。《三滴血》不让唱,大伙儿就听你唱《红灯记》。'晚上养父不在,妈说:'小雪你记着,你是城里人,不能在山里待一辈子,更不能唱戏,戏是假的,中看不中用,学好数理化,走遍天下都不怕,国家什么时候都需要这样的人。'1976年冬天,妈妈看到了回城的希望,养父天天去公社打听山外的消息。在山里这些年,他经常准备许多东西,让妈妈带回西安,他只知道我们在西安有亲戚,什么样的亲戚他永远不知道。妈每次从西安回来,见我就愣一下,她对爸爸的爱是一种宗教信仰。虽然养父给她打开了女人的另一个天地,可她已心如死灰,失去了奔往新大陆的勇气。雪娃娃的故事以及民谣,所唱的是所有母亲对泥土的一片厚爱。外婆早年守寡,最懂男人,妈妈在大山得到的是失去的父爱。我们家缺的就是这种带骨头的爱。"

在我们北塬,男人要挑出最好的地,挖下去,跟撒种一样埋进自己的妻子。女人怕冷,必须让她们睡在安稳的地方。

雪花说:"稍一吹风,妈妈就要穿棉衣。"

我说:"你父亲身上没火,没有那种本能。你真正的父亲在山里。"

雪花抓紧我的手。

我说:"你看见雪娃娃往山里去的,你和你妈心里明白嘴上不承认。有时候,女人对爱感到恐惧,急于回避。你是个纯情少女,你妈就复杂了。男人本质上是一种力,是生命意识的征服,你妈不忍心所爱的人被爱打败,因为你养父是山里的一股雄风。梦如果重叠，就会互相抵消形成空白。你妈现在很痛苦，北边的群山不再是山了，是一种男性的象征。"

我心里说："都是那个惊天动地的夜晚。那一夜，山风把你妈新婚之夜的花烛给吹灭了。"

我们穿过树林，那个泉水叮咚的洞穴里有过我们难以忘怀的一夜。雪花瑟瑟发抖，手像猫爪似的酥进我的肉里，我全身火辣辣的。

前边有人在哭坟。

雪花说："我们第一天就碰见过他们。"

我妈就是我们相识那天去世的。今天是我妈三七，我们交往已经二十一天了。丧歌悠扬，哭丧人的孝衣像面旗，冬天全都听它指挥；它声嘶力竭，宣泄悲怆。那是一对小夫妻。死者是小媳妇的父亲。她男人叉手站着。

雪花说："男人不会哭吗？"

我说："男人哭不是这样子，龇牙咧嘴没有声音眼冒血水。起丧叫哭，奠灵叫唱。这么一唱，女儿对父亲的那份心全都收回来，搁丈夫身上了。丈夫要站着，顶天立地地站着，接住这份厚爱。从今往后，女人与娘家的一切瓜葛就断了，死心塌地跟丈夫过日子。"

雪花说："女人就像风筝，在天空飘着。"

黄尘忽起，遮天盖地，陕甘大道依渭河而漫向远方，古乐悠远。

何处是归程，

长亭更短亭？

雪花看得凄迷万端。

我说："上不着天，下不着地，那才是落脚的好地方。"

就在那墓地，人在那里终于追上了天追上了地，天、地、人陷进一个土坑里归于平淡。

雪花自言自语："我认了，啊，我认了。"

她认的是养父还是命？从乐观的角度考虑是养父。那个粗人，死去数年后终于有了后代。

我说："祈祷在天之灵吧！"

我们垂下脑袋，脑壳里一片空明。那是生命最古老的仪式，是亡灵书。

22

下午,雪花接到西安来的电报:父亡速归。

一道道塬,一条条沟,一绺绺翻飞的莎草,一棵棵黑瘦的刺槐树。我们没有去西安,雪娃娃的故事把我们引到群山环绕的小村子。那是雪花童年生活过的地方。

养父已经成为她真正的父亲。

白杨倚天而立。蒿草上的雪片像白杨的泪。房子被拆光了,破烂的家什和焦黑的炕坯堆在墙角。

家园荒凉破败了。

归去来兮,田园将芜胡不归?既自以心为形役,奚惆怅而独悲!①

村里人说:"雪花他爸到后山打猎没再回来,兴许死了。"

放羊的老汉说:"你爸喝醉酒,喝了一整天,喝炸腔了,血都喷出来了。唱秦腔,一袋烟的工夫能把人放倒。他吼了一整天,肠肠肚肚都抖出来了,魂儿都抖出来了。他知道自己活不了几天,推倒房子,提了猎枪,找地方安顿自己去了。找地方还不是找死哇。动这念头的人,不会找错地方。"

雪花抱着白杨树,半天哭不出声。村里人远远看着,他们等着听丧歌。丧歌唱不圆乎,别人要耻笑的。

我说:"这里就是爸的墓,唱吧,毁家出走,这里就是墓。"

山里有这样的传说:亲手种树的地方会变成幸福的所在。

这几棵白杨树是雪花小时候栽的,是儿时往事和关于幸福的奇妙许诺。风儿在树间飒飒响着,和暖的阳光在枯草窠里嬉戏,白雪温柔地覆盖着这片幽暗的土地。养父的灵魂被隆起的群山包容着,山峦仿佛那淳朴的心灵的墓园。

雪花嘤嘤凄凄,有泪无声。

老婆婆们说:"闺女放出声哭,不放出来要命的。"

老婆婆们席地而坐,捏着饺子似的小脚,拍着大地呼唤亡灵:

嗳——

---

① 陶渊明《归去来兮辞》。

我娃不当当①的我娃啊——

正活人哩我娃把娘给撇下来啦。

嗳——

我娃不当当的我娃啊——

红红的灶眼火给泼灭啦。

最后一句长调叫拉肠调。壮年而亡唱这调。

老婆婆们抹泪,等雪花唱第二调,我走前一步挨着雪花,叉手而立。这一唱,雪花的全部就落在我身上了。一股凉气从地层贯入脚心,蹿上脊梁。

雪花唱了:"进不去,进不去哇。"

雪花抓破地皮,哭叫着抓那干硬的房基。

现在进不去,雪花;等我们走了很长的路以后,大地会豁然闪开生命之门,接纳我们淳朴的心灵。

---

① 不当当:陕西关中方言,可怜的意思。

短篇

父 与 子

1

　　一盏金灯悬在眼前，四周的土地与人声顿时消散，一片苍茫；七十三，大限来临。郝老汉清醒后的第一个感觉就是死。马上要死了，郝老汉离开惊诧的人群，走了很久。

　　他第二次清醒过来，脚下是新翻的油菜地，菜籽刚撒下，多好的墒，泥土湿润油亮。自家的牛拖着耱在村口的杨树下瞪着他。大家很快平静下来，大概重开话题了，忘记他刚才令人发笑的举动。

　　"死了还不跟这一样，明天就被大伙忘了。"

　　郝老汉心里难过，脸上的核桃纹缩着缩着，始终缩不出那种孩子般的神情。"哇"地一下放出哭声，喷出汪汪的一泡泪水。老了、枯了、干了；高兴哭不出声，难受流不下泪，这就是老人的悲哀。

　　还是自家的地好，风水灵，阎王老子的鬼使神差到这儿显不了形。乌油油的一大片，属自己的只有三亩。

　　像恐慌的孩子扑入娘怀里，郝老汉偎着土堰躺下。潮湿的太阳在秋雾中飘着，耳膜里的"嗡嗡"声渐渐平息，胀鼓鼓的泡眼皮也塌陷下去。眼珠子开始苏醒，世界开始清晰。

　　"七十三、八十四，阎王爷找你商量事。"整整七十三，还躲啥，还怕啥，还赖着不走哇。

　　郝老汉并不怕死。"低标准"那年，他凭一身好力气，捎上模子给山里人打土坯。那时山里人不缺粮。他光要豌豆，豌豆不用磨就能填肚子。转了一个月，他捎着一口袋豌豆出山。正是消雪的日子，雪没了，稀溜溜一层薄泥包着地皮。结结实实摔一跤，险些闪进山沟里。走不动了，塞一把豌豆，嚼得满山窝嘣儿嘣儿地响；喉咙干了，舌根被豆腥刺得发麻，力气可不是铁豌豆能锤出来的。他服了，打心里服了；他抱住最终将他击败的石头呜呜地哭。

山风把脸和石头切开,他翻身躺在石头上解开胸前的棉衣;风像水银一样灌进骨髓里,他喃喃自语:"吹吧吹吧,把这颗心冻成冰疙瘩,把这颗心凉透吧。不活啦,呜呜呜。活啥眉眼哩,闪到沟里不一样跌死,豌豆吃光不一样饿断肠子。不活啦,呜呜呜。"

上了山梁,真奇怪,口袋还在肩上。这回他不再畏缩了,他专朝有沟的地方走,跌下去一死了事。跌跌撞撞,儿子和女儿拥上来,瞪着绿涩的小眼睛望他时,他才清醒过来。

老伴埋怨他:"死了还不白死了,山沟沟里多把干骨头。"就是,那年月脑瓜子就这么死,死了不白死了。以后,他想起那段往事,不禁感慨自己的命:山沟沟跟他有缘分,跌也罢,摔也罢,总给了他一条命。可现在,阎王老子真不客气了。这几年,过得顺顺当当,很少有伤心事发生。现在发生了,发生了一辈子也过不去的伤心事。

吃毕早饭那阵子,一切都好好的:牛儿在地里温顺地趴着,儿子大声地吆喝,他大把地撒种。犁完了,儿子先走了。他套上耱跑几圈直接拐上大路,一直到村口,闲谝的人哄然大笑。他跳下耱,也笑自己的失态;活糊涂了,跟娃娃们一样。老年人不就是老娃娃?这么一想,心里顿觉安然。大家笑,他也笑;核桃纹拧在一起,皱巴巴的填满了笑容。他强睁开眯眯眼,呆了;一盏金灯在远方飘动着。"七十三、八十四,阎王爷找你商量事。"他的心一下凉了,那颗山风没有吹凉的、青石没有磕烂的心。

怨谁呢?都怪自己心强。

前年他承包这块地,当时是八亩。"承包"是啥意思,他不用问队长,反正这块地归他了。待播种的泥土松泡泡的,像刚出笼的玉米面粑粑,掰一小块便露出圆洞洞的气孔。过几天,种子就要住在这里面,老母鸡似的待过冬天。到开春,哇地一下蹦出数不清的小鸡子。仿佛麦粒真有鸡蛋那么大那么香,郝老汉捏一撮黄土,吧唧着嘴唇像老伴品尝发热的醋糟,什么味道都有了。一股热气在肠子里旋着,聚在丹田,浑身为之一震,脚板轻快得像小伙子。他憋住呼吸,背手叉步,在自家地里走了一圈,庄严地嵌上一溜井眼似的脚窝。田野冷冽而清新的气息,在他身上涌起一股遥远的青年时代的感情,他竟像娃娃一样贪婪地望着天空,希望长大的一天,希望着知道世界上所有的事情。

儿子郝忠风风火火地走过来;郝老汉脸上隆起金黄的笑容,希望儿子跟自己一样摸着这块地里的泥土不放,跟自己一样的喜悦。

"爸,东边五亩地让给东林家啦,下午把界石插上。"

"凉娃说冷话,咱的地凭啥让他。叫他朝队长要去,地还多着哩。"

"爸,加上自留地,四亩半顶够啦。"

"你去打青蛙呀?"

郝老汉用白眼仁瓷勾勾地勾着儿子的脸。

"地多种不过来,够吃就对咧。"

郝老汉这才明白了儿子的意思。崽娃子,心里就没有土地嘛。五年前,儿子念高中的时候,郝老汉憋住一股子劲在郝家巷撑起三间大房,全大队对他侧目。嘿,这也叫本事,我娃还没捏圆木哩就有新房啦。他为自己的家业而骄傲,骄傲得像个将军,这座新居就是顶天立地的凯旋门。唯一遗憾的是没有土地。老爸临终前指着屋后的几亩地说:"娃,都给你啦,好好干吧!"那年他才十二岁,他望着那块坡地,心里油然生出一种朦胧的男子汉的庄严感。他想不到自己最后的岁月能得到土地,他满以为儿子会扮演自己当年的角色。

"爸,世事变啦,不要地照样能活,活得比人还兴呢。"儿子一高一低地走远了,结实的肩头带着自负和挑战在郝老汉眼前晃动。一块浓痰淤住喉眼,把他准备喝住儿子的吼声淹没。

儿子伤了他的心,他忘不了,他不再管家里的事。儿子整天在外疯跑,有时带许多客人回来。儿子到底搞啥名堂,他不知道。日子一天比一天宽绰了,村里人说儿子的存款有一万,他不信。吃饭的时候儿子说:"爸,三家挤一个院子里憋死啦。明儿划地基,咱家搬大槐树底下去。"崽娃子,眼里没你先人啦。新新的大房才五年就想拆,不成!"房是我的,想滚老早滚。"一句话把儿子捶得瞪眼睛。第二天,拖拉机开到大槐树下,水泥、楼板卸了一大堆。郝老汉忘了对儿子的怨气,上去搬这搬那找活儿干。戴眼镜的老师傅跟儿子蹴在一起比比画画,郝老汉忙凑过去;老师傅是个健谈的人,跟儿子说得水泼不进。盖房子他在行,于是再往前凑凑,插嘴讲起盖房子的要领来。老师傅含笑不语,儿子涨红了脸:"爸,盖楼跟盖平房不一样,你歇去吧!"

我歇去,我真该歇啦。郝老汉仿佛被人丢进了无底洞,败下来了,落伍了。郝老汉返回老屋,脖根还挺得硬硬的,在门前顿了片刻,脖子缩了缩才钻进屋里。大喜的日子就我遭殃。郝老汉伤心透了，比一个被抛弃了的娃娃都难过。

几天后，一座二层小红楼按儿子的意志竖在大槐树底下。大槐树下是他们村的"华尔街"，清一色门倒厦；那里的住户都是跟大队公社以及县上的干部有点关系的人家，儿子竟然挤进他们的行列，而且高高在上。郝老汉还是住在村西头老地方。这里不仅有他的房子，还有朝夕相处的邻里。真像是永别，一种奇怪的感情侵噬着他的心。大家的目光不像以前那么放肆那么直率那么朴实了。儿子是不会知道这些的。总想富，富出这种日子，唉！

好也罢，歹也罢，有一个事实他得承认：儿子是顶有能耐的人。农民嘛，还要咋样？家里事睁只眼闭只眼，人过七十活一天算一天，心强什么呀。他最后的愿望便移到刚结婚一年的儿媳身上，等抱上孙子就不会有伤心事了。

儿子究竟是自己的儿子，撒手不管是假的，只要这口气还在。儿子高中毕业，白天地里干活，夜里头贴着灯泡看书。他吧嗒着烟锅子，在一旁看着，觉得儿子比自己有出息。以后，有个白白净净的女子常来找儿子借书；村里的娃娃们说是他们的老师。郝老汉赶集路过大队小学，那女子领着一队娃娃打着小旗也往街上走。他想起早逝的老伴，老伴要是看一眼这乖女子，该多好啊。

儿子在家沉默了五年，谁也想不到他能飞起来，能干出惊天动地的事情。

儿子喜欢看书至今未改，现在有钱啦，城里的邮差常常送书到他家。儿子整天地跑，一双疲倦的眼睛，跟老子拉家常便昏昏欲睡，可跟朋友谈起来，像抽了鸦片精，头发尖都是劲。想到这里，郝老汉不禁冒起火来，儿子变得这么讨厌！

他大舅借钱办鸡场，儿子死活不掏一文，郝老汉恨不得扇他两巴掌，他却不紧不慢地说："爸，世事变啦，傻瓜才攒钱哩。钱要一个劲地变，越变越多哩。"

郝老汉的气消不了，外甥不认舅成啥人啦。那几年日子多艰难，一包点心一把挂面照样走亲戚。你娃有钱啦，眼珠子往额颅上蹦，看我不把你给剜下来。郝老汉腮帮子鼓圆，吹吹烟管，随手插在后脖项，走得响响的。崽娃子，给三分成色染大红哩。儿子屋里灯亮着，儿媳也回来啦，窗户上映着她的身影。

"借给就是了，这么小气，爸能高兴吗？"

"咱只要孝顺他就行啦，家里事我说了算。"

"穷在街头没人问，富在深山有远亲，昧良心的事少做。"

"世事变啦，啥叫亲戚？所有的人都是亲戚。农村人死脑筋想不开。"

听到这郝老汉忍不住了，吼道："崽娃子，你不要亲戚啦？"

屋里唰地黑了。

郝老汉脸上炙烫，耍酒疯似的在院里乱转。人家拉了灯再吼也没用，还落个邻居笑话。那股气消也罢不消也罢，他只得窝回自己屋里。

活人最怕冷落，狗不理的人连鬼都不如。郝老汉心里空落落的；他大舅的脾气他知道，一门子老亲戚绝了。仿佛一棵大树断了主根，郝老汉摇摇晃晃倒在炕上。

第二天，他在地里转悠。村里的小伙拉架子车的开手扶机的，"突突突突"往地里送粪，到处都是浑圆的胳膊和铜亮的胸膛。年老的人看着这情景，心里绵绵的，仿佛醇厚的西凤酒在心窝。如果儿子在这里头该多好哇。"崽娃子鬼精灵，他不会出这号蛮力气。"人成精并不是好事。郝老汉浑身都在叹气。

更伤心的是，别人家的玉米都挂满檐头，儿子却跑得不见踪影；他家的玉米还荒在地里，眼看就要种麦子。儿子倒干脆，扭下棒棒，用拖拉机把玉米秆翻进泥里。就这么务庄稼？"娃，你把良心瞎啦。"郝老汉刨出犁沟里金澄澄的玉米颗，唾了儿子一脸。

"你总记着'低标准'，还知道个啥？"儿子不服气地咕噜着。

一句话，儿子忘记了土地，对它没有一丝儿感情。郝老汉望着自己安身立命的土地，心如刀绞。

郝老汉相信自己能比过儿子，叫儿子心服口服。他整天待在地里，看到油菜在冬天里煎熬，有时忍不住念念有词："快下雪啦，雪消再看吧，绿生生的，不信你崽娃子不服人。"

郝老汉相信儿子不是耍嘴皮子的人，儿子勤苦能干谁都佩服。靠土地发不了家，他怎么都不信。庄稼人的朴实厚道全是泥土给的，是为人的根本。你娃才活人哩，就轻飘飘地抖起来啦。

郝老汉获得了一种精神力量，过去儿子带给他的伤心事都化为乌有。他坐在地头想自己年轻时候的事情，想着想着就挪进地里；这儿扯扯，那儿刨刨，衣襟里塞满黄巴巴的小草和瓦片。他就喜欢这样，每一回都能拣出瓦片，寻找出藏得隐秘的小草；他是那么熟悉泥土，它们身上的疤疤他闭着眼睛摸得着，它们哪儿不舒服，他老远能感觉到。他把土塄培得平平的，把露出的根埋得严严的。他找到老鼠洞，一铲一铲地剜，把老鼠赶得远远的。他永远没有空闲的时候。他把个儿大的土坷垃揉细，最后扒净水渠里的干泥巴和柴草；一切都停停当当。于是，一天夜里雪花飘下来。他的地不见了，一片平和柔丽、纯洁晶莹的世界向他走来，天边闪出吉祥的白光；他知道油菜苗苗在做什么。这就是冬天吗？他确实记不得以往岁月里冬天的模样。正像自己过去遭受的苦难，不管有多么伤心总喜欢向人叙说，总喜欢细细品尝。这一生当中，好日子毕竟是有过几天的，但都消失了。是因为它们美好得不够完美吗？是因为它们不适合自己现在的胃口吗？美好的东西都是羞涩的，知趣的，有自知之明的。于是，他清晰地认出一朵雪花，它就要挨近地面了，路边的老槐树嘎嘎叫着把它揽进怀里，他心里也不由得感到清爽冷冽。接着又认出一朵，渐渐地所有的雪花都闪耀出熟识的和善的目光；过去那些纷繁杂乱的日子就这样像雪花排着雁阵悠扬地出现了。雪花越积越厚，一如银亮的火烬，闪出淡淡的透明的红光；他想起火焰最纯净的色彩，他想起春天黄土塬粗粝的土缝里最先流溢出来的青麦。

春天，他来到这里摸着嫩绿的油菜，嘴唇贴着婴儿耳朵似的叶子，轻轻说："活人就这么回事。"

奇迹出现了，一亩打了五百斤！崽娃子，现在咋不见你哩，你娃有本事来看看嘛，你娃真的当你爸成废物啦。

回家他对儿子说，说了很久。儿子一声不吭吃完饭，点着一支烟平静地说："爸，你想叫我跟你一样，跟着你转？你那一千多斤油菜不就是六百来块钱吗？我一个月就能挣回来。现在世事变啦，万元户都不算稀奇，靠种地能富了？"

"你娃光知道地里打粮食，还知道个啥？地里有金子，找对了巧道一辈子都用不完，你娃还念过书哩。"

说到土地，郝老汉浑身都是理，他想告诉儿子土地里的金子。吃多大苦，遭多大难，这颗金子最要紧。他想告诉儿子，那年在山里捐豌豆的情景；现在他明白为啥能有那股子劲、那股子勇气。郝老汉反复念叨着"金子，金子！"这些话在心里清晰地翻滚，就是溅不出来。唉，土地跟老人一样不讨年轻人喜欢。

他从儿子的眼神里看出一种厌倦的情绪，跟老人说话他们年轻人都这样。

郝老汉背着手走出院子，田野清绿空明。这些曲曲折折的小塄专走老人；年轻人走大马路。远处，黑亮的公路把白杨树扯到望不见的地方，汽车呼呼地过，手扶机像公鸡嘎嘎乱叫，老人们只能躲在路边。郝老汉很生气。一会儿，汗气从领口飘旋出来，他大口地喘息，几乎是在呻吟，生活沉重的影子像湿透的棉絮裹住他。他感到儿子的责难是出于对他的关心。

关心是应该的，他们都应该孝敬我。

心里温和了，想的也就多了。化肥涨价、浇地的电费、雇别人家的牲口钱、种子钱，粗粗一算，粮站里得来的票子属自己的就没几张了。脚下的土地酥酥的，飘散出团团浓香，金黄的牛粪像金子镂的花朵，几朵嫩绿的刺苋浸出汗粒般的露珠，纺织娘撩人心肠地啼叫。神奇的土地是古老的传说，它的魅力是永久的；从童年到老年，他厌倦过吗？野花野鸟逐渐从衰老的记忆里消失；最后留给他这棵枯树的只有太阳和泥土，只有这人世最后的、朴实的情愫。对土地算哪门子账？难道跟白头老娘都要算账吗？那是孽种干的事！郝老汉心里涌出一股耻辱的酸水，他艰难地咳嗽着弯下身子，几乎要跪在地上。

儿子感觉到父亲的心思，显得很温顺，有闲空便凑上来跟他拉家常。开始他很讨厌儿子的装模作样，不管怎样说，儿子的心是孝顺的。今天种油菜，儿子又是扛化肥又是扶犁，风风火火地踏着松软的胡基疙瘩，鞭梢扬得又高又响，那副咋咋呼呼的样子，使他又想起自己年轻的时候。"娃，甭急！"他又开始讲，讲那些儿子听烦了的事情。他以为这些事跟麦粒一样，天天嚼嚼不厌；跟太阳一样天天看，一遍比一遍新鲜。"娃，甭看不起上年纪的人，经验比啥都贵重，你们小青年再能就是没有格。……娃，这些泥土都是上辈子的老祖宗。人死不了，活一辈子吃那么多粮就烂啦，就臭啦？老年人都在哩，在哩！"他丢下篮子动情地抓起泥土揉着给儿子看，"老年人在土里面不白躺啊，勤勤苦苦一辈子躺得住吗？娃，没有老人在土里没日没夜地干，田禾能飞出来？田禾是石头缝里蹦出来的？人老啦，不会说大会动，有田禾哩；青油油的，年轻时候不就跟田禾一样！"

"爸，地下潮，起来说，我听着哩。"

儿子把他扶起来，点着烟，烟团圈住儿子的脸盘。听没听他不知道，他心里痛快，像下过雨的天空，轻松怡然。

2

郝老汉慢慢睁开眼睛，太阳的白光在眼前哗哗摆动，像许多小旗子。

"哞——"老牛在村口的杨树下呼唤他。

"回家。"他模模糊糊想起这个字眼，过了片刻还没动。他再想不起这个字眼了。人们匆匆忙忙把他抬回家。

所有的迹象表明，郝老汉在世的日子不多了，眼睛往上翻着细眯眯地窥探天空，似乎在寻找自己的位置。当他明白自己的去处在泥土里时，便恍然大悟，低头沉思。

儿子买回了棺木，请了木匠；院子里刨花满地飘溢着淡淡的桐香。这美好的气息不久将注入自己的心脏，在大地深处流荡了。郝老汉摸着厚墩墩的木板，胳膊抖了抖，血管里又涌过一阵波浪，真像攥住了稔熟的地堰，几分喜悦油然而生。郝老汉不由得想起自己盖房子的情景，不仅仅为了儿子，而且向世界表白自己问心无愧。儿子呢？儿子不仅为他，而且是给大地奉献寿礼。棺木与房子一样珍贵，令人敬仰。

儿子帮木匠拉锯。木匠说："东庄有劳，他爸在时不给吃不给喝，恨不得叫狼叼去；他爸死了才想起当孝子，又是请吹鼓手又是找画匠，整整花费六百多。我说，平常给你爸几个零花钱比这强得多。人，你当啥哩，光图个臭名气。有劳现在还张口闭口吹他是孝子。"

"老年人丧事跟咱结婚一样，一辈子就一回，将来想热闹还来不及哩。咱是吹鼓手画匠都请，平日他要啥有啥，老年人嘛跟娃娃一样。"

儿子毕竟是自己养的，跟自己一样厚道。儿子的精明他没有，他弄不清是从哪儿来的，他倒愿意儿子老实些。精明有啥好，人成精兽成妖，不是好事情。他一想就想多了，他想起儿子干的伤心事，心里顿添几分怨恨。他真想再待几年，看看这块土地会变成啥样子。一辈子算完啦，儿子对他的地一点兴趣都没有了，儿子不会要那三亩地，自留地也不会要的。他跟土地一起与这个家分开了。他告诉儿子的那些话呢，儿子听吗？许是忘了。

再没有什么比他的心思纷繁沉重的了。

郝老汉的活动范围仅限于村子。他恋恋不舍地蹒跚在街上，他在每一家门前都凝注片刻，仿佛要记得清晰，将来有一天会重返故里似的。大人娃娃都向他问长问短，连欺负他们家几辈子的仇人也动情地扶着他，温和地说着安慰的话。这时光，似乎世界大同了，人们都那么善良、真挚、朴实。人真怪啊，在你临终时才肯握手言欢。郝老汉想起自己的一生，那些艰难的岁月，这些人曾经是他生活的风暴中极其凶悍的一部分。回首往事，正如站在春天的田野上回忆冬天的雪花，不是恨而是几分怜惜。人活着就这回事，假的多真的少；少是少，却是最终的，是顶峰。

世事变了，什么都变了，村子大多人家都盖起了新房。西头几户人家依然露着寒酸的土墙，像赤身露体的娃娃那么惹眼。大槐树底下的都撑起砖楼，他家的最早也最低。大槐树下的干啥事都容易，要买汽车，一句话就能得到信用社五千元的无息贷款。儿子站在院子里看着人家崭新的汽车示威似的在门口按喇叭，脸色发白，虚汗淋淋。"人比人活不成"，娃！心甭太强了，你咋能跟人家比？昨晚家里来一大帮人，商量承包大队化工厂。大伙走后，他把儿子叫到跟前说："娃，你干大事爸不反对。挣钱到远处去挣，地头蛇惹不得。爸的话没味道，听上一句总比不听强。"

"化工厂名义上是大队的，谁不知道由那几个鬼霸着。干部家里有胳膊的都往里伸，公家又不是养死娃的，还不如叫我包了。我当厂长，老舅来都不成，不信你看着。"

"啥都是'我，我，我'。说话要改哩，'人狂没好事，狗狂挨砖头'。"

是自己糊涂了，儿子终于陌生起来。早几年死了还好受些，你娃变成啥模样，爸躺在土里就管不着了。

3

今天，他身子骨忽然涌起一股子劲。他不知不觉走到打麦场，刚落过雨，麦草擦散发出潮湿的甜味。娃娃们嘴贴地面，不停地叫喊："宝宝宝宝揭盖盖。"

叫出来的不是"宝宝"，是醋红色的蚯蚓。

一阵喘息，像是从泥缝里沁出来的；他感到泥土已经进入体内，拥上喉咙了，张张口能咳出几粒土星。

真成蚯蚓了。

他的眼前清澄无垠，浩瀚的天空倾斜而下；星河渐渐流近，密集的星辰像黄土的细粒粘在一起，旋转碰撞，溅起曲折的火焰，有的像树，有的像野花，更多的闪烁绿光，像秋天的庄稼地。

他相信自己的眼睛了，相信那片光明的景色了。蚯蚓曲身向前，在凝注另一个世界。他低下头，在蚯蚓沉入泥土的一瞬里发现了一个欣悦的灵魂。

最后的日子，他只能凝望窗口含着的那片蓝天。他多么向往田野，他多么想到地里去，一曲音乐在星光里流动，大地在呼唤他。灵魂凝聚着浑身最纯净的血液喧响着，那是在山里。在笔直的土崖下，那儿有一股山泉像宝石闪闪发亮。他看到一棵白杨树从泉水中伸向天空，晚霞落在树枝上像飘动的火焰。

那声音又在窗外喧响。这次不是一棵树，而是一片森林在高空搅动。

郝老汉喃喃自语："起来吧，起来吧，咋成这熊样子喽！倒在地里，倒在地里。活着就这么回事，死了也是这么回事。倒在地里，倒在地里，……还近些……"

剩下的话被水银般的痰块堵住了。

他终于站在田野上。天边的白光连成绵长的一带，横在山嘴上；浑浊的雾气从密集的阳光里流溢出来，清澈如小溪，叮叮淙淙，水色里闪亮着一大片新嫩的绿叶。他想起自己来到人世，在这里踏出的第一个脚窝，窝窝里浸着清水；他想起不久前撒落的油菜籽，铁红色的油菜溜溜的，从砧子般的手掌滑落，粘在平阔的地面，一生的画从这里展开……他摸着了画轴般的地堰，开始跟它熟悉。他跟它亲近了整整一生，但当与它共同生活结为一体时，他枯老的心底竟神秘地涌出新婚之夜那种久远而甜蜜、飘荡着美好回忆的泉水。现在，开始浸进泥土，却感到泥土在散发一种陌生的气息。他浑身生发出一种新奇，一种孩提似的新奇感。"七十三，真格成娃娃啦。"他艰难地挪动着，像蹒跚学步的娃娃走过这段坎坷的路。等走进那个黄土的世界，他又会年轻起来，在土层里游戏。他笑了，鼻涕吸溜吸溜地在深深的纹路里抽动。孤独感消失了，破土的油菜苗眨着幼嫩的天颜，他终于走进这个世界。

"娘呀，把麦场扫得干干净净，把土盖盖揭开，把宝宝叫出来。"

"出来了，出来了。"

湿漉漉的泥土从眼瞳里挤出来，一只黑红色的蚯蚓揭开土盖盖；他想对儿子说很多话。

人活着为自己，死了为谁？这里到处一样，都是泥土。无论你到什么地方，你的呼吸，你的声音，你辛辛苦苦地干活；岁月所有的空间都塞满了。没有眼睛，看不到惹人讨厌的事情，也不用羡慕谁。叫人使厌了的胳膊和脚都没有了，只有那颗心在大地的胸膛跳动。

"娃，爸叫你哩。"

儿子没来，没在他身边。他要把这些话叮咛给儿子，叮咛给在他的心血和汗水浇灌下生长的小槐树。

儿子没有来。世界上最伤心的是弥留之际，没有一个亲人在身旁聆听他给世界的最后一句话。

这些话足以改变儿子的生活，儿了却听不到了。儿子又要跟他一样，用漫长的一生去体会这些语言。临终，他张大说不出话的嘴巴，任凭已经清澈的心焦急地咕咕乱跳。

郝老汉哭了。

他唱着这支歌来到这个世界，又唱着它离开这个世界。

干　喝

　　米琪离开他时他心里正烦她，他们交往多年，已经腻味了。按他的理解，是他腻味了，米琪对他一直很好，就是人们常说的那种一往情深。不但他有这种感觉，大家都这么看。他是米琪的第一个男人，而米琪却不是他的第一个女人。在米琪之前，他有过好几个女人。他结识米琪时，米琪刚刚中学毕业，是个瘦巴巴的丫头。他的一双大手抚摸着这个瘦丫头，直到她丰满起来光彩四溢。

　　她就这样离开他，仿佛他是她的青春期教练。

　　他还记得那一天，他们玩了整整一个通宵。前半夜跟朋友们一起跳舞，跳维吾尔人那种豪迈的刀郎舞。又是喝酒又是跳舞，还唱了好多歌，唱伊犁民歌，有维吾尔人的，有哈萨克人的。不知为什么，他老唱哈萨克人那支忧伤无比的《坎土曼》：

　　坎土曼啊坎土曼，你立在地上，牢牢地拴住了我，我是一个骑马的哈萨克。你立在沙土里，把我的双腿埋住了，我是个骑马的哈萨克。你把我埋住了，我成了木桩，呜啊——

　　他就这么唱，细心的人一定听出了名堂。他喝了好多酒，唱什么他概不知道。

　　他给人的印象还是很爱米琪的，他疯狂地吻米琪，把米琪举到头顶转圈，米琪都晕了。草原上的人总是把情人举起来，跟老鹰一样旋转，把女人旋成激流旋成火，然后抱她们到帐篷或草丛里，就可以大胆地做事情了。米琪双脚落地，站不稳，一手搭额头，一手在空中乱抓，像挨了枪子。大家吃吃笑：真枪实弹在后边呢。他搀扶米琪往回走，大家笑他子弹上膛了。

　　他们从后半夜折腾到天亮，快要把地皮压塌了。无论太阳在窗外怎样闹，他们相拥而睡，一直睡到中午十二点。太阳失去锐气，他们才拉开窗帘，放进来的全是林带里的潮气和旷野的土腥味。米琪收拾房子，到厨房做揪片子。米琪切的羊肉又薄又宽，皮芽子却很小，剁成末跟羊肉烩炒。他吃到的揪片子全比羊肉小。他不知道羊肉变大是什么味道。他劳累了一夜，又饥又渴，吃这种汤水饭很合胃口。

　　他压根没注意米琪吃得很少。米琪只吃了一小碗，锅里的饭全让他独吞了。他吃得太多太猛，米琪问他味道咋样，他用很抽象的"很好很好""不错不错"来回答。米琪低头，声音很小，问他到底好在哪儿。他吸口冷气。他睡她这么多年，吃她这么多年做的饭，她从来没问过这个鸡巴问题。味道好不好全在男人的吃相上，男人吃得狼吞虎咽，风扫残云，完完全全一副野兽模样，你还要男人告诉你什么？而男人实际上告诉不了你什么。

他傻乎乎地望着米琪，米琪那么漂亮那么红润那么丰满，眼睛跟草丛里的鹿眼一样，用一种天然的光芒静静地望着他，期待着他。鹿和羔羊总是在青草地上露出这种静谧而急切的神态，米琪就这样静静地期待他一句话，他很为难，以往的聪明劲儿烟消云散。他压根不知道吃饱饭时脑壳子最笨，胃囊的智慧大大地超越了脑袋。他张张嘴，肠胃替脑袋说话了，那是一串沉闷而有力的饱嗝声，咯儿咯儿响了很久，直到米琪收拾完毕离开房间。

米琪离开他是肯定的，但不该是今天这种形式。

大家很快就知道米琪这件事，大家以为他会拼刀子玩命。他在街上走，叼着烟，这儿看看那儿瞅瞅，一点也不上心。大家知道他没事，他没受什么损失。他也是这么告诉大家的：喝酒的人菜多。他说出了男人们的真理，大家都服他。

有酒就有菜。他很快又有了女人，是个漂亮的小妇人，住乌鲁木齐，做服装生意。他到她的精品屋去买衣服，试了一件又一件，没一件可心的，店员们只好叫老板出来。出来的是个女老板。女老板亲自给他定做，等衣服从南方运来时，女老板本人已经成为他的一部分。

朋友们在一起的时候，偶尔会谈起米琪，但他已经记忆模糊了。女老板很好奇，很想了解她前任的情况。他实在想不起来了，看样子是真忘了。女老板时而新疆时而南方，跟候鸟一样，留给他的空闲很多。在那宽余的空闲里，他也没去想米琪。他发誓要忘掉米琪。他忘掉的女人不少了，决不能因为米琪而使记忆出现奇迹。

现在他很少像从前那样猛吃猛喝，肚子胀鼓鼓的时候很少，血液基本稳定在脑壳子里，输送到肠胃里的血液不多，只在吃饭时分出去一部分。他感到这样很好，脑子很够用，血液汇聚在那里就像大河的深水区，因为水深而平静。人在平静的时候就会心明眼亮。那个人就在这时候出现了。

他听见有人敲门。一定是个陌生人。情人有钥匙不用敲门。情人走近房间，房子里的人会有一种温暖的感觉。陌生人就不同了，不管你怎样镇定，心里难免有些紧张。他去开门，门外是个穿黑皮夹克的男人，个头很高，黑黑的胡茬，是个地道的新疆人。他让客人抽烟，客人不抽"云烟"，抽"红雪莲"。客人告诉他：我从乌鲁木齐来。他在乌鲁木齐有许多熟人，南门北门、大十字六道湾是他常去的地方。陌生人肯定是熟人介绍来的，是朋友的朋友。陌生人一下子与他的距离近了许多。在新疆这个地方，要成为朋友是很容易的，根本不需要你提防什么。

陌生人马上制止了他这个可笑的念头。因为陌生人谈到了一个女人的名字：米琪。他大吃一惊，原来陌生人跟他是那种关系，是男人之间最不能相容的那种关系。他们共同拥有一个女人，这该有多么尴尬。他很生气，气得说不出话，咳嗽了几下才让嗓子安静下来。

"你找我干什么？"

"我们谈谈米琪。"

"我为什么要跟你谈米琪，我又不是她什么人。"

"这么说话就太不够朋友了。"

陌生人告诉他说："米琪没结婚，米琪跟我时而同居时而分居。"他有些幸灾乐祸，米琪离开他，过得并不幸福，这个男人也不幸福。陌生人问他有莫合烟没有，他拉抽斗找出一个铁盒子，陌生人卷一根莫合烟，抽一口说："米琪是个有魅力的女人。"他说："我记不清了，她在我这儿的时候很一般，真的很一般。"陌生人说："可她现在很美，你想不到吧。"他老实承认：确实没想到。陌生人说："你为什么不找她呢？"他突然警惕起来："我找她干什么，我连她的模样都记不清了。"

"你明明告诉我她长相一般么。"

"因为她太瘦了，让人感到天地的空间很大。"

"你说得不错，她不是那种美得让空间变小的人，而是让空间变大，大得无边无际。"

不知不觉中，米琪的本来面目出现了。两个男人用各自的回忆你一笔我一笔互相补充。他发现这个陌生人知道得特别多。米琪离开他以后，几乎一直在陌生人身边。米琪在他身边时毕竟是个小丫头，瘦巴巴的，一副营养不良的样子，从气质到身体都很单薄。那时他是用了心的。陌生人说："我来找你就为这个。"他呼吸有些困难。陌生人说："米琪离开你以后，才知道她的美是如何产生的。她的故事总是停留在一个荒僻的草原上，停留在一个男人身上。这个男人很了不起，在那么荒凉的地方，让一个瘦巴巴的丫头充满魅力可真不容易。米琪到了乌鲁木齐，才知道自己有多么美。她哭了，哭得很伤心。她对我说，她带走了一个男人的风景。我反复问，她都这么说。"

"她到底怎么说？"

"她带走的是你的风景，你反而来问我。"陌生人咂着烟，满脸嘲笑的神态，"从她离开你那天起你就荒凉了。"他动动嘴巴，里边空荡荡，只有呼吸没有声音。陌生人说："你很想去找她。"这句话一下子打中了他，他摇摇晃晃，确实被打中了。他老实承认有过这个想法。陌生人笑："岂止是想法，你常去乌鲁木齐。"

"我去乌鲁木齐？可我不知道她就在乌鲁木齐。"

"米琪告诉我你常来乌鲁木齐。"

"她怎么能告诉你这些。"

"米琪不爱你了，她离开你是因为她爱上了别人。"

"这不可能，米琪怎么能变心呢？"

他一直不敢承认这个事实。其实他结识米琪的时候，他就感到不妙。以往他结识的都是有丈夫的女人，或者是出落得妙不可言的大姑娘。这些女人都是现成的，不需要投入什么。直到米琪走进他的生活，他才注意到他该去荒凉的地方静下心耕耘一番。米琪就是他精心开垦出的一块好地。米琪长起来的时候，他知道收获的人是个有福气的家伙。那是命中注定的。他发过誓不再想米琪。他喝那么多酒就是为了把米琪忘掉。

陌生人摇摇晃晃离开他，他紧张得要命。

女老板从南方飞回来，见他失魂落魄的样子，心疼得不得了，以为想念她想成这样子的，对他很亲热，暗示他，要他来当真正的老板，自己当老板娘。他只想做她的情人，不想沾她的财产。她完全是好意："别的男人我还不放心呢！"

"你放心我什么？"

"你只想当我的情人，从来不想当老板。不想当老板的人不是当不成老板，而是把当老板的过程看得很重要，我就需要这种人。"

他告诉情人：他确实不想当老板，现在不想将来也不想。这越发激起女老板的热情，女老板一下子说出了真理："情人是下酒菜，你这傻瓜，你干吗当这种角色。"真理从来都是吓人的，因为真理不穿衣服，是赤裸裸的。他的脑子嗡地一下，他问情人：你说什么？情人说：下酒菜啊。他脑子不嗡了，脑子里有许多水，静悄悄却很深，很深的水域往往产生一种光芒。他走在自己的光芒里。情人过来拉他："你要去哪？"

"我去把我的酒喝了，把我的菜吃了。"

"你吃我吧，喝我吧。"

"你又不是下酒菜。"

他在自己的光里走得很远，一直走到天亮，走到当年米琪离开他的地方。许多人在那里喝酒，陌生人也在那里，他们跟老朋友似的，相视一笑，不用客套，直接叫跑堂的上酒，上的全是新疆好酒。伊犁特、奎屯特，还有榆泉老窖，亮晃晃十几瓶子摆在桌上。跑堂的等他们点菜，他们不用菜，干喝。店里的人都看他们，这么干喝很壮观，尤其是汉人，没见过汉人这么喝酒。来店里喝酒的哈萨克人、蒙古人至少也要点几碟花生米或者蚕豆。嗜酒的牧人在荒漠和草原上才这样干喝。

大家知道他们是了不起的汉人，都眯眼睛瞧他们。他们不能不喝了。他们跟二十岁的小伙子一样，用瓶子碰，上下一晃当，咕咕咕灌一气。陌生人说："这样喝下去会把咱们毁了。""那咱们点菜吧。"他们一下子想到米琪，想到米琪他们就不想点菜了。他们知道总有一天要喝这样的酒，干喝，不点菜，什么都不点，一片荒凉一片空旷地喝酒。有人走过来问他们这是什么喝法，他们抬起头，那是个骑马的哈萨克人，双腿让马背弄成圆形，能钻过去一个小孩。哈萨克人问他们是新疆人吗，他们使劲点头。哈萨克人很生气：新疆人没这种喝法，好好的酒让你们喝成这样子。

他们一直以为酒就是酒，爱怎么喝就怎么喝，酒是一种液体，跟水一样没有什么固定的形状，水无常形，碰到谁手里就由谁喝了。他们一直这样看待酒。

哈萨克人说："酒是有味道的，有味道的东西干喝下去就没味道了。我们哈萨克人喝酒不吃菜，有时候连肉都不吃，可我们用歌下酒，歌曲是心灵的一盘菜，用它下酒，那是人生的盛宴啊。"

哈萨克人坐到另一张桌子上，不点菜干喝。那是真正的干喝，歌在哈萨克人心里装着，越喝越香，瓶子里的酒都要沸腾了。他们面面相觑，陌生人小声说："咱们真倒霉，让他这么一喝，咱们就成假的了，跟喝凉水一样。"他咬咬牙："已经假了，就假到底吧。"他们喝得很小心，再也不敢放肆了。那些吃饱喝足的人知道今天有好戏看，赖在里边不走。他们一小口一小口地喝，耗子偷油就这德行。陌生人安慰他:"这是咱们掏钱买的,不是偷的不用怕。"他也说:"不怕不怕,怕什么呢。"他们彻底地醉了,陌生人说:"我好难受。"他比陌生人直爽,他说了大实话:"咱们不该这么喝,咱们把酒糟蹋了。"

他们挣扎到林带里,哇哇大吐,连胃液都吐出来了,吐出了血。

大家知道他们吐得差不多了,就围上来。他问大家:"我醉了吗?"大家说:"你醉得很厉害。"他脑子很乱,他想不起来他什么时候醉的,他问大家,大家说你醉了好多年了,打米琪离开你你就醉了。他醉眼蒙眬,看什么东西都是双影,树是双的,太阳也是双的,周围这些熟悉的面孔全是双影。他指着那个陌生人问大家这是怎么回事。陌生人低头不语,满脸羞愧,没人告诉他这人是谁。他哇一声把心都吐出来了,他没救了。陌生人见他这样子便悄悄走开,鬼魂似的。大家感到愤怒,谁也不忍心看着一个活生生的人就这么死掉。他们对着他的耳朵大喊:

"米琪来了。"

"她当了老板,她不会来找我。"

他临死前终于说了实话,他压根没想到大家这么一诓,把他的秘密诓了出来。失密后的尸体跟木头一样,大家松开手,尸体滚在地上,弹起一团黄尘,乱纷纷罩住人群。大家猜测死者所说的女老板就是米琪本人。

有人去找棺材,有人去挖墓坑,叮叮当当闹了好几天,这是死者最后的响声。

大　　黄

　　张林家门前的沙包上站着两条狗，一条黄狗，一条黑狗。黑狗叫，黄狗不叫。黑狗叫得很凶，跟狼一样，连嗥带叫，干脆嗥起来了，把王建新给吓住了。黑狗就是在王建新胆怯的时候嗥起来的，再也没有叫的声音了，纯粹的长嗥，一声连着一声，都立起来了，狗立起来是很可怕的，吃天呀！吃太阳呀！

　　王建新本来骑着马，过安集海的时候，碰到一个老熟人，完全是好意。"骑马太土气啦，骑这个。"老熟人把胯下的五十铃摩托车让出来。突突突狂奔几个小时就到了乌苏，过了郊区，他才发现他要去的不是乌苏城，是乌苏北边的小村庄。都是新疆人的习惯，人家问你去哪里，总是说个大概的方位或者一个很大的地名，比如阿尔泰、伊犁、喀什、阿克苏。他就给人家说了一个乌苏，人家以为他进城呢！骑着马，跟放羊的哈萨克人一样到城市里去浪呀。人家给他摩托是对的。张林家住在这么荒凉的野地里，养着两条狗也是对的。

　　张林这小子在房子里笑呢。王建新放过羊，王建新太了解狗了，根本不怕那条张牙舞爪的快要变成狼一样的黑狗，只怕那条黄狗。黄狗蹲在沙包上，冷冷地瞅着十几米外的陌生人。陌生人的红色摩托车刚刚冲进芨芨草丛中就熄火了。大黄狗阴森森地趴在沙地上一动不动。王建新要是往前走一步，大黄狗就会扑上来。王建新要是骑着马，还怕什么呢？马蹄子可以把狗踩死。还有马鞭子呢。骑马的人都有一条鞭子，骑马的人很少对马下狠手，都是轻轻地晃晃，有那么点意思就行了。骑马的人要狠起来根本不用拔刀子，挥一下鞭子就能抽断狼的脊梁骨；要是抽在狼腰上，狼连叫都不叫，眨眼就会缩成一个圆疙瘩，跟牛粪坨坨一样。

　　王建新打过狼，也打过人，肯定不是好人，是个逃犯，躲在沙枣树上，跟老鹰一样趁着夜色从头顶扑下来。王建新骑着马赶夜路，马蹄得很快，跟一股风一样。从天而降的鹰也很快，也很准，这个时候来这么一手，连人带马会栽得很惨。逃犯是认真算计过的，逃犯已经放过去好几个骑马的人了，那几个老兄跟散步一样优哉游哉，时间慢下来，一切都会慢下来，逃犯反而不敢下手。王建新火急火燎，那团黑影落下来的时候，他根本来不及反应，顺着惯性本能地一挥手，鞭子就在空中卷

125

了一下。他以为是一片树叶，连停都没停继续赶路。赶到夹河子，张林哥哥在夹河子，张林母亲跟哥哥一起住，得了急病，张林在阿克苏赶不回来，到处打电话求救，也只打通了王建新一个人。把老太太送到附近一家军队医院，天大亮。王建新原路返回，他把夜里的事都忘了。警察没忘，警察在沙枣树底下等着呢，挡住了好多人，包括王建新。王建新听明白了，逃犯栽在这棵树底下了，警察追踪过来的时候，逃犯抱着树根啍啊啍啊，嘴巴都烂了，牙齿都落了，血肉糊糊的，一桩一桩在说他犯的案，警察拉都拉不开，就做笔录。好家伙，作的案还真不少呢，都是无头案，全抖出来了，抖完了，人也轻松了，松开手，给沙枣树磕头。罪孽深重，树显灵啦，明明挨了一鞭子偏说是树梢抽的不是鞭子，脖根的血槽跟刀子刻的一样还不承认。王建新也不承认，人家问他，他就说从夹河子赶过来的，没走这条道，警察说这是见义勇为，要重奖。

"奖这棵树吧，都是树的功劳。"

沙枣树的树冠很大，跟牧人的帐篷一样。王建新捋一下沙枣树干，摸到了粉粉的尘土，树真有显灵的时候，他信了，真的信了。他遇到了麻烦事，非找张林不可，他就喊起来了。

"张林，张林，狗日的干啥呢！"

张林睡觉呢。不是王建新叫醒的，是黑狗的狂叫，连叫带咬，咬到梦里来了，血淋淋的从大腿上撕下一块肉，张林自己噢哎哎跟着狗一起叫，叫了两声，自己把自己叫醒了，坐在床上大叫黑狗的小名："小黑！小黑！"黑狗就像挨了一枪，立马闭嘴。张林从房子里出来，看见了王建新，就打了个口哨，黑狗扑过来舔王建新的脚，还站起来挥着前爪给王建新作揖，把王建新逗笑了："嘿嘿，你是张林他儿吗，这么乖。"黑狗点点头，摇尾巴。王建新还是不敢动，大黄狗趴在地上一动不动，一双狗眼睛盯着眼前的沙子，还有几只蚂蚁，大黄狗就看这些东西。"张林，你欺负我哩，你把你这爷叫开。"张林赶紧过来踢大黄狗，踢了两脚跟踢石头一样把脚都踢疼了，张林跳了两下，拉上王建新往房子里走。

"这是吃屎的货，你不用怕。"

"吃屎的可不是那样子，那样子太吓人了。"

"它就那么个脾性，不是装的。"

不说狗了，忙着喝茶抽烟。莫合烟太啬皮了，王建新都卷上了，张林硬抢过来，丢在一边。张林从柜子里取出一条雪莲烟，拆开，点上。

"媳妇哩？娃哩？"

"带上娃走娘家去了，娘家演戏，四五天回不来。"

"你个卖沟子自在了，跟神仙似的。"

"累啊！一年四季整整庄稼，整整牲口，整整小生意，晚上呢还要整整老婆，要的都是力气啊。"

"你跟驴一样，你还怕整不过老婆。"

张林多少有点炫耀的意思，他有个好身体他才乐意开自己的玩笑。聊了一上午，该吃饭了，张林也不急。张林喊了一声小黑，黑狗跟儿子一样奔到跟前，张林掏出一张 20 元人民币，黑狗叼上钱就跑，十来分钟黑狗就回来了。黑狗叼回来一个红塑料袋，里边有一瓶五五新镇产的启明大曲烧酒、两包花生米和蚕豆，零钱也在里头。

"真当儿子使呀！"

"那看你咋调教，调教好就能当人使唤。"

张林搬出一个纸箱，打开让王建新看，里边黑油油、香喷喷全是马肠子。

"伊犁弄来的，咋样？"

"怪不得你个卖沟子啥都不弄光睡觉。"

老婆不在家的日子，张林就吃马肠子。昨天刚吃上，今儿王建新就来了，这叫运气好。切了两大盘子。铁壶里煮着砖茶。慢慢吃慢慢喝，天就这么黑下来了，身体也喝热了，身上的血哗哗响跟河一样。不管咋说，没喝过头。有事呢，喝过头就成苕子了，就成二尿、二百五了。张林揉揉嘴巴，好像这么一揉，才能把心里话揉出来，跟朋友就得说心里话；心里话不太多，也不好说。非说不可的时候张林就揉揉嘴巴，就这样说到了正题。王建新这几年不太顺，又不愿意给别人说，朋友见面打打牌、喝喝酒，看样子挺高兴，不深究还真看不出来。王建新在离安集海不远的地方做事，那是个小地方，具体地方就不讲了，白纸黑字容易惹麻烦，王建新的麻烦够多了。

"你跟那个人很熟？"

"不熟。"

"认识？"

"开会嘛，那么多人，就打个照面。老兄啊，世界上有一种人跟鬼一样，打个照面，他就黏上了；跟狗屎一样，抹都抹不掉还惹一身臊。新疆这尿地方，这么大，吹一脸沙子也比碰上这种人强啊。"

张林笑哈哈地转着空酒瓶子，不说话，只听王建新说话。王建新终于说到点子上了。王建新是这样说的，他跟一个老谋深算的将军一样，抓耳挠腮摸下巴，来来回回走圈子，甚至站在窗户前边瞭望了那么一阵子。从天山上升起的月亮，跟草原上的高车一样，又圆又大，王建新让这么大的月亮照耀着一下子就说到点子上了。"我就是不明白，怎么有人信呢？我根本就没当一回事，稍动一下脑子就不会相信嘛，只要有人一鼓捣就不对劲了，鼓捣的人爱鼓捣，被鼓捣的人也容易被鼓捣。"张林打断王建新的话，说："太文雅了嘛，跟个教书先生一样，跟个老学究一样，跟个革命干部一样。"张林几年前就提醒王建新，到我们夹河子来一趟，来一趟就有办法了。王建新当时就在电话里笑，你有狗屁办法，就把电话挂了。后来张林主动打过一次电话，很诚恳地告诉王建新："听信谣言跟狗吃屎是一样的。"

"整我的是人不是狗，我跟狗没怨仇。"

"人饿了要吃饭是不是？饿急了咋样呢？把屎橛子做得跟馍馍一样，抹上蜜撒上糖不就吃下去了吗？"

张林同志是粗人，说得太糙太野，大概把王建新吓住了，王建新不吭声了。三年了吧，三年后王建新乖乖地找张林老大哥来了。

"不要小看我们这些小地方，几间破房子，一条土街道，沙枣树、庄稼地都散在沙包中间，空旷呀，凄凉呀，凉飕飕的风这么一吹，沙子是沙子，尘土是尘土。人性的弱点，人类的弱点，都是一堆臭狗屎，不值得一提。大黄！大黄！"

大黄狗正式出场了。那条沉默如金的大黄狗从月光里蹿出来，嘴巴贴在张林的脚上。张林蹲下去，搂着大黄狗叽叽咕咕说了一气狗话，指指王建新，大黄狗就把嘴巴贴在王建新的脚上，热乎乎潮烘烘，还有点痒。张林说："雪地里捡的，快冻死了，在被窝里喝了一冬天牛奶活过来了。这几天就跟大黄待在一起，跟它有点交情，再说吧。"

王建新放过羊，有条牧羊犬，王建新是识狗性的。王建新在张林家待了三天，使尽平生所学跟大黄套近乎。三天后，他们成了密友。张林说："我的大黄不会让你失望的。"王建新说："已经是我的大黄了，不要老是你的你的。"大黄站起来跟张林拜拜，倒让张林吃惊了："这狗日的，这狗日的。"

王建新发动摩托，大黄跟着跑一会儿，王建新喊了一声："大黄！"大黄就蹿到摩托后座上，摩托呜哇一下飞起来，就像驮着一个金发美人。

我们一直不好意思说出王建新住的那个地方，反正王建新回到了那个地方。他骑摩托骑上了瘾，那地方是个小镇，街面不大，但房子不少，巷子挺多，林带也多，他骑着摩托把每个地方都转到了。那么招摇，路面不太好，他也不管，他只管兜圈子，幸好是沙石路没有灰尘，可颠晃得厉害，摇来摇去，一上一下，跟坐跷跷板似的。他那么兴奋，双臂鼓起撑着摩托车，猫着腰，大黄狗紧贴他的后背，老远看着就像一个金发美人。大家看到的也仅仅是金光闪闪的苗条的倩影。大家完全相信驮着美人才会有这么大兴致。看把他挨尿的烧的。房子里烧去吵。树林林里烧去吵。戈壁滩上黄沙梁上都能点一堆火嘛。"王建新！"有人吼王建新的大名，"王建新日你妈，你慢些嘛！让大家看看嘛！"王建新不生气，很听话，放慢了速度。阳光也变稠了，不再那么一闪一闪，跟个大镜子一样，撵着人家王建新前前后后闪来闪去。太阳从来没有这么贱，贱得闪哩，不管多么金贵的好东西，贱起来就成了镜子，闪来闪去的，把全世界都想照进去，放慢速度就照不到全世界了，只能留住一样东西。哈，大黄狗！大家眼睛鼓圆圆的，太阳的大镜子里蹲着一只大黄狗。

据说有人已经把电话打到王建新老婆单位了，很简单的一句话么。"你老汉驮着一个黄头发女人兜风哩，年轻得很，嚣张得很，避都不避，向全世界宣告呢。"话就是这么说。据说王建新他老婆在电话里头不停地啊啊叫唤，像被掐住了脖子，啊到最后一下子昂扬起来跟一匹母马一样，连跀蹄子的声音都能听见。就挂上了电话。就等着母马赶过来。

王建新在这边上班，家安在老婆那边。都是他往老婆那边赶，一星期两星期去一次。

估计老婆出发了。王建新的摩托车也慢下来，大黄狗出现在大家面前。所有的声音都静下来，小镇本来就是个安静的地方，除过奔跑的马和摩托车，汽车都很少，一天出现两三次，拉个货，拉个人，剩下的就是鸡飞狗叫娃娃闹。也闹尿不了个啥。王建新一大早从外边赶回来，几乎跟太阳一起出现在大家面前。太阳升到房顶上就不往上升了，就跟着王建新窜来窜去，成了小镇上的一个景观。这个景观眨眼间就变了，说变就变。太阳还端着那个大镜子，太阳不那么闪来闪去了，太阳稍微端庄了一些，阳光静静的，阳光里蹲着大黄狗，毛有些乱，毛尖上带着些微光，让人疑心是不是看走了眼。大家就这么愣着，出气声很大，比摩托的突突声还大，只是大家不好意思问王建新。大黄狗好像洞察了大家的心思，站起来，人要站在摩托后座上比较困难，狗就很容易，狗轻轻一闪就站起来了，把王建新都堵住了，大家只能看见王建新握摩托车的胳膊。其实大黄狗堵住的只是王建新的脑袋，王建新多宽的背呀，两边各露出一指宽，看不见脑袋再宽的背也跟墙壁没啥两样。狗爪子搭在王建新肩上，轻轻地晃着，摩托车跟牛车那么慢。轻轻地摇，轻轻地晃，大家可以仔仔细细地看。

平心而论，这是一条不错的狗。毛色纯正光滑跟绸子一样；嘴巴和鼻子是黑的，跟黑色橡胶一样；眼睛也是黑的，眼皮还带着青，美容院是做不出来的；身腰也不错，苗条结实，趴着看不出来，站起来就不一样，从脖子到后背直直一条线，完全是风过草地，草浪起伏的样子。

大家都看呆了。

王建新老婆也赶过来了。安集海离这里挺远的。跟所有的女人一样，听到丈夫有外遇的消息，千山万水也要赶过来。王建新老婆就赶过来了。跟所有的女人一样，遇到这种情况她不急着找丈夫，她直奔丈夫住的地方。她打开门，目光如炬，巡视一遍，然后仔细盘查，任何蛛丝马迹都不放过。她不是在看，她一样一样地闻，她的嗅觉灵敏到了极点，基本上跟警犬一样了，床底下她都爬进去了，被单、枕头、毛巾、衣服就更不要说了，老鼠洞都掏了，加上人的智慧，警犬要逊色多了。在扮演警犬的同时又不失妻子的贤惠，这也是她可爱的地方。她鼻子闻到了汗臭还能闻到什么？她闻过的东西随手就扔，枕巾、枕套、被套、床单、袜子、裤子，天女散花全都落在红塑料盆子里。她跟个妖精似的不断地变换角色，她不再是个侦破案件的警犬，她变成一个大拖把，角角落落，滚爬摸打，连她自己都没意识到她在打扫卫生，所到之处灰尘全不见了，跟舔过的一样，潮润润的有了光泽。一点也不觉着累，情绪高昂得不得了。结婚这么多年来，王建新基本上不干家务活，连自己住的地方都不怎么打扫，垃圾扫到门后边不碍事就行了；脏衣服丢到大红塑料盆里，回家的时候用床单一卷，带给老婆。他本人也基本上灰尘满面了，身上脏兮兮的，回到家里。老婆好像乐意见到男人这副模样。在家里歇两天，离开的时候跟换了个人似的。老婆连句抱怨话都没有。这么说吧，老婆就跟个大海一样，迎接风尘仆仆的丈夫，上岸的时候应该是新新的。十天半月，老婆还要来一次，把丈夫待的狗窝整理清扫一遍，弥漫着女人的气息，老婆自以为放心地离开了。小镇小地方的女人就是这样子，男人的指甲缝她们都清清楚楚。精明能干，同时又把男人罩得严严实实，男人不知不觉舒舒服服，别的女人是很难近身的，不要说女人的气味了。说句实在话，王建新基本上是个规矩的男人，老婆没有发现过蛛丝马迹。老婆很自信。老婆累死累活的时候也包含着女人的自豪与得意。十天半个月，脏兮兮的男人总要在她手上焕然一新。女人就活得这种滋味。孩子都上学了。平平安安的日子已经好多年了。突然一个电话打过来,老婆一下子就失去了自信,就急吼吼赶回来了。那么长的路,啥都盘算好了,一团烈火加上冷静的思考,王建新老婆基本上完成了房子里的行动。

　　王建新老婆没有发现任何可疑的地方。听见摩托的突突声,就站在小巷深处看了一会儿,看到那条漂亮的大黄狗。这是一场恶作剧,逗他们两口子玩呢。王建新老婆很轻松地就下了结论,连街都没上,也没喊王建新这个王八蛋,回去洗衣服,整理丈夫的狗窝。每整理一回,心里都取笑一回男人:臭男人,没有老娘你天天睡狗窝吧。还真弄回来一条狗。洗衣粉的白沫子膨胀起来,把胳膊都埋了,脸上、头发上都是白泡沫。

　　王建新回来了,王建新老远看见床单、被套、衬衫、裤头晾满了铁丝,看不见老婆的身子,只看见两条白腿间夹着红塑料盆子。大黄狗也不像其他狗,表示亲热就把前爪搭肩膀上摇尾巴、吐舌头。大黄狗奔过去,在女人脚上舔一下,女人尖叫着跳起来,板凳滚到一边:"吓死我了,跟个鬼一样。""你别动,别动,狗认你哩。"女人战战兢兢让狗舔她的脚,舔完了,女人也不怕了。女人揪一下狗耳朵,狗偏着脑袋看女人,狗头上的毛长长的,从侧面看还真像个漂亮女人。

　　"王建新,你可不能瞎了心。"

　　王建新笑了笑,王建新话少,王建新这么笑,是心里认这个话,老婆是明白的,老婆又恢复了自信。"你看你这狗窝,人能住吗?"老婆走的时候说,"狗陪你,我就不来了。"

　　老婆是搭便车走的,女人钻司机楼的时候,司机很夸张地在女人屁股上抓了一把:"王建新你老婆身上少了一块肉,等到了安集海就剩下干骨头啦。"王建新笑笑没吭气。

　　老婆带来的热闹气氛很快就散光了,散得光光的,摩托车还给人家了,要骑马得到牧场去借。也没这个必要,相当长一段时间王建新不会外出。王建新就待在小镇上,后边跟着大黄狗。

　　这种狗太少见了,从来不叫。从远方传来的狗叫声得到镇上众狗的热烈响应,大黄狗一脸冷漠,毫无反应。镇上的狗自然很愤怒。大黄狗还是没有动静。有一条狗调门一变,狂叫起来,完全是怒吼,是厉声呵斥。大黄狗干脆趴地上,眼皮耷下,瞅着地上的沙子和蚂蚁。那条愤怒的狗闭上了嘴,又不敢冲上来。沉默的狗谁都怕，人怕，狗也怕。大黄狗挑战似的，嘴巴贴到地上了，那条狗尖叫一声撒腿就跑。围观的人也纷纷往后退。王建新告诉大家："不用怕，不用怕，它不咬人。""它不叫，不叫的狗才咬得凶。"王建新再怎么解释都不顶用，大家都怕这条不哼不哈的大黄狗。大黄狗也乐得自在，没人招惹它，它走哪大家都远远躲开；有时候它就跑到野外，也不叫，狂奔乱跳，就是一声不吭。好几个月过去了，大家觉得事情没有这么简单，有人就问王建新："你从哪带来的？"

"捡的，我们一见如故，跟老朋友一样，我就带回来了。"

仔细想想，大黄狗跟王建新对脾气。王建新说得有道理，都是不哼不哈，不多说一句话。有人吸了口冷气，自然而然想到了这些年来有关王建新的种种谣言。大家明明知道是谣言，可全都信了。每相信一次，王建新肯定要不舒服那么一阵子。等真相大白了，事情已经过去了，你还要怎么样？下一次又重新开始，这也是小镇沉闷生活中的小小插曲。乌鲁木齐就没有吗？天津、上海就没有吗？地球上的事情都差不多吧。王建新带着大黄狗，大黄狗就像他的影子。一前一后，晃来晃去。狗日的在示威呢。

"王建新，你弄这么一条狗，啥意思嘛？"

"养狗么，还能有啥意思，啥意思都没有。"

"你个狗日的，奸得很！"

"狗又不识字，又不会说话，想奸都奸不起来。"

"你个狗日的，你变着法骂人哩。"

"狗要能日就好了，可惜狗不能日。"

王建新个狗日的，说这话的时候，望着蓝天，一副悲天悯人的样子，这不是欺负人吗？

镇上肯定有个镇长，镇长也该出面了。首先，镇长是个清官，声誉很好，但也有耳根软的时候。蹊跷的是，仅有的那么几次耳根发软，都是因为王建新，王建新吃亏是肯定的，而且不是一次两次。王建新又不善于解释，有些事是不能解释的，越解释越麻烦，王建新就一声不吭。这倒好，还弄了一条一声不吭的狗，想干啥嘛？狗日个王建新。镇长要见见王建新。办公室太严肃，就到家里吧。

小镇巴掌大个地方，镇长家独门独院，林带紧紧地围着，都是杨树和榆树。镇长大概三十来岁，也就是王建新这个年龄。镇长还有个叫人惊奇的事情，老婆不但漂亮，还能生养，生了双胞胎，龙凤胎，一儿一女，把镇长美得。人家背后把镇长叫双管猎枪，一枪两个。传到镇长耳朵里，镇长不生气，全盘接收，还说这是民间智慧的结晶。镇长基本上是个有意思的好同志。镇长说："王建新坐哈（下）。"王建新就坐下。他们坐的地方是院子里的葡萄架底下，凉飕飕的。镇长给王建新丢了一根雪莲烟，王建新接住没抽，闻了闻夹耳朵上。镇长说："肚子胀？"王建新笑笑没吭声。镇长说："猴都有打盹儿的时候，有些情况当时不好判断。你这个同志哩也有毛病，不哼不哈也不对嘛；你不哼不哈当老好人，让领导一次次犯错误，老实不客气地说这是给领导提供犯错误的机会。"王建新还是笑笑不吭声。镇长说："你神经兮兮地笑啥哩，你就不会说上一句话。"

"没啥说的。"

"我说得不对？"

"你说的是别人不是我。"

镇长心里发毛，怪自己太唐突，都是一些猜测，直杵杵说出来，人家不承认把自己来个大暴露。镇长吸口冷气，不敢小看这个狗日的王建新。这个人比他想象的要复杂。镇长变得小心翼翼。

"你养了一条狗是真的吗？"

"是真的。"

"叫进来么。"

"叫进来不方便，惹事哩。"

王建新急出一头汗，他已经意识到大黄狗到镇上来要做些事情，具体啥事情他不清楚，也心里惶惶乱跳可是真的。王建新坐着不动弹。镇长就说："你养的又不是狼，有啥见不得人的。"王建新就出去了，一会儿工夫领着大黄狗进来。镇长一看就乐了："嗬，不错嘛，人家都说是金发美人，果不其然，毛色这么好。"大黄狗舔了镇长的脚。镇长到底是镇长，一点都不胆怯。王建新看出来了，大黄狗的目光不再那么凶巴巴冷冰冰，大黄狗眼睛里亲亲的亮亮的毛茸茸的，跟个洋娃娃一样。王建新长长松一口气。大黄狗给他长脸了。镇长高兴得不得了。

"传说是不可信的，把一条狗传说成狼了，听说是全镇不得安宁，吓人得很。这么乖的一条狗，能吓着谁？"

镇长的漂亮老婆从房子里出来，左右两个娃娃，两岁左右，开裆裤，走路一摇一摇，镇长老婆左右托着。大黄狗对着女人娃娃摇尾巴，娃娃哈哈哈笑起来，女人也被逗乐了："这就是人家说的金发美人，说是个冷美人，拒人于千里之外，胡说哩么。"镇长老婆在镇小学教书,知道"拒人于千里之外"这个词。大黄狗上去舔了女人的脚。"人家都说这狗不叫唤。"王建新说:"它从来不叫唤,也不咬人。"镇长老婆说:"沉默是金,沉默是一种美德,连狗都懂这个呀,太有意思了。"受到赞美的大黄狗不骄不躁,卧在院子里看地上的蚂蚁。院子里没有沙子,只有蚂蚁。镇长老婆说:"它就像个哲学家,安安静静地在沉思呢。"镇长不以为然:"狗能想出个啥名堂?狗要能想出的名堂无非就是吃肉呀还是吃屎呀。"镇长老婆朝镇长翻白眼:"咋说话哩?这么粗俗的话你也能说出来?"镇长呵呵笑:"千百年来颠扑不破的真理么,狼走千里吃肉,狗走千里吃屎。""狗比狼通人性。"镇长老婆脸都红了,出气很粗。

大人拌嘴,两个娃娃解脱了,满地爬滚。那个男娃听见父亲在说屎,男娃就当场拉屎,从古到今娃娃拉屎都是一溜溜,拉一点点往前挪一点点,很快就排了一长溜,地上开了花了,大人们愣住了。镇长老婆刚刚把娃娃训练到厕所里解手,稍不留神,又故技重演。大黄狗奔过去跟捡东西一样把一长溜的金灿灿的娃娃屎捡得干干净净,都不知道把这些屎装哪了。镇长乐了:"嘿嘿,这就是你说的人性。"镇长老婆气得跺一下脚:"你无耻!"镇长老婆进房子里去了。镇长高兴得不得了。"王建新你坐哈(下)!坐哈(下)!"两口子拌嘴的时候,王建新紧张得要命,站在那里不知所措。镇长说:"女人有点文化就想教训男人,你怕不怕老婆?"

"怕么,咋能不怕。"

"王建新,你是个诚实人。"

王建新笑笑不吭声。

"王建新,你说我怕不怕老婆?"

"不好说。"

"刚刚说一句实话,就不想说了。"

"我就这么个人,话少。"

"说得好,说得好,话多了就成屎了。"

另一个娃娃,就是穿花衣服的那个娃娃,听见大人说屎,她也开始拉屎,拉一点点往前挪一下,眨眼就是一长溜。大黄狗二话不说,扑上去就吃。跟刚才不一样,吃一口,吧唧一下,时间拉得比较长,镇长和王建新看得也仔细。幸亏镇长老婆没在跟前。大黄狗吃到一半,镇长就浑身发抖。大黄狗也在发抖,吃一下抖一下，地皮都在动。王建新铲一铁锹土掩埋了屎巴巴。那金灿灿的样子算是刻在脑子里了。

镇长也一样，见了金黄色的食物就条件反射，就恶心。金黄色的食物太多了，镇长可以接受的食物就少得可怜，牛奶都在违禁之列，奶油黄灿灿的揭不干净，底下总要混那么一点点，跟星星一样，突然闪那么一下，镇长就把碗扔了。

大黄狗在小镇上没法待了。大黄狗回到张林那里。跟一场梦一样，王建新都闹不明白这个比人还聪明的大黄狗。张林口气淡淡的：

"狗是通人性的，你跟大黄有了交情，它就把你的事当它自己的事。"

"镇长老婆也是这么说的。"

"小孩拉的屎嘛，小孩的尿还当中药呢。"

王建新要见大黄就得到乌苏张林那个小村子里去，隔一阵子去一次。

镇长也真是的，大黄消失了，他的心病还没有消失。王建新顶了大黄位置，看见王建新，镇长就会浮想联翩，饭就没法吃。王建新只能调走了。

社　　火

广义接到他堂弟广惠一个电话，广惠把祸惹下了，还不小呢，一会儿说耍社火，一会儿说村主任，还冒出个女人。信号不好，广惠又是一个不善言谈的人，广义糊里糊涂的，没听出个所以然。广惠在老家西山打电话，广惠还耍社火哩。广义离开家都好几年了，过年过节才回西山，广义也耍过社火，早就不耍了，广义出来了嘛。广义知道广惠还会打电话的，如果事情不大就不会再打，广义没心思干活。广义在一家私人公司上班，技术好，人实诚，越干越好，也就离家乡越来越远。

其实广义上班的公司离西山不远，一百来里路，回去很方便。关键是广义不方便回去。广义在公司越来越忙。这年头，只要你忙，说明你情况不错，回家的次数越来越少，就觉得家乡很遥远。其实广义出来没几年。广义能干，手巧，学啥会啥。车间的活一学就会。说是培训，广义跟师傅半个月看都看会了。师傅当时就奇怪："你学过手艺？""我会编筐编门帘。""还会弄啥？""耍社火。""耍狮子吗踩高跷？""血社火。"师傅当下不吭声了。师傅显然没有耍过血社火，血社火只限于西山一带。师傅只是噢了一下，师傅没生气，师傅说："你是西山里的。"广义就嗯了一下。"好好干，跟着师傅好好干。"大家明显地感觉从那以后师傅就高看广义了。广义这么快掌握手艺，与师傅诚心帮他有关。人说好师傅难找，其实好徒弟更难找。遇上好苗子，哪个师傅都会倾力相助。师傅对广义确实不错。

广义在众徒弟里边遥遥领先。有些出头露面的事情师傅就点名让广义去办。后来广义跟着师傅从分厂到总公司，这里都是技术一流的员工，在一流的员工中间广义也越来越显眼。让广义出息的还不是手艺，广义自己都没想到自己的潜力，师傅都没想到。

老板经常突击检查，下边的负责人就指望那些技术好的员工拿出高质量的工件。有时候老板不进车间，在院子里或者部门经理的办公室，抛开小经理，抛开班组长，直接让随从传唤一线员工带产品过来。这一招太厉害了。公司之所以长盛不衰，老板诡秘的行事风格也是原因之一。所有的人都不敢松懈。老板的薪水不是那么好挣的。师傅有广义，师傅就胆壮。

还真把广义给点上了。广义带着刚加工完的工件，跟着老板的随从过来了。老板在院子里一边赏花一边检查工作。厂门口有一片不错的林子还有花坛，去车间要走好几百米，等你进车间了，车间里人也早看见老板来了，早做好准备了。老板就待大门口，老板进大厂之前，两个随行人员早早进了车间，不给手下任何空间投机取巧。天气这么好，待院子里更好嘛。跟老板待在一起的还有刚买的名犬。事情就出在那条名犬身上。名犬打一进厂门就趴地上不动，跟死了似的。老板查看着广义递上来的工件，瞅广义一眼，又瞅一下天上的云，老板不知弹了一下手指，还是手指摸了一下下巴，那条死狗似的名犬呼一下扑向广义。广义都吓傻了，在场的人全都傻了，那么近的距离，就两三米么，那么厉害的一条猛犬，比狼厉害几十倍，能把人撕成两半，广义脸都吓白了，连叫唤的声音都没发出来，也没跑，想跑跑不了，只是往后闪一下身子，脚没动，手动了一下，就一下，连他自己都没想到他的手那么快那么猛，一下子抓住了猛犬喉咙，都提起来了，猛犬的前爪可怜巴巴地搭在他的胳膊上，后爪蜷起来跟扒了筋一样还在继续往上缩。这个广义，自己吓自己，猛犬连气都出不来了，他手还在抖，他越抖犬越难受，他抖了足足有五分钟，手一松，犬跟蝇子一样落在地上。广义还在看自己的手，好像他的手被咬了。老板扳住广义的手，看啊看，"你学过啥手艺？""编筐筐编门帘。"筐筐用葛条柳条，门帘用竹子用扫帚。"还学过啥？""耍社火。"老板就笑了："家在西山？"广义点点头。老板就放开广义的手，把自己的手搭在广义肩膀上："你真给咱中国人长志气。"老板转身向随从命令："把这场面录下，给王老板传过去，日他妈还是德国名犬，日他妈还三百万美元呢，日王老板他妈哩。"

老板也没有对广义有什么特殊的表示。老板只是满意，说了几声不错就走了。在以后的日子里，广义常常被临时叫走，出去一两天，又回到车间。别人也休想问出个所以然，广义嘴很严。这就是老板精明的地方。据说老板在下属的各个部门都有储备力量，随时可以抽调，用完又归队。老板并不完全依靠身边的人员。由此可见师傅早就是老板的人。广义理所当然就是老板的人。全公司上千号人，老板的人并不多。

广义慢慢体会出"老板的人"这几个字的分量。不要说在公司，就是在县上市上，甚至遥远的西部山区，只要亮出老板的名号，人家马上就刮目相看。广义跟师傅一样很少打老板的名号。但广义还是发现了一些特殊的标志，有时是领带，有时是脚上的鞋，有时是衬衫，有时是外套，甚至是小小的打火机，这些大大小小的物件并不是公司特制的，品牌店里就有，但公司发给你，你都不知道上边有什么特殊记号，人家内行一眼就看出来这是老板的人，马上就对你笑脸相迎。广义问过师傅，师傅笑而不答，只是拍拍广义的肩膀，广义这么问就对了，师傅就放心了。广义也尝试过改头换面，里里外外全穿自己当初从家里带来的破衣烂衫，贫苦人家的孩子，再烂的东西都舍不得扔，就装在箱子里。跟出土文物一样重新出台，照着镜子咋看都不像，像是偷来的东西，跟自己的身体对不上号，好像从来没有上过自己的身。广义还是穿着这身旧衣裳出去了。人家先是一愣，很快认出他是老板的人，他走远了，人家还在后边议论：考验咱哩，幸亏咱眼尖。广义当时就想：精身子能让人家认出来的，广义搞不清到底有什么特殊印记？反正是老板的人了。一点办法都没有。这么一想反而轻松了。

广义慢慢地有了一种自豪感。特别是回家的时候，又没坐公司的大巴或小车，坐的是客运公司的班车。班车上吵吵闹闹，幸好他有座位，许多人站着，大多都是拎着大包小包出外购物的农民，一会儿上一会儿下，抱着鸡抱着猪娃、羊娃还有各种杂货。山区公路坑坑洼洼，车子晃得厉害，加上娃娃的哭闹，咳嗽吐痰各种烟味，吃过饺子、包子的大蒜味、大葱味、韭菜味，混杂在一起，简直就一座活动的自由市场。行李架上的包也是五花八门，蛇皮袋居多，正儿八经的行李包没有几个，就很抢眼。

广义的包是师傅给的。他原来回家用的是蛇皮袋，后来在批发市场买一个便宜的带拉链和锁的黑色人造革行李包。师傅都看不上，这回师傅专门给他一个深棕色大包，有活动拉杆，有小轮子，可以拉着走，跟玩具车一样。关键是质地，真正的牛皮，里边的骨架跟活动拉杆是不锈钢的。他的手艺已经相当好了，能做出高质量的工件了，那个包一出现他就知道是个好东西。拿在手上感觉就更不一样了，不由得腰杆都直了。那种感觉没逃过师傅的眼睛，师傅只说了一句："路上走好，问你爹你娘好。"他就拉着这个包坐公共车到汽车站。公共车上还没什么，城里人什么没见过？没见过也不会惊惊乍乍。到车站就不一样了，带轮子么，轰隆隆跟小坦克似的，就有人主动让路。再往行李架上一放，周围的大包小包全都黯然失色。

心情愉快，两三小时一晃就过去了。下车还要走三四里，有摩托改装的地老鼠，很便宜，一会儿就到村口。广义开始跟大家打招呼，给大家散烟，点上火。不是一块钱一个的那种打火机。这个打火机可不是师傅给的，他跟老板去一个神秘的地方办完业务，老板高兴就把自己用的打火机给他了。跟小手机一样，手感极好，简直就是一个工艺品。他舍不得用，想送给师傅。师傅也有类似的打火机，款式不一样。师傅当然不要了，但师傅高兴啊，师傅说："自己用吧，你缺这个嘛。"他很少用。他几乎不抽烟，大家一起玩的时候，人家硬给你烟，你就得装模作样抽两口。他兜里有一包烟，都是应付人的。有时候给人家一根烟，人家接手里不用点就说："烟跟女人一样图个新鲜，放着不用就不好用了。"这是熟人，说的大实话。从那以后，他身上的烟就不超过一个月，回老家也得准备些烟，给老父亲的，给伯伯哥哥的。还得随身带几包，给村里人抽的。村里人一人一根，打火机点上，人家就看他的打火机，也看他那带轮子带拉杆的包。他往村子走的时候，大家就在村口远远地看。村子路面不好，沙石路，地老鼠会翻车，地老鼠不肯进去，他就拉着行李包轰隆隆地往村口走。这段路让多少出外打工的人丢尽了脸。带轮子的行李包不是他广义一个。许多人的轮子在这段路上坏掉了，拉杆都弯了，村里人就笑。这叫下马威，那种狼狈相让人开心呀。大家也用这种心理看着广义由远而近。广义的身后只有轮子在轰隆隆地滚动，沉甸甸的大包威风凛凛，就像一只猛犬，真正的猛犬，不是老板花三百万美元买的那种德国名犬，德国名犬不是散架了吗？广义结结实实地回来了，向大家问好，给大家散烟，给娃娃散糖，还用高档打火机给大家点上火。大家就问："当经理啦？"广义说他是董事长大家都信，可广义是广义么。广义老老实实地告诉大家："我在车间干活呢。"大家瞅着他的打火机，瞅着他跟前的包包，大家就是不信："还在车间干活呢？骗鬼哩。"广义笑了笑，广义从不跟人争辩，这就是广义。

他哥还有他伯接上广义往家里走，离大家越来越远，大家还能听见广义他伯的声音："你这娃咋是这？事干大了咱就往大哩说嘛，人家在外边当叫花子回来都说他当皇上哩，你这娃咋是这？"广义没办法给他伯解释，广义就不解释。广义曾代表公司参加地区举办的技术比武，还拿了不错的名次。排上名次的人年底都拿到了地方政府发的技术证书，公司奖励他的同时也把证书存起来了。人力资源部负责人私下告诉他，凭你这手艺不怕没老板用你。这算不算大事呢？广义也没告诉家里人。大家对他另眼相看倒是真的。

他爸才不管他干什么大事情，"事情不是那么好干的，能干大就往大里干，干不大咱就不干"。他爸只关心一件事："掌柜待你咋样？"

"好着哩。"

"好着哩就好。掌柜待我娃好比啥都好。"

"大家都说我是掌柜的人。"

"你说啥你再说一遍。"广义就再说了一遍,他爸一拍大腿:"这就对了。娃呀,干事就要这么干,要跟掌柜贴着心,贴着心就是大事情,人人敬的都是忠臣孝子、节妇义夫,掌柜这么待你是把你当自己人,不把你当外人了。外人是很难受的。"他爸高兴啊,老汉高兴就唱起来了,唱《白帝城托孤》《岳母刺字》《三娘教子》。在西部山区,掌柜就是当家的,就是这一把手,就是一支笔,女人也把丈夫叫掌柜。广义就听见嫂子叫他哥:"掌柜的,你过来一下。"广义就听见他娘叫他爸:"掌柜的别吼叫啦,娃娃伙明儿还要上学哩。"

广义离开家的时候,他爸千叮咛万叮咛就是一句话:"你是掌柜的人,记牢。"广义就记得牢牢的。广义一路上就记这句话,那么专心,都到公司门口了他耳朵还是他爸那句话。他没想到他爸那么看重这句话。他也是随口说说,他也没太当回事。他要是告诉他爸他当初连想都没想,他爸会跳起来骂他。他长这么大他爸没骂过他。他爸骂他哥。他哥是老大,家里对老大期待很高,老大当过民办教师、学过村会计、出外打过工。每当老大干一桩事,全家就草木皆兵,他爸要千叮咛万叮咛反复开导老大。老大总是乘兴而出败兴而归。没人指望过老二广义,广义也没指望过自己。广义跟人家编筐筐,他爸手一挥,去么去么,这有啥说的;广义去跟人家编门帘,他爸还是手一挥,去么去么,这有啥说的;广义去耍社火,他爸还是那句话;广义要出外打工了,他爸就不能随便挥挥手去么去么,他爸给他叮咛的话也只有一句:口袋捂住,小心贼。他爸对他基本上没啥指望。他甚至连发财的欲望都没有,他只想混个肚儿圆,多少有几个钱,兜兜别空着就行了。他爸这么一叮咛反倒提醒了他。他开始留心每一个人。

这么一留心不要紧,要紧的是他发现有那么多的人挖空心思、绞尽脑汁地要把自己贴上去。说的话很难听。女的就说人家是卖皮子、卖肉哩。一个女人至少一百来斤,却不说一百来斤,说是二两肉,就凭那二两肉日他妈就上去了。广义不明白为啥这么骂女人,男人都说把自己这一百多斤交出去了,说人家女人只说二两肉。广义还是童男子,没有跟异性交往过,后来他有了对象,他才知道这话有多么恶毒。说男人却不说男人的一百多斤,说男人是卖沟子。广义知道卖沟子是咋回事。西北农村把屁股叫沟子,卖沟子就是卖屁股,就是日沟子,就是鸡奸。这些话难听是难听,可一点也不损人,广义跟异性没打过交道,可跟同性打交道的机会太多了，男人比想象的要损得多。怎么损男人，广义听着都不刺耳。那些损女人的话广义就听不下去。广义对女人有一种美好的想象，包括车站、大街上那些妖里妖气的女人，广义认为这些女人不会打扮，打扮好一点就不会这样。广义的这个厂子女员工极少，这种工作不适合女人干就没有几个女员工。仅有的几个统计员、管理员都是有背景的，互相争得很厉害。大家损女人的时候就拿她们几个当活材料。广义实在看不出她们有什么让人讨厌的地方。大家就笑他傻，说他不了解女人，会吃女人的亏。师傅告诉他这个傻徒弟："女人没有我们想得那么好，也没有我们想得那么坏。"这话太玄了，够广义想一辈子的。目前广义还处于把女人想得非常好的阶段。

也就是在这个时候，广义跟老板的关系又近了一步。老板跟女人幽会的地方比较隐蔽，不会在市内，周围十几个县都有很好的景点，那些景点无一例外地建了度假村，度假村里又有专门的宅子，供老板这样的人来享受。老板当然不会一个人来。老板也很少带身边的人来，司机除外。司机也不是给老板开车。老板的车老板自己开，车上有老板的女人，那个小天地不容外人插手。广义这个角色肯定经常换。司机绝对是专职的司机，可见司机跟老板有多么近。跑业务的时候老板绝对在司机这辆车上，也就是说，老板那辆车老板的妻子都享受不上。妻子根本就不知道丈夫有这样一辆车，也就无法知道跟老板幽会的女人是谁了。

广义还记得他上车的时候司机不冷不热地来一句："要是不把那条狗给废了，它现在就坐你这个位置。"广义心里抽了一下，半天喘不过气。司机就笑了："你还不习惯，等你离开车间以后你就习惯了。"凭感觉，广义不会在车间干太久。司机给他一根烟。他没拒绝。他明显地感觉到他离老板近了一步，以后就要经常跟司机打交道了。

广义很快看见那个跟老板幽会的女人。女人上车的时候他没看见。他们的车在前边开道。在山区跑了好几个小时，到一栋小楼前边停下来，那个女人先不急着上楼，在楼前的空地上欣赏周围的山景。山间的小盆地，水坝拦住溪水形成一个幽静的湖。其实是个水库。杂树长满山野，鸟群时起时伏，空气跟清水一样扑在脸上。女人当然要在外边待一会儿。老板笑眯眯地看着他心爱的女人，老板很有耐心。让广义惊奇的不是这个女人的漂亮，是她的眼神，不管是看人还是看风景，都是那么清澈。女人这种神态让广义浮想联翩。

老板交往的都是不俗的女人。有姑娘，也有有夫之妇。有夫之妇有好几个呢。

其中一位是个大夫，广义在医院见过。广义带他妈在市医院看病找的就是这个大夫，专家门诊，一天只有五十个号，广义好不容易挂上号。年轻的女大夫和蔼可亲，医术更是了不起，几个疗程下来，他妈的病彻底好了。这么高雅的一个女人一身白大褂就让人感到天仙下凡。有时广义会在街道上碰到这个女大夫。女大夫一家逛街，丈夫、妻子、孩子，大家多么羡慕这一家子啊！丈夫看样子也是个有名的大夫，斯文儒雅，跟女大夫走在一起，加上他们鲜花一样的女儿。广义是无限敬仰地看着这美好的一幕，那一刻，广义觉得生活是那么美好。广义一连好几天情绪好得不得了，为别人的幸福为别人的美好生活。大家以为他发大财啦。他也不争辩，辩什么呢？有比挣大钱发大财更美好的东西。我们可以想象，年轻的女大夫被老板搀扶着进入小楼时广义是什么感觉。

广义本来话就不多，这么一来基本上也就没有话了。别人跟他说话，他也是怪怪地望着人家。大家就说广义想女人啦，都是女人给害的，少惹他。广义根本不是大家意识里的那种想女人。说他不想女人也不对。老天爷跟他过不去谁也没办法。

他上街就碰到那个年轻漂亮的女大夫。这回女大夫是单独上街，在自由市场逛来逛去，有好几次逛到广义跟前，广义在另一个小摊上给侄儿侄女挑玩具。广义眼前一亮，那亮光并不在眼前，在他的右侧，他转过身，他的眼睛离女大夫不足一尺。女大夫在另一个摊位上挑长筒袜子，两个摊位紧挨着，广义就有这么近的距离看女大夫。女大夫白净的鸭蛋脸，白净的脖子、耳朵，还有长长的眼睫毛，还有曲卷的黑发，还有带着体温的芳香，广义实在想象不出老板用什么法术迷惑这个女人，让她隔三岔五地背叛丈夫。广义目睹了女大夫在丈夫跟前小鸟依人的可爱样子。广义还在公园里见过女大夫一家子，孩子骑小木马旋上旋下，妻子靠着丈夫的肩膀幸福得不得了。那都是远距离瞭望，现在这个女大夫就在鼻子跟前，她不但美而且香，香得要命。广义快绷不住了，交了钱，拿上玩具转身就走。走那么快，差点撞上车。更要命的是下一次幽会时，女大夫与老板相拥上楼，女大夫娇滴滴地说："反正我是你的人，急什么急？"广义身上的血都涌头上去了，眼睛都红了。司机上厕所出来，四下看看，问他："谁欺负你啦？"广义不吭气，广义只粗粗地出气。司机说："你的样子太吓人了，你都快要杀人了。"广义缓过来了："胡说啥哩？"司机一本正经："我长你几岁，我可以告诉你，你刚才的样子太吓了人，我都闻到血腥味了，男人到这份上会起杀心的，很大很大的杀心。"司机拍拍他的肩膀："血腥汉子啊，好兄弟。"

这种经历很快影响到他的生活。他交了一个女朋友。确切地说是在自由市场上碰到一位中学时的女同学。他逛到女同学的摊位上，女同学就叫起来了，他们就互相认出来了。女同学专售镜子，大大小小的镜子堆一大堆，无数个小太阳在乱跳。女同学显然比他热情："你还记得吗，运动会你跑那么快，跟马一样。"广义拿过两项冠军，一千五百米和三千米。

他们互相留了电话。他们就开始交往了。都看电影了，都上公园了，都上商场买羊毛衫了，都约好国庆节见双方的父母了。一切都很顺利。

事情就出在去省城进货，广义不是外人了，姑娘就叫上广义。广义往三轮上搬货，再去长途汽车站。广义搬完货在外边等着，姑娘跟人家结账。姑娘是老客户了，都很熟，生意人又很随便。收账的中年人爱占女人的小便宜，来提货的女人谁也不敢得罪他，都习惯了，就不停地把手往姑娘的背上、屁股上放，姑娘就笑呵呵地躲，躲不开就拨，拨不掉就干忍着，反正结账用不了几分钟。这狗东西总能占几分钟的便宜，有时候提货的女人为了生意就跟他来实货。广义往里边瞅一眼，正好是姑娘红着脸拨那男人胖嘟嘟的手，广义咳嗽一声又呸吐地上，那男人收敛了，但笑得也太暧昧了，尤其是那双眼睛，黏黏糊糊，跟炸油条炸了半年六个月的油根一样，那种浑浊真叫人恶心。

广义脸上很难看，姑娘跟他说话他总是答非所问。广义一声不吭帮姑娘把货送到摊位上，广义就离开了。广义走到很远的地方还回头看了看，那个漂亮能干的姑娘背对着他，强忍着在哭，没有声音，一抽一抽，抖着肩膀。姑娘知道广义不会回来了。多少年以后广义想起这一幕都觉得自己可笑，太可笑了。他以后的婚姻相当失败。离过好几次婚。有脾气不合的，有经济纠纷的，也有给他戴绿帽子的。当他有过婚姻以后再回忆这个姑娘时，他的泪就下来了，比那个姑娘晚了好多年。这是后话。

他还跟老板出去，也就是说他还是老板的人。他再次看见女大夫跟老板幽会时他平和多了。老板跟女大夫打羽毛球时，他还捡过几次球，女大夫还向他点头致谢。他在适应这种角色。他在车间干活时会想起那些风景优美的度假村，从各方面情况来看，他不会在车间待多长时间了。师傅都不怎么给他分派工作量了。他完全是按老习惯在干活。他突然有点舍不得离开这台机床、这些工具，还有未加工完的工件。没有手艺怎么行呢？他干得很细心。

这个时候堂弟广惠打来电话，山区信号不好，打了两次才把事情说清楚了。这几天西山耍社火，要耍半个月，顺着河岸几十个村子，那些大村子都有社火队，每队耍一天就得十来天。夏秋相交，农闲时节，大家跟着社火一路热热闹闹往下游走。越走人越多，村庄越大，场面越大，还有庙会，还有戏，热闹得不得了。

堂弟是第二天耍的社火。一直在底下学，没机会上，上去就一片欢呼，众人叫好。堂弟这个人听不得三句好言语，三句好言语就能顺竿上到云端上。锣鼓加上掌声欢呼声，堂弟就烧起来了。耍完社火都不退烧，还在云端上坐着。大家坐着手扶拖拉机往下一个村子赶。村长的儿媳娘家在下一个村子里，村长的儿媳搭顺车回娘家。刚过门半年的新媳妇么，俊俏得很。车上一帮坏小子就打赌谁敢摸新媳妇的奶奶就给谁一百块钱。其实也是个玩笑。新媳妇正往车跟前走哩，开个玩笑也没有啥。堂弟广惠烧得不行，有人就给广惠烧上一把火，广惠的二尿劲就上来了。加这把火的人太阴了，这人跟村长有点矛盾，又不敢公开惹村长，就三言两语把堂弟广惠烧起来了。广惠说了声："摸就摸嘛，又不是老虎屁股。"新媳妇就到了车跟前，广惠主动伸出手，新媳妇傻乎乎地不知深浅就把手伸上去，广惠稍用点劲新媳妇就跟燕子一样轻飘飘落在车上，新媳妇狠狠看广惠一眼，新媳妇知道广惠用的啥力气。新媳妇就不往广惠跟前坐，打上了车就不再正眼看广惠。山区沙石公路，坑坑洼洼，又是拖拉机，跟坐船一样颠得厉害，婆娘娃娃老汉老婆小伙子就互相碰撞。这么一颠不要紧，广惠感觉还在耍社火，广惠就比别人颠得厉害，广惠的胆子就成了豹子胆，也不掩饰，众目睽睽之下，直突突摸了一下新媳妇的奶奶。新媳妇张大嘴双手捂胸，好像奶奶飞了。广惠这时候还有机会掩饰，拖拉机晃得厉害么。广惠没掩饰，广惠大叫："咋样？咋样？一百块，一百块。"没人给他一百块，谁给谁就等着挨村长那一锉。新媳妇反应过来了，扇了广惠一耳光，又吐了广惠一脸白唾沫。大家劝算了算了，胡耍哩胡耍哩。新媳妇不依，叫司机停下，拖拉机就停下，新媳妇不回娘家往丈夫家跑，找丈夫公公去了。车上的人就嗡一声炸开了。

"广惠，你把天捅破啦，挨尿的么，说笑话哩么你就当真哩。"

"你等着挨锉吧。"

"你以为还在耍社火？"

耍社火的广惠扮的是头插野鸡翎的少年英雄罗成，又是叫又是跳，又是鹞子翻身，把那些小媳妇大姐姐眼热的。车上就有眼热广惠的大姐姐，广惠头都大了，哪有工夫顾这些。大家这么一嗡嗡，广惠又急又怕。新媳妇已经下到沟里，翻上沟就到村子里了。不知谁喊一声"把她截住,好好说说,多说些软话,女人心软,女人不闹就没啥事",广惠就跳下车追上去。

广惠说这一段时已经跟堂兄广义坐在一家小饭馆里边吃扯面边说话。广义说:"我发现你狗日的一点也不害怕。""给你说么。"广惠三口两口吃完扯面喝半碗面汤,点上一根烟。

广惠在沟底追上新媳妇,广惠一个劲地给人家说好话,其实不是什么好话,广惠跟广义一样不会说话。广义都想不出来广惠能说出啥好话。其实翻来覆去就一句话:我不是故意的,我不是故意的。广惠舌头不行,可手脚麻利,新媳妇脱不开身,新媳妇就扇广惠。广惠不还手。新媳妇手都打麻了,灵机一动抓起一块石头,广惠就上去夺石头,就撕打在一起,当然是新媳妇打广惠。广惠抱着新媳妇在草滩上滚来滚去,广惠又不是太监,广惠都不知道咋搞的把人家新媳妇给睡了。广惠可从来没交过女人,女朋友都没有。广惠问广义:"哥,我没对象么,我咋会弄这事哩?我真把那女人给弄了。"

"那是强奸,要判刑的。"

"咋办呀,咋办呀?"

"自首去吧,争取个宽大处理。"

"真的坐牢啊。"

"这还能有假的,你胆子咋这么大,平时咋看不出来?"

"都是社火,我扮个罗成,五马长枪。"

"你应该扮娄阿鼠,扮武大郎。"

"真的,我真的想扮武大郎,窝窝囊囊也就不会出事了。"

广义都想不起耍社火的事情了,广义过去耍的是血社火,比一般社火激烈得多。广义又问广惠一些细节,广惠说:"好像不像强奸,刚开始还抓哩咬哩,时间不大就不动弹了,最后还摸我抱我哩,事情毕了还踢我一脚,也不生气了,脸上红扑扑的。"这些都是广义理解不了的。但广义已经见过那么多女人一边跟丈夫过着正常生活,一边又跟老板过着秘密生活。广义就告诉广惠:"你还得做好坐牢的准备,你强迫人家么,犯了法么。"

"人家都说你见过大世面,你也没给我出下个好主意。"

广惠走的时候嘟嘟囔囔很不高兴。

老板就是老板，工作、生活、休闲都安排得井井有条，又有机会跟女大夫幽会了。快结束的时候，老板接到一宗大买卖，为了表示诚意，邀请对方到西北来，到偏远的西部山区养养神。对方马上赶来。老板开始另一种带业务性质的休闲，就得让女人离开。车上就三个人，司机、女大夫和广义。

广义一声不吭，女大夫跟他说话，他能不说就不说，基本上是司机跟女大夫说话。女大夫时不时地瞟广义一眼。女大夫又没得罪这个冷脸小伙子。女大夫一边跟司机说话，一边递水果给广义，女大夫显然没有把广义当外人。广义只好收下，只好吃两口。吃了也白吃，还是话很少，只是脸色柔和了一些。女大夫长长出口气。看来女大夫达到了目的，女大夫不想在不友好的气氛中度过这几个小时。

早晨出发，按理说吃午饭前可以赶回公司，公司就在市郊。女大夫一般不会让车子送她进入市区，在公司前边早早下车再打出租，神不知鬼不觉出现在单位或家里，一切了无痕迹。司机高兴，女大夫情绪也不错，司机就提议咱们在山里吃午饭吃农家乐。女大夫双手欢迎。广义无所谓。他们可以慢慢赶路了。司机说："老板不在，你就是老板。"女大夫进入女老板角色，成了小车的主人。女大夫接手机，丈夫打来的，明明在西山，却对丈夫说她在县上遇到一个重病号走不开，晚上才能回来。女大夫还不忘跟丈夫说几句亲热话，后边几句是英语，司机和广义听不懂。女大夫脸上绯红，一定是夫妻秘语。司机说："你现在还是老板的人，到市上才是你丈夫的人。"女大夫说："知道知道，谢谢你的提醒，真是老板的好部下。"司机说："我们都是老板的人。"女大夫说："没错，我们都是老板的人。"女大夫说这话的时候又瞟广义一眼。广义心里咯噔一下，女大夫要是再说一遍他怀疑自己能不能控制住自己。

路边小镇上有好几家农家乐，土鸡、家养黑猪肉、野鸡、野兔，弄了满满一大桌。正吃着，耍社火的来了，都挤到外边看社火。女大夫带着数码相机，不停地拍照。社火队里有人认出了广义，大声叫"广义、广义"。广义脑子一热，这不是血社火吗，广义就应了一声。社火停在广义跟前，扮演武松的是广义的中学同学，老同学说："广义，你来你来。"广义说："不行不行。"老同学说："你在这我就不敢演武松了，我都不会动弹了。"观众里有人还记得广义扮演过的武松，众人不依了："广义上去。"广义还在推脱，众人就闹得更厉害了："广义狗东西，打几年工就把农民忘了，就看不上耍社火啦，这可是血社火。"司机打广义一拳："怪不得你把德国警犬给废了，你狗日耍过血社火，不要让乡党们骂你，上，快上。"

女大夫兴奋得不得了："公司还有这种人才，太了不起了，你快上呀，我给你拍照。"看来女大夫不知道血社火是弄啥的，城里女人么。

化装比较麻烦，大家不怕麻烦，大家等广义。化了装的广义上来了，鼓响起来了，二十面牛皮大鼓，地动山摇，就像千万头老牛低声怒吼；接着是锣，二十面黄铜大锣哗啦啦从天而降，天地为之变色。广义扮装武松踩着高跷，应着锣鼓声一声怒号，前来为兄报仇。第一场劈杀西门庆，武松的铁拳头揳进西门庆的脑壳子里。用的是血社火的绝技，太逼真了，武松的半条胳膊都看不见了。第二场是杀嫂祭兄。武松就不那么大劈大杀了，出来的潘金莲已经是刑后之人，带着痛苦的面具在众人面前走来走去。女大夫拍了几张就不拍了，潘金莲老在她跟前转来转去，女大夫躲司机后边，司机说："你又没谋害亲夫，你不用躲。"第三场是醉打蒋门神。第四、五场竟然是当地老百姓痛恨的某某某，武松招招见血，都是硬功夫，小板凳劈进坏蛋的屁股里，跟真的揳进去一样，菜刀揳在后颈窝里。这些硬功夫招招见血，你分不清是化妆品还是真的血。高潮是比干掏心，掏出一颗活蹦乱跳热气腾腾的心，跟一团火一样把山民把山野都照亮了。接着是掏肠子，一节一节的血肠盘在腰间，看得人惊心动魄，飞起的黄尘似乎都有了啸音。一直闹到半下午。好多年没有见过这么逼真的功夫了。广义被大家围起来，妆都卸不了。

广义神采飞扬，司机说："你到好莱坞演电影算了。"女大夫让广义看照片，画面上的广义真的像电影明星。女大夫说："山里人就这么恨潘金莲？"广义说："奸夫淫妇么。"女大夫说："潘金莲挺可怜的。你不要这样看我，我又不是潘金莲。"广义说："你怎么是潘金莲呢？你是老板的人。"女大夫说："我们都是老板的人。"广义说："我就不是。"女大夫叫起来："你竟然说你不是老板的人，老板对你这么好。"司机说："他还在耍社火哩，耍完了就正常了。"广义没吭声。

再过一个镇子就进市区了。镇上的人在等社火。孩子们不管这些，孩子大喊大叫，广义隔着车窗竟然听到了孩子喊叫的古老的山区歌谣，广义叫司机开慢点，广义摇下玻璃，就听到那古老的童谣：

我不吃！

我不喝！

我由我！

我吃！

我喝！

我由我！

我！

我！

我！

我就是我！

我就是我！

　　女大夫叫起来："太有意思了，你听这些孩子喊什么？"女大夫赶紧拍照。女大夫还重复了几遍，这么好记的童谣，一遍就可以记下。"这些孩子太有意思了，怎么能编出这么有意思的词儿。"广义说："不是他们编的，是一代一代传下来的。"

　　广义收拾东西，手机就响了。堂弟广惠打来的，在村子小商店里打的。

　　新媳妇回去好几天了，没动静，据说丈夫与公公问了好几次也没问出个所以然。村长还到广惠家里来冒诈了一回，广惠口很紧，村长问不出个啥。今天上午，就在几个小时前，在果园的窝棚里让村长的儿媳妇给堵了。"她跟你摊牌你就满口答应，她一句话能把你送进监狱。"广义提醒堂弟广惠。广惠就告诉广义："她给我亮的底牌就是耍社火。"广义听不明白。广惠就说："你还不明白吗，女人的社火还有啥？我扮演小罗成的时候，她就眼热得不行了，她把我当罗成了，我都不是我了。"广义就笑了："你就好好耍社火吧，小心村长打断你的腿。"

　　后来的事情没有广义想得那么严重。广惠跟邻村一个姑娘结了婚，那个姑娘也眼热小英雄罗成，主动找的广惠。广惠娶了媳妇，还跟村长的儿媳妇保持了几年关系，村长的两个孙子其中一个活脱脱广惠的原形。广惠吓坏了，带上媳妇出外打工，很少回家。村长的两个孙子，一个女娃一个儿娃，像广惠的那个是儿娃。村长不认也没办法。这是后话。

　　广义离开公司时遇到了师傅，师傅说："老板待你不错，你这是何必呢。"广义说："跟这没关系。""到底为啥嘛？""我不想吊在一棵树上。"

槐　　虫

　　那地方人口音重，常常把人家怀成叫成槐虫，怀成就肚子胀，怀成是仍地方人，怀成也没办法。让人家叫虫，怀成是人不是虫，这是毋庸置疑的。单位不大，但有个食堂，中午饭大家都在单位吃，有些人还要端到办公室去吃，怀成就是其中一个。怀成端上饭盒，穿过院子，院子里有洋槐有土槐，还有梧桐，喇叭里放秦腔，怀成走得端端正正、稳稳当当，那只是个样子。怀成猪吃桃核——心里脆着呢，槐花、梧桐花落到饭盒里怀成都没感觉，怀成的耳朵跟兔子耳朵一样被喇叭里的秦腔给揪住了。随着季节的变化，树上的虫虫荡着秋千直奔怀成香喷喷的饭盒，好心的同志都咳嗽了，更多的是一双双眼睛亮晶晶地从不同方向投射过来，咳嗽声都没有了。那小小的灰绿色的虫子是从土槐上吊下来的，跟杂技演员一样在空中轻轻地晃动着，有时还要弄出一些惊险动作，在怀成同志的眼前忽上忽下。此时此刻，谁都知道怀成同志的耳朵远远大于眼睛，甚至超过了脑袋，虫子是知道这一点的，虫子很从容地飘过怀成的眼睛，跟大款进饭店一样昂然迈进怀成的饭盒。有人窥探了怀成在办公室的进餐细节，窗户开着，怀成细嚼慢咽并不影响欣赏《周仁回府》，脑袋还一晃一晃地，耳朵依然超过其他器官，也就是说，槐虫与怀成融为一体了，这是槐虫做梦都没有想到的。不管咋说，在怀成穿过院子登上四楼开始用餐的这段时间里，槐虫还是享用了一点人间美味的。实话实说，单位食堂办得不错，师傅是当地人，家乡饭，上级领导来检查工作宁愿吃食堂都不愿吃大饭店。槐虫奋不顾身是有道理的。关键是怀成给枯燥单调的机关大院带来了乐趣，大家跟怀成一样都爱听秦腔，现在大家都不听秦腔了，大家都在看怀成听秦腔。看着看着大家就有了感慨，就觉着人家怀成同志不一般，干大事的人好像都比较投入，比较专注，聚精才能会神嘛。大家甚至想得更远更实际，比如让怀成同志去做一件重要的工作，那会是啥效果？想到这一层，大家都捏了一把汗。仍地方千百年来就流传着这样一句话：十个老陕九不通，一通就成龙。怀成属于马上要通的人了。怀成缺少的是机会，稍微有一个机会，怀成就出来了。怀成好像有点木讷，好像意识不到。这么多年来，怀成从来没有积极争取过什么，领导呢，当然不会给怀成机会了，交给怀成的都是鸡毛蒜皮的事情。祖祖辈辈都是吆牲口抡镢头的农民，好不容易念了书进了机关，要树立起一种积极敏锐的机关意识还相当困难。这都是同事们私下议论的，传不到怀成耳朵里。同事们总在总结历史教训，一起进机关的，干部家庭的就是不一样，从小耳濡目染，进入角色很快。如果怀成一直这么平庸下去，大家也不会注意他议论他分析他。不知从什么时候开始，喇叭里放起戏剧节目，也就是吃午饭的半个多小时，大家忽然发现不起眼的怀成跟虫子搅在一起。一句话，怀成引起了大家的注意。理所当然也引起了领导的注意。领导都不好意思了。这些年来领导跟大家一样在欣赏怀成同志吃午饭时的好景致。领导听不到背后的奇谈怪论，但领导对群众的喜好还是比较了解的。领导就细心地观察了一段时间，不单单是欣赏，有了思索和想法。具体地讲就是跟现实生活联系起来了。

某一天，领导一个电话把怀成召进办公室谈了一阵。怀成就到下边去了。不是什么重要的工作。就是待在那个地方，定期回来汇报一下。那个地方也是个大院子，也有洋槐、土槐、梧桐树，也有小食堂，伙食也不错。大家就乐了，怀成与虫子共食一碗饭的景象很快就会成为那地方的美好景致。领导大概把怀成当一台戏了，当"心连心"艺术团了，去慰问基层同志了。大家把这当笑话。大家很快发现不是这么一回事。年终评比，怀成破天荒评了优。这是多么大的一个进步。大家才意识到怀成在下边不是当演员逗乐的，是在做一件严肃的工作。很快就了解到，那个地方中午饭不放喇叭，也就是说怀成听不到秦腔的唱段，也就是说怀成的耳朵和眼睛势均力敌，怀成在正常用午餐。怀成每月回来一次，有人绕来绕去跟怀成绕半天，什么都问不出来。怀成显然在做一件顶重要的工作。外表看小小的事情，那是对单位，对人家领导肯定是大事是要紧的事情。怀成就做这种对单位不重要对领导很重要的事情。你就往下想去吧。

怀成自己也变得小心翼翼。人在进步的时候容易张扬，怀成不张扬，反而比平时谨慎了，怀成不是个简单人。大家不拿眼睛注意他了，大家在心里细细地琢磨这个家伙。有那么几个同事去过怀成家里。怀成家不远，在几十公里外的村子里。大概是村东头吧，门前有一棵槐树——大槐树！

怀成也想到家里的大槐树。怀成最近心情不错，就回了一趟家。其实他经常回家，清汤寡味回家跟心情好回家可是大不一样。进了门话就多，在单位嘴紧是应该的，在单位混得不好回家话少也很正常。混得好就话多。老爹老娘还有妹妹可是太善解人意了，马上就感觉出来怀成在单位受了重用。老爹就绾起袖子，干瘦的胳膊挥向大门外的大槐树:"娃呀,那是你八爷栽下的。"妹妹一个女孩子不知道槐树的重要:"我八爷栽下的树多啦,桃树杏树还有柿子树。"老爹就说:"那都是后院栽的,前院不栽仍树。""前院栽椿树栽梧桐树。""一般见识,招喜鹊招凤凰大不了就是娶媳来亲戚,哪有你八爷有眼光有远见。"妹妹还想刨根问底,老爹就不多言语了。都信奉话不说破的古训。妹妹问不出来就不问了。反正她迟早会猜出来的。老娘和妹妹和面择菜,老爹去割肉,怀成有自行车,怀成要去老爹不让。"你在屋里歇着,你爸去,你爸爱走路,权当散心哩。"老娘说,"你爸散心哩,是真散心哩。"怀成就由老爹去了。老爹出了门就吱吱呜呜唱开了,声音不大,可清楚得很,反反复复就一句,是《精忠报国》里岳飞他妈唱的,"忠孝报国忠孝心,将字刺在儿身后"……怀成每次回家骑车都要跑七八十里路,出几身汗。怀成斜躺在炕上,迷糊了一阵,又听到老爹的唱腔,还是一句:"我儿保的是大宋王,啊大宋王。"老爹提着血淋淋的五花肉进门来,厨房里很快就吱喽喽响起来。吃饭时,父子俩喝了半瓶烧酒。怀成当天下午返回。离家时,老爹老娘妹妹在大门口大槐树底下,怀成看见一只漂亮的槐虫悬将下来,粘在老爹头发上,老娘去拂,老爹不让,老爹在大声嚷嚷,还提到他八爷,老娘就住了手,好像那灰绿色的虫子是他八爷显灵。也就是这个时候,怀成也没有意识到他那张嘴吃下去多少只槐虫。

怀成的工作很顺利,他原来就是学这个专业的,他都不想回机关了,这个地方虽然偏一点,他干得顺手。他跟这里的人关系也很融洽,关键是专业相同。有一段时间,怀成也纳闷,专业一样为啥不在这个部门呢?他想抽机会跟领导谈谈。领导似乎比他更了解他本人,要么人家咋是领导哩,他心里刚有这想法,领导一下就点破了,他都愣住了,领导顺势再迈进一步:"你的工作重点是那个那个。"怀成马上明白了,不是专业,是他待的那个地方的情况汇报。领导告诉怀成:"你的特长不是专业,是专心致志,是执着。"

怀成回到下边上班的地方。仍地方的人似乎也意识到怀成的特长。仍地方的负责人三天两头跟怀成套近乎,套不出来个啥,人家就开玩笑:"你这同志,太执着了,麦客扒火车,扒住就不丢手了。"怀成愣了一下。那人好像洞察了怀成的心理。怀成吸了一口冷气。怀成不是甘肃人,也不是麦客人,他说这话啥意思嘛?意思明显得很。怀成上学时写过一篇作文就是《麦客》。每年夏天麦子黄了,甘肃的农民就成群结队到陕西来收麦挣钱。怀成帮父亲割麦就感觉父亲跟麦客差不多。

割自己家的麦，还要割队长家的，怀成就觉得父亲是个陕西麦客。怀成就写了作文《麦客》，写的是他父亲。作文很感人，那一届学生都知道这篇作文和作文的作者怀成。这篇作文由老师推荐在地区小报上发表了。队长都老了，队长老婆也老了，队长老婆跑到怀成家大门口跳踹了三天，啥话难听骂啥话。怀成家大门关得紧紧的。怀成老爹老娘偷着笑哩。怀成他八爷栽下的大槐树让风一吹，哗啦啦也笑呢，槐虫顺风而下，落在队长老婆的头发纂纂上，跟一批敢死队一样，落到女人头发纂纂上的槐虫就让女人拍死了。后来母亲学说给怀成听，怀成听着听着心情就复杂起来了。他都工作了，他不是学生娃。他还是比较单纯的，他的神色让人家及时准确地捕捉到了。他感觉到要发生什么事情，他有一种期待的心理。安静了好几天，他隐隐约约听人家议论什么。他耳朵竖起来，议论声就模糊了，他听不清议论的内容。

  一定是有人透露了什么，他又听到了熟悉的喇叭声，吃午饭的时候，录音机里播放出秦腔的唱段。你就看吧，怀成故技重演，让这里的人们掩嘴窃笑，兴奋异常。更要命的是上班也有录音机的声音，声量很低，好像从远方飘来的。怀成的耳朵被一双无形的大手紧紧地攥着。怀成的业务是无可挑剔的，他从来不耽误工作。他也会不忘记领导的暗示，他也在认真搜集这边的情况，如实汇报。有时电话；有时要亲自去，领导问他问得很详细。领导已经很信任他了，包括那边某某人的隐私、家庭内幕都要了解，各种变化随时要汇报。他常常扪心自问，他干吗要这样？他脸红心跳了那么一段时间，也就习惯了。与此同时另一股力量在暗暗增长，《麦客》那篇文章被人提了一下，多少有一点青春时代的气息，接着是顶要命的秦腔。不是《周仁回府》，也不是《精忠报国》，是大本大本的《下河东》《李陵碑》，听着听着就有一只青灰色的虫子从合抱粗壮的槐树上落到饭盒里，他一口吞下了。人家要的就是这种状态。他整天沉浸在这种状态里，整个礼拜、整个月都是这样。他还一如既往地拨打电话，有时去话吧或电话亭，办公室电话有监听的可能，他很认真很负责。其实他只是把往日的情况临时凑一下，完全是一种下意识的应付。那边得到的信息就可想而知了。领导一次次判断失误。领导愤怒，又很快冷静下来，不能这么快调怀成上来。大概是半年吧，半年后怀成一点察觉都没有回到老单位。怀成有点恋恋不舍。临走前，人家刻意送他一个随身听，里边全是秦腔戏，人家意味深长地告诉他："戏算个啥嘛，你听戏的样子太感人了。动天地泣鬼神哩！"

单位的人怪怪的，怀成就是木头也能感觉出不妙。但又莫名其妙，摸不着一点头绪。怀成就回了一趟家。他才二十三四岁嘛，骑上车子已经感觉到累了。进家来，老娘说她昨晚梦见鸡蛋还梦见猪，都是噩梦。怀成就笑："都是好吃的东西嘛。""唉，娃娃你不懂。"老娘正要解释，瘟神就送上门来了，村子里的泼妇，也就是队长的儿媳妇，比婆婆更邪乎，骑自行车经过怀成家门口，大槐树上的槐虫飘到新媳妇的眼睛里，新媳妇一个驴打滚倒在地上，起来就连跳带骂，骂了很多难听的话。有这么几句怀成是记下了，人心情不好的时候难听话记得特别牢，归纳起来有这么几句："把你先人给神的，你先人在墓堂跳米倒倒哩（米倒倒即跳舞），你先人噎得翻白眼哩。"好多年后怀成还记着这几句辱没他祖先的话，漂亮女人骂下的话生根哩结籽儿哩。"把他娘给日的！把他娘给日得呻唤哩！把他娘给日得攥拳头哩！伸腿哩！"怀成拉开大门出去的时候，队长家的漂亮媳妇换了一下人称，怀成一下就失去了目标。

怀成很快就意识到他再也不能进步了。他私下问过几个要好的同事，他把人家请到馆子里，酒过三巡，他很诚恳地不耻下问，人家也是很诚恳地答复他，从样子上看就很诚恳。但没有一个人提到槐虫。怀成以为自己在努力，但大家眼里的怀成还是老样子，至少是吃午饭那半个多小时，他那出神的样子，他忘情于秦腔连槐虫一起吞咽的样子，让大家心头一热，很快就冷静下来。大家忘不了怀成年终评优的往事，大家忘不了怀成被领导重用的往事，种种往事聚在一起，大家的快乐就变短了。

有一段时间，大家开始羡慕怀成了。都这样子了，还能有半个多小时的快乐，与虫子共融一体，也不是谁都能享受的。可要是让怀成开了这一窍，那结果谁也受不了。让他小子慢慢磨吧。

总有磨透的这一天，那一天并不遥远。有一个在外地工作的同学回故乡，在街上匆匆见面说了几句话就分手了。那个同学说他在南方碰到了中学时的老师，老师还专门问到了怀成。那一刻，怀成都呆了，老同学离开他都没有感觉，可见他是多么容易投入的一个人。那个中学老师是怀成整个中学阶段碰到的唯一一个讲普通话的语文老师，一口标准的普通话，在乡村中学显得那么独特，孩子们如闻天音。关键是这个说普通话的女老师把怀成与槐虫很清晰地区别开了，她还批评了一大批恶意混淆怀成与槐虫的同学，说这是低级趣味。多少老师如此批评过学生，学生都不当一回事。说普通话的女老师在全校，以至整个地区都显得不同凡响。她那悦耳的声音让所有的人都感觉到女性的优雅与魅力,其实她相貌平平,可在人们的记忆中她是个美丽的乡村教师。在怀成的记忆里,自这个女老师执教以后,那些漂亮女生内敛了许多。……大西北的小城总是弥漫着那么浓烈的灰尘,跟下大雪一样唰唰唰落下来,又跟鸟群起飞一样呼啸而起。怀成工作这么多年了,回忆起老师时竟然眼睛都湿了,也只湿了那么片刻。回单位,上班、下班、吃饭……这一次,所有的人都失望了,怀成端着饭盒穿过大院子时,槐虫被及时地抓到手里,轻轻一摆手丢开了,一次又一次。怀成好像第一次碰到这种情况。他愤愤不平地告诉大家:"真是奇怪,虫子也来抢饭吃,要饿死我呀!"美好的秦腔对他不起作用了。当然也听,听得不那么投入了。有人发现他在纸上写了几十个"怀"字,大家猜想他对自己的名字不满意,怀字肯定是要保留的,后边连什么字呢?鬼知道!

大 路 朝 天

王启明两口子卖豆芽。老婆在屋里做，王启明在街上卖。买不起豆芽机，老婆自己动手做，手工豆芽又圆又壮、肥实、招顾客，王启明的小生意还凑合，就是辛苦，这年头弄啥不辛苦呢，不辛苦就活不下去。

王启明的运载工具是一辆破自行车，加重28自行车，后轮两边有两个撑子，跟翅膀一样可以放两菜筐，后座上横一块木块，能放一个蛇皮袋。王启明就得从前边上车，身子蜷起来，左脚滑车子，右脚很灵巧地从腹胸间掏出来横越车梁，踩到脚踏上，身子前倾，奋力踩蹬，王启明的小坦克就轰隆隆离开村庄，向十里外的小镇上奔。

还好，住在平原，沟坡不多，基本上是大路。一条沙石土路往前延伸十几里就连上了柏油路，王启明上了柏油路，王启明就畅快了。一只手轻轻搭在车把上，车子跟马一样。各式各样的汽车、摩托车擦肩而过，王启明有时会超过汽车。那都是大客车，堵车了，喇叭嘀嘀响，旅客们伸出脑袋一脸焦急，大声嚷嚷，恨不能插上翅膀飞走。车流半小时一小时动都不动一下，跟死了似的。王启明在车流的空隙里跟鱼一样穿来穿去，连小卧车里的人也要看他几眼。小卧车还真卧下啦。卧车卧车，就该卧着不动。应该叫咱自行车动、自己动。王启明一下子体会到自行车的好处。王启明的车技是没啥说的。最牛皮的时候，双手插裤兜里，脚下使劲就行了，就这么在拥挤不堪的车流里穿行，回家的时候，车空了，菜筐也空了，蛇皮袋子压在车座上，天快黑了，路上车辆也少，王启明的车子反而慢了，慢得跟走路一样，甚至比走路还慢。

路边有散步的老人，都是退休的老人，不多，有那么几个，早晨在小镇外边的空地上打太极拳，轻轻地慢慢地抡着一把长剑。天快黑的时候，这些衣着得体的老汉就出来散步、慢走，沿着公路一步一步慢慢地丈量公路的长短。人家把这日子过得。市场上收税的干部总是无限向往地议论这些生活滋润的老同志，税务干部亲切地称那些胖老汉为老同志："不要小看那些老同志，不住到县城去，就住在咱小镇上，就图镇上空气好。人家的孩子都在北京上海念大学，都在北京上海工作啦，人家到北京上海儿女那里住上十天半个月就回来啦，想咱这小地方。大城市钱多可吵啊，又吵又闹，空气质量不好，还是回来了。"有人就接上税务干部说："人家吃得好，好东西不好消化，就得运动运动。""你说对了，这叫生活质量。"税务干部是本地人，北京话说得顺溜。不就是在省城上个学吗，舌头都换了，不知父母咋养的，养得这么好！若干年后，肯定长成一个富态的老汉，捏着健身球，提着有长穗穗的宝剑，在空气清新的镇子上走来走去，兴致大的话会走到镇子外边的公路上，走得慢慢地，就像在细嚼慢咽一样好东西。对王启明来说值得细嚼慢咽的就是肉嘛，他实在想不出来这个世界上除过肉还有啥好吃的。据说人家这些胖老汉吃的都不是肉，都是保健品。王启明办这个摊位时给工商所的人送过保健品，花了八十块钱买了两个轻轻的纸盒盒，王启明拿在手上有一种上当受骗的感觉，售货员就笑："你嫌轻啊，就塞上些石头。"王启明提着纸盒子一副包藏祸心的样子。人家收了他的礼，立马就把事情办成了。王启明碰上人家总要从车子上跳下来问好，人家劝都劝不住。他就闹不明白那么轻飘飘的东西顶得上几筐子豆芽，老婆没黑没明地干，才能生出几筐子豆芽，花整整一天卖出去才卖几十块钱，圆鼓鼓的手工豆芽，自己舍不得吃，给亲戚送一斤两斤，亲戚就当礼收了，一大筐豆芽咋说都是一份大礼。

王启明的车子慢悠悠的，天黑还有一会儿，他有的是时间。跟车子并排而行的老头让了他好几次，他没反应。老同志，应该是老同志，叫人家老头不合适，叫老汉就有点亵渎的意思了。人家老同志虽然是小公务员退下来的，但在漫长的革命生涯中练就了一脸的威严。若干年后，王启明有儿子了，儿子上小学了，儿子用"气宇轩昂"造句，王启明在儿子的作业本上读"气宇轩昂"这个词的时候马上想到公路上与他并肩而行的老同志。气宇轩昂的老同志很威严地咳嗽了一声，又咳嗽了一声。王启明陶醉在自己的世界里，一点反应都没有，老同志就说话了："嗨，你快一点行不行？""我撞你了吗？"王启明左瞅右瞅，老同志一尘不染，没有被车子冲撞过的痕迹。老同志进一步指出："你这哪是骑车子？你在胡捣蛋嘛！"王启明明白了，他影响老同志散步了，王启明就笑："你嫌我慢啊，这叫功夫，功夫深，知道吗老同志。"王启明的车子停住了，车子不倒，王启明也不下来，跟杂技演员一样，忽停忽走。老同志愤怒了："要么你停下，要么你快走。"王启明不理老头了，王启明心情好，王启明就让车子慢慢走。有一次老同志抓住车头想推倒车子，王启明轻轻一挥手，老同志就咚咚咚后退了好几步，王启明挥挥拳头："别惹我，惹毛了，我就像捶我老婆一样捶你老汉。"老同志愣一下，脸上还是那么威严，但多少有点老汉的味道，不那么冲动了。

王启明还是那么慢慢腾腾，王启明太喜欢在柏油马路上骑车子。王启明有一种吃肉的感觉。王启明在享受呢。老婆每到月初总要炖一回骨头，老婆把骨头全留给王启明，自己喝汤，汤里有冬瓜、豆腐、白萝卜。老婆喜欢王启明啃骨头的样子，仔仔细细，骨头啃得光光的，连油都咂光了。使力流汗，人就嘴馋。上个月，老婆嘴馋了，老婆把汤喝了，把骨头都啃了，王启明进门的时候，老婆哇一声哭了。

"启明，我把骨头啃了。"

"啃了就啃了，哭尿个啥。"

王启明是个大男人，王启明又不计较个吃喝，王启明觉得老婆跟个娃娃一样。老婆才二十三岁，还年轻着哩，老婆说："我不是娃娃，我害娃娃哩。"王启明他们家乡那一带，女人怀了娃娃就叫害娃娃，女人嘴就馋了，就刁了。王启明就有责任叫老婆吃好。也就是每月多吃一次肉，全是老婆的。老婆当仁不让，还振振有词："给你娃吃哩，不是给我。"老婆还一口咬定：肚子里怀的是个尿尿娃，是个带刀子的。当地民风剽悍，儿子娃娃就叫带刀子的。老婆拍拍肚腰，那牛皮烘烘的样子就像绿林好汉拍打腰间的盒子枪。王启明得仰着脑袋看老婆了。王启明的大伯才五十出头，壮得像一头野牛，婶子就把大伯不当一回事了："你不是想离婚吗，你离呀，你离了去找你的妹子去找你的香包包去。"大伯年轻的时候风流得很，交往了多少女人，他自己都说不清，婶子整天提心吊胆的。婶子又很聪明，辛辛苦苦抚养孩子，儿子女儿都长大了，在儿女的印象中，父亲整天不着家，都是母亲在操劳，儿女们总是跟母亲抱成一团，大伯就可怜了。大伯就有了人生感慨："没娃娃，女人看丈夫的脸色活人；有了娃娃，丈夫得看女人脸色活人喽！"害了娃娃的老婆对男人吆喝开了。王启明简直不敢相信自己的眼睛了。他曾经打过老婆。结婚不久，老婆跟他顶嘴，那时候他还有些驴脾气，就把老婆压在床沿上捶了一气子。老婆捂着脸哭得很难过，捂在脸上的手皴开了，头发上粘着麦衣子，老婆一边哭一边诉说："我跟牛一样干活，你还打我。"王启明就坐不住了，王启明就出去了，王启明蹲在干河沟里冻了一晚上，王启明再也不打老婆了。村子里的二尿二百五介绍打老婆的经验，王启明就说："你是牲口吗你？"人家就咦："王启明个挨尿的，卖了两天豆芽成文明人了，斯文起来了。"王启明就赶紧走开。这伙二尿二百五啥事都弄哩，有一回村长话没说好就让一伙子解开裤带把脑袋塞进裤裆，放在墙头

157

上，稍一动弹就会掉下来，美其名曰"老尿戴帽子"。王启明还是头一回见识这个壮观的场面，从小就听大人的警告某个人，小心给你这我儿老尿戴帽子。

王启明就笑了，王启明这么一笑，才发现身旁这个老同志一直跟着他，还在一直斥责他。老同志脸都气白了，指手画脚，配以滔滔不绝的话语，王启明就回敬老同志一句："小心给你这我儿老毯戴帽子。"老同志一下子就明白了，老同志对当地的民俗民语了若指掌，老同志愣在那里，跟个木桩一样。

王启明也该离开柏油路了，通往他们村子的坑坑洼洼的沙石土路有十几里地，车子上去就突突猛跳，王启明开始忙起来了。原先是一条土路，天旱的时候，面面土有一尺厚，跑一趟回来就成了土人。菜筐用塑料布包严实扎紧，到柏油路上，拍打半个时辰，吊针瓶里装着凉开水，漱口，头几口全是泥汤，鼻孔、耳朵里要清理好几遍。遇到雨天就是车子骑人了，高绾裤腿扛着车子步行回家，进门人也就散架了。后来铺上了沙石。沙子越来越小，全挤到石头缝里去了。石头大大小小凸出来，跟武林高手走梅花桩一样，免去了泥水之苦，那种颠荡只有骑车人的屁股知道，都磨出泡了。回到家里，爬到炕上，老婆轻轻扒下裤子，就跟揭了一层皮一样，跟古装戏里挨五十大板一百大板的囚犯一样。老婆用白酒搽伤口，老婆说："你叫唤，你叫唤上几声。""我又不是驴，我不叫。"王启明咬上毛巾，鼻子里哼哼。老婆说："叫上几声没关系，硬撑就把人撑日塌咧！"王启明还是硬撑着。王启明还要硬撑着去摆摊子，王启明不能眼睁睁看着老婆做好的豆芽放坏了。老婆说："咱自己吃，送隔壁邻家吃，一堆豆芽么，又不是肉。""你不知道。"王启明龇牙咧嘴推上车子上路了。连王启明也不知道哪来这么大勇气，几个月就这么撑下来了，屁股尖不流血了，磨出一层茧子，跟铁裤裆一样，老婆摸一把："我的爷爷，跟牛蹄子一样，硬磨出来的。"老婆越说心越软："我老汉受的啥罪嘛，沟子上磨出茧子了；你要有了驴脾气你就捶我。""捶坏咋办？""捶沟子，沟子上肉厚，跟捶背石一样。"老婆竟然知道捶背石，他们那地方女人洗衣服，边洗边捶，湿衣服放在石头上用木槌击打，那块石头就叫捶背石。王启明的奶奶妈妈那一辈女人用捶背石，老婆这一代小媳妇都不用那旧玩意了，捶背石成了专门挨打挨揍的代名词。老婆要当王启明的捶背石，老婆把挨打的事情全忘了。王启明就笑了。王启明就告诉老婆："过去骑马的人沟子上都要起茧子，这条路上跑的人，骑自行车、骑摩托车都一样，都受这罪呢。"王启明长出一口气："这不是过来了吗。"王启明一脸轻松。

轻松的事情多着呢。开春泛浆，不知从哪来的车队，几十辆大卡车轰隆隆坦克一样从沙石路上压过去了，那么结实的沙石路被压出两道槽子，把沙石下的泥都压上来了，反而填平了石头，槽子里面又光又平跟水磨石地板一样，自行车骑上去，嗖嗖往前蹿，比平时快了好几个小时。王启明就不急急卖掉豆芽。摆摊的人，中午一过就要急急把货卖掉，回家得跑上一阵子。那两道汽车槽子让王启明省下好几个小时，王启明就不急着压价，他的豆芽是手工的，有的是买主。王启明就有好心情在柏油马路上消闲消闲。那是真消闲。过去只能在柏油路上放松一下，现在又能延续到家门口了。那条坑坑洼洼的沙石大路穿过村子，把好多村子穿过去了，相比而言，王启明他们村离柏油路还是比较近的，再远一点，四五十里、七八十里，想做点小生意就得在镇上租房子，成本就大了。王启明就想什么时候把沙石路修成柏油路。话又说回来了，真把柏油路修过来，他的生意也就值不了多少钱啦。他王启明受了别人受不了的苦，才到镇上摆个小摊子。远一点他就不敢想了。他还牛皮烘烘的，跟人家散步的老同志二牛抬杠。他讲给老婆听，老婆吓坏了。

"你胆子太大了，他儿子哩、女婿哩，找你算账你咋办？"

"跟他抬杠又不犯法，还能把我抓起来。"

"给你找点事情哩。"

"一个破车子，几个破筐子，还能找出来个啥？要找让他找去。"

王启明嘴上硬，心里还是咯噔一下，觉着老婆的话有道理。上路时老婆千叮咛万叮咛，王启明就没吭声，老婆肚子都起来了，王启明还敢惹事吗？王启明一整天都小心翼翼地，回来的时候车子也有了速度，老远看见那个威严的老头，一个小伙子陪着。王启明的车子也只是比平时快，不能太快，他不想太委屈自己。他早就看见老头跟小伙子直瞪瞪看着他，他完全可以绕过去，他都有这个念头了，他的脚违背了他的意志，把他和他的车子带过去了，直直地对着老头和小伙子冲过去了，而且越来越慢，几乎接近步行的速度。离老头三四米的地方，老头看王启明一眼，谈得很起劲。俩人长得又不像，看不出来是父子俩还是翁婿俩。王启明的车速已经不能再慢了，人家根本没有反应。王启明都咳嗽了，人家还是又说又笑。又是王启明的脚再次违背王启明的心愿，恶狠狠地蹬下去，车子就蹿出去了，车子再也没有减速。

拐上沙石路，汽车压出来的槽子跟铁轨一样，把自行车拉进去了，车子丝毫没有减速，发出呼呼的声音，耳朵都竖起来啦。王启明也不明白干啥骑这么快。沙石路上一直是在受煎熬，他的屁股就适应不了这种稳稳的感觉。他感受到的颠荡完全是一种幻觉，反而刺激了他的神经，他的速度快要赶上风了。进了村都没有减速，人家跟他打招呼，他都不减速。

"王启明，牛皮啥呢，你当你骑的是摩托车吗，你骑的是自行车。"

"王启明把自行车骑成摩托了。"

王启明这么早回家，老婆高兴。

王启明的轻松日子很快结束了。沙石路上的汽车槽子不到一个月就磨平了，大大小小的石头又变成了梅花桩，自行车又咣哩咣啷跳起来，自行车简直成了刑具。人难受都好说，车子快不了，跟牛车一样。王启明就想着明年春天大地泛浆的好时候，那真是好时候啊。王启明奔驰在柏油路上，王启明就不由自主地慢下来。

天冷了，公路没有散步的人，王启明就慢悠悠地享受着柏油路的好处。冬天是卖豆芽的好季节，大西北绿菜少，豆芽豆腐在冬天就能卖出好价钱。有个亲戚来帮忙，老婆就能轻松一些。生意好，日子就快。

春天很快就来了，春天青菜更少，豆芽价更好。让人高兴的是地面泛浆的时候，车队又来了，天黑时轰隆隆开过来，在沙石路上犁出两道深深的车辙，一辆接一辆，辙印就深下去了，就把石头沙子和泥浆压在一起，就成两道平滑的槽子。自行车、摩托车都稳稳当当跑起来。

自行车跑得比谁都欢，都快要赶上摩托车了。

大家都这么说王启明的车子。王启明的车子破是破，就是利索。有人借王启明的车子试了一回，浑身哐啷啷响，骑不快呀，可到了王启明的屁股底下，那破车子就神了，就飞起来了。人家就让王启明换辆车子，王启明还是那么快。问题就出在王启明身上，大家不能不承认，王启明练出了一身好功夫，不服不行。王启明牛皮烘烘的，好像槽子是他压出来的。王启明把多少摩托车甩到后边了。王启明上了柏油路，好多汽车都往后边躲。快是一种功夫，慢也是一种功夫。

王启明在公路上又碰到那个威武的老同志。老同志的出现好像就是检验王启明的慢功来的。王启明管他高兴不高兴就慢下来了，老同志死倔，也慢腾腾的，但绝对慢不过王启明。老同志的耐心终于到了尽头，很严肃地对身边的小伙子下命令："把他给我拉下来！"小伙子说："你能不能快一点？""没到快的地方嘛。"小伙子笑了："柏油路上不骑快一点，到了沼泽地里快呀。""你说对啦，不过不是沼泽地，是梅花桩。""梅花桩，哈哈，梅花桩上骑车子，你演大马戏吗？""我跟你不说。"王启明都生气了，"我跟你说的是正经话，我又没惹你。"小伙子拉上老同志快快走开，边走边小声说："他是个疯子，你不要在这搭散步了，太危险了。"

王启明愣住了，愣了那么片刻。车子慢腾腾地，好像轮胎爆了，没气了。王启明都不知道他是咋来的。王启明进村的时候，还回头看了看铁轨一样的汽车槽子。王启明不相信他的轮胎能没气。

王启明进家门先不吃饭，先给车子打气。老婆知道王启明的脾气，老婆就等着王启明。王启明把轮胎打饱，还用手压压。王启明洗了手脸，喝酸拌汤，吃饼子。吃饱喝足，王启明又去检查车子，把辐条紧了一遍，轴承上了油，用手一拨，轮子日日日，跟新车子一样。王启明彻底放心了。

老婆好久没见王启明这么舒心过。老婆就让王启明摸她的肚子，还让王启明听肚子里的娃娃，是个带刀子的尿尿娃。

王启明美美睡了一觉。

王启明睡觉的时候，气温降低了，还下了一场小雪。他们家乡那个地方，十年八年总要遇上一次春寒，今年这场春寒还落了一场雪，不厚，刚刚盖住地面。地上有点滑，车子不稳，对王启明来说简直不是个事情。

汽车槽子时隐时现，路面硬邦邦的，冻得跟钢板一样。王启明出村时好像听见有人说"王启明的摩托上路了"，王启明往后看一眼，没人呀！人家这么说惯了，王启明老觉着有这么一种无声的声音在说他的车子。他的车子就嗖嗖蹿起来了，有好几次都到槽子外边去了，在石头上嘣嘣了几下，又回到槽子里，这并不影响车子的速度。车子越来越快。上冻的车辙跟刀子一样，那种尖利的感觉从轮子上传上来，王启明没怎么在意。车子再次压上积雪里的尖棱时，车子就猛一下摔出去，王启明也猛一下摔出去，跟车子方向相反。上冻的尖棱狠狠地戳了王启明一下，王启明的胯骨就断了，跟折断一块木柴一样，咔地一下，王启明听得清清楚楚；王启明都愣了，愣了半天才感觉到疼，疼得要命，王启明都叫不出声了，王启明舌头都卷了。

再来一次春天

深更半夜，老白翻身下床，灵感附身，美人老婆理所当然退居二线。

黑暗中摸进书房，老白暗暗吃惊，玻璃窗上有一只猴子。几点灯光在猴脑袋上移动、消失，那是街上的汽车。猴脑袋一晃动，露出几分人样，细瞧，正是他本人。

老白丢下钢笔，双手从下巴推到头顶，黑发倒贴，宽阔的前额一片荒凉，两腮凹陷，活脱脱一只猴子。作为诗人，尤其是作为男子汉，是该面对现实的时候了。从他笔耕的第一天起，窗玻璃就晶光闪闪，不分明暗昼夜，映照他这位才华横溢的诗人。

稿纸空空如也；文学生涯的首次白卷。该死的灵感使他面目全非，并把他的丑陋涂上玻璃窗，擦洗不掉。

天大亮，老白逃出书房。老婆的穿衣镜框住了他，西服挺括，扫一眼看不出猴儿相。细看就不行了。世界上的事情，怕就怕在"认真"二字上。忽然，老婆奔过来，投进老白怀里。俩人都很激动，尽管各自的内容有所不同。老婆仰起头，没发现他的猴儿相。

"咋瘦成这样儿？"

"怎么了？"

"腮帮子都没啦还不瘦？"

老婆摸了摸他，说："眼睛红红的，像小白兔。"

老白软塌塌倒进沙发。大衣镜总跟他过不去，高擎他的脑壳，仿佛在枭首示众。发现自己的丑陋太痛苦了！更痛苦的是毫无精神准备。

老婆真是好老婆，待他一如既往，他勉强喝了几口汤。

"你猜，我昨夜梦见啥啦？"

"梦见啥啦？"

"公园里那个。"

"哪个？"

"老猴呀！往我怀里蹭，吓死我了。"

春天，他们去逛公园。那只老猴对着他老婆蹭，亮出那玩意儿。老白破了斯文，捡石块就砸。老猴鼻青脸肿，动也不动，瓷勾勾盯看他。他反倒尴尬了。猴子落落大方，那玩意儿挺拔如山，坚贞不渝。

老白至今汗颜不止。

两口子分头上班。老婆去广告公司，他去报社。改完几篇稿子，老白坐不住，来到公园才感到屁股尖了许多。他怅望苍穹，预感不妙。太阳刚出来，挺新鲜，老猴毛发竖起，在假山上踱来踱去，像临战前的拿破仑。老白贴近栏杆，猴子伤痕累累，脓血渗透宛如树脂，破斯文者非他老白一人。诗人所独具的那种自命不凡烟消云散，老白尴尬得发起抖来。

老猴在铁栏前不停地来回往返，无视他的存在。它的目光已疲倦得什么都看不见；眼前仿佛唯有千万条铁栏，世界不复存在；在铁栏后面，它的脚步焦躁不安，在这小小的圆圈中旋转，就像力之舞环绕着一个中心，在中心有一个伟大的意志晕眩；它在回忆。它的远祖是了不起的齐天大圣孙悟空，那柄千钧之力的金箍棒搅得大地颤抖长天变色，成吉思汗的铁矛也不能跟它相比。

老白无地自容，嘎巴！折断了手中笔，像折掉一根手指那么清脆。

笔是文人的兵器。

笔能跟金箍棒相比么？

笔能跟成吉思汗的铁矛相比么？

敬佩之情超越嫉妒之心，老白差点要膜拜猴子了。周围的人无法忍受他的激情，他们咳嗽翻白眼，他竟然对大家说："这是一只觉醒了的猴子。"有人恶狠狠地说："让你老婆跟它睡觉，它就醒了。"

猴子的觉醒确实出自他老婆的美妙，老白预感到要出事了。

果然，回到报社不久，记者从公园传来快讯：一公猴破栏而出，追逐数名少女，未婚夫们怒不可遏，刀棒齐上，猴死之惨状令人目不忍睹。

老白茫然无措，窗外黄叶翻飞如鸟。叶子不再是树的翅膀了，它们在坠落。飞翔的季节就这样结束了。老白觉得，他此时的目光跟猴子极为相像。他实在想不出，自己与惨死的猴子有何必然联系。

下午刚上班，就有他的电话，是他老婆过去的同学，刚从意大利留学回来。留学生翻来覆去就这句话："小陶是我们一中的骄傲，她总是让人想起少年时代。"

话筒对着他，嗡嗡好几分钟。下班的人流把他挤出大门，他搁浅在街头，发觉自己在生气。

那就让大街来排泄吧！偏有一辆轿车刹停在他脚下。嘭！弹出一个高个男子，气宇轩昂，非同凡响，大亨似的手提包令人肃然起敬。

"真想不到啊，你爱人的风采跟十年前一模一样，丝毫未减，岁月的刻刀对她是无可奈何的。明天下午聚仙楼，请您和夫人光临。"

他没吭声。他的目光疲倦得什么也看不见。

天又黑了，灯光颤如春雨，把席梦思床浇灌成一片沃野。老婆美妙如歌。他侧身进去，很快就湿透了。好雨知时节，当春乃发生。随风潜入夜，润物细无声。

老婆就这样滋润他，可他坐卧不宁，趿上拖鞋，踱进书房，他又看见盘坐在玻璃窗中的猴子，不是公园的那只，是他自己。他点一支烟，一盒都光了，那丑陋的猴子驱不散。他没辙了，捂住脸合上眼，可心灵中那只眼睛，仿佛星子，欲盖弥彰。

他坐等天亮，夜幕抚摸他像丝绸，手感不错。这是一种诱惑，他把脸紧紧地捂着……他松开手指，阳光像抹布，擦掉角落里残余的黑暗，阳光中飘满灰尘的微粒，那是夜幕的灰烬，到晚上它们又重新组合一起，光滑如绸缎。可人不行，人是一次性的，消失后不会再来。

车进医院大门，才知道自己病了。主任医生是他过去的同学，介绍自己怪诞的病情方便多了。

"搞文学不懂梦，没看过弗洛伊德？能找老同学你肯定是病了。打针吃药动手术不算病，要命的病不需要这些玩意儿。"

老白吞吞吐吐不及一半，意在抛砖引玉，可老同学开始搓手了。

"一般人是把梦当作真的，可你的梦本身就是真的，用不着当作，当作……什么。"

老白惊讶至极，嘴巴怒圆像亢奋的青蛙。这里不是文学沙龙，没他大吵大嚷的份儿，他结结巴巴："那么说……我真是猴子！"

医生更惊讶："唔，老同学，你的属相是猴子。"

"这跟属相有啥关系?"

"关系大着呢。十二属相的每个动物,都是藏在人们内心的性灵,主宰人的一生。"

"你不也属猴吗?"

"我是金猴,你是木猴。阴阳五行金为贵,沐猴而冠你总知道吧?"

"这么说我是假的。我是乔装打扮的。"老白像咆哮的黄河,"有你这号王八蛋医生。"

老白气咻咻冲出医院。医生在二楼看得清楚:老同学就这脾气,面对事实总是这样。

老白恍然大悟:去年秋天,老同学聚会,医生一嚷嚷,大家才注意到,夫人群里他老婆最漂亮,可谓群芳谱中之独秀。

以大地为故乡,酣眠在她的怀抱里,照耀我们的是月亮和星斗,步入我们梦中的是永恒的少女。

这少女对别人是难以企及的梦,对他则是现实。岁月对他老婆无可奈何。

老白的气全消了。办公室里,大家听小刘神聊,没人注意他。他拉椅子坐下,点一支烟,就被小刘的舌头黏住了:

"……黑粉有磁性,能显出有形,黏谁身上谁就是罪犯。"

老白问:"是晚上?"

"当然是晚上。夜幕一裹人才肯露本相。常言道,为人不做亏心事,不怕半夜鬼敲门。"

老白的手发抖,小刘偏瞅着手,仿佛欣赏舞蹈。这家伙是赌场高手。

"主任别怕,你不是罪犯。"

大家笑:"主任不会杀人。"

可他占据着全城最美妙的女人,他在毁灭而不是在创造。别人不会告诉你的罪孽,却能够暗示。这些天,暗示的符号密如雨点,干爽轻松的日子结束了。

老婆出差去了。他怎么都不能把屋里弄安静,屋顶覆着浓重的夜,像冻泥累累的田野。他无法把可爱的床驶入黎明,他有点怕黑夜。揿亮所有的灯,灯管像机枪叽里瓜啦死命抵抗,夜轰隆隆像坦克。他打开窗户,拍拍胸口:

"打死我吧，打死我吧，打死我吧。"

那是一片沃野，黑黑的，走来肥壮的孤独。孤独伸出巨人的手，搀扶他，并指给他许多路，于是多了一份惆怅。他看见自己的背影在路面明灭不息，他坐在路边再也不想走了，于是路也消失了。他背靠着孤独，唯有这肥壮的胸口坚实如山。孤独悄声细语问他："歇足了，还有路。"不容他考虑，孤独大步流星，他被驮在背上，他在高高的驼峰中间，孤独昂首天外。唔，孤独本身就是路，就是这踽踽向前的骆驼。路一旦消失，便是无尽的沙漠。

孤独这玩意儿，从何而来，奔何而去？

那是他单身汉生活中最难熬的一天。大学毕业，到这座小城，还未定下神，冬天就赫然出现。

这里的市民对雪花没有兴趣，大街以及郊野空寂无声。雪片瑟瑟缩缩，像落地的私生子。

老白像棵树，挺在原野上。虽然干瘦巴丁，却引来大群丰腴的雪花。老白湿漉漉的，老白激动了。激动就要写诗，这是毛病。他像风狂呼乱啸，像快要死的富翁，急于吐露遗嘱，舌尖触摸着寥廓洁白的空间……白雪宛如少女的胴体，令人战栗。这一瞬间，老白才领略出自己的卑劣与粗俗——肚子疼胀，膀胱一触即爆，听天由命吧！尿液像打碎桎梏的囚犯，鱼跃而出，白雪尽黑，腥臊直上云霄。冬天痛饮了他最后的热量。

《再来一次春天》就是这样诞生的。

老白震动诗坛后，记者问他此诗的灵感来源，他以实相告：想撒尿。记者诧异：撒了吗？实话适可而止：撒了写鸟诗。记者也不失幽默："你属上乘功夫，能化腐朽为神奇。"

黑夜与丑陋亲密无间。黑夜轻轻一抖，闹新房的人就消失在楼下。黑夜与他配合默契；他拉灭电棒，却对那盏长明灯一筹莫展，黑夜便在窗外呜呜怪叫，新娘开始发抖。老白站起来褪下衣服，长明灯把他剪刻在墙壁上，像皮影戏里的人物。只要认不出自己，什么事都可以干。老白对业已陌生的自己很满意，他跳起来，像黑夜孵出的苍鹰，扑向新娘。一会儿新娘就不见了，只有呻吟和谵语。

新娘被撕裂了，粘贴在床上。雕花的床头像一幅画的框架，欲望涂抹在那里，凝固成色块。新娘的眼睛亮晶晶，那是唯一没有被毁坏的晶体。老白原以为这光亮是给他闪射，他错了，那光亮正对着柜上的长明灯。

他不可能没有这么一点悟性：女人的圣洁是一种与生俱有的宗教，无论怎样的毁灭，只要有一点光亮保持她的处女之心，她就能活下去。长明灯是女人心灵的伴侣。

写几千首破诗，穷尽皓首以后，老白才明白：美才是唯一清晰的东西。连生命都逃脱不了僵硬，诗不就显得很荒谬了吗？诗仅仅是人对自己丑陋的乔装打扮，力图蒙混过关，逃避时间。

《再来一次春天》的座谈会上，众口一词，似乎此作可以载入史册。时隔不久，一位大学教授来函云：不但诗，就连诗评也要编入新文学史料。大家愈是这样，他愈是若有所失。文学史也会散失或者淘汰，白居易不是将作品笔录数册，藏之名山了吗？使他不朽的不是这些，而是《长恨歌》；《长恨歌》并非教授们的胡言乱语，而是白居易借帝王之恋咏叹他与侍女的缠绵情愫。偷情唯其艰涩才显出深刻。书册顿时寡然无味，涂抹在上边的性灵之光终会烟消云散。白居易的本意是要用《长恨歌》保持情人的天生丽质，使之千古不变，青春永驻。后人却取其形而舍其意，死死纠缠唐明皇与杨贵妃。杨玉环固然可以做侍女的替身，唐明皇就徒有虚名了。艺术的境界至此当为凤毛麟角了……纸页总是苍白的，梦中的少女以及她美妙如歌的胴体才是真正的生命之书。

老白如痴如醉，仿佛九天玄女指点了迷津，他洞悉人世的真谛了，他再也待不住了……

一位穿白裙子的少女在书亭前站住，眼睛一亮，抓起那本杂志翻起来。她头也不抬，接过找来的钱。

老白尾随他美貌的读者，来到郊野，来到冬天他被冻出尿的地方。

少女靠在河滩的杨树上，抱杂志看了很久，抬头要看天空时，发现了一堵砖墙似的诗人。

"好狗不挡道，走开。"

少女的美妙把诗人击成粉末，但诗人有蛇一样的凝聚力。

"原谅我破坏了你美的享受，这首诗确实不错。"

"你也懂诗？"少女像在打量一个乡巴佬。

诗人毫不介意："欣赏诗应该有这样的氛围。这里空旷清静，白杨树本身富有诗意，再这么一读一遐思……"

"看来你不是坏人，也不是骗子。"

少女转怒为喜，递过杂志。诗人把杂志卷成筒，拍打着说："我刚读过，坏毛病就犯了，不管是谁，先吐为快。要是你不在这，我会对着树说半天呢。"

少女的脑袋偏来偏去，目光湿漉漉的。树干有块新疤，像石块砸的；诗人捡起石头，闻闻："是它砸的，有树液的气味，这块石头了不起。"

"太残酷了，在你头上砸一下，你就不这样说了。"

"会的，会的。石块以前在河滩上躺着，有一天被人抛起来，迎面一棵树。石头忘记自己的沉重，想做鸟儿，便落在树上，树液四溅，树液可是封存多年的美酒啊！石头就这样苏醒了。"

"我都怀疑，你是个诗人。"

诗人颤巍巍掰掉树干上的黑疤，果然酒香扑鼻。

少女眼瞳电光闪射，土墚潮湿，远天澹澹如海。诗人随口吟道："在远方 / 大海笑盈盈 / 浪是牙齿 / 天是嘴唇。"

少女若有所悟，竟背诵起全部的《再来一次春天》。

毫无疑问，诗已经渗透她的心灵。诗人看见，太阳中飞出一粒荧荧的光子，直落她的脑袋，乌发似海，谁也没有在乎那微弱的声音，可少女的身体顿时光彩四射。

本来应该到此为止，可谁又能教会人去适可而止呢？人永远也学不会。几年后的今天，诗人才感觉到，把诗变为铅字，是虚荣心的一大满足；把铅字变为美妙如歌的心灵，是人的真正满足；把如歌的心灵据为己有，却落得玉石俱焚。美之为美，不可逾越分毫；否则，便是丑陋中之大丑陋。

荒凉的河滩，伤痕累累的树，太阳盘旋，如高原的苍鹰……不要做任何变动，这美妙的瞬间千载难逢。人的心灵的重逢一旦受阻，往往使我们世世代代咏叹不息，何况苍茫的大自然。

老白的画家朋友，同时也发现了这片景色。画家苦心经营，把自己熬成骨头架才使作品得以完成。干涸的河滩上，树扭曲而上，仿佛大地旋向天空的螺纹，汛期遥遥无期，河床上奔流着石块的沉默；远方，黄土高原使得河岸陡峭促狭，在画面的尽头形成一个窄门，一个超度灵魂的窄门。画没有发表，作者伤神过度，英年早逝。

画流传到老白手里就停止了，仿佛死去的不是别人而是他老白。他应该在那个时候死去，让生命不至于丧失超度的时机。死之所以比生更有魅力，就在于它的时机，否则人生便前功尽弃。悠悠万里路，还不是为这么一个瞬间。

诗画同源，死去的画家或画家似的死，与他的生命达成一种默契。

从那以后，他再也没有写出一首真正的诗。因为他又去找了那位少女。他是艺术家，最懂得简约，也最懂得画蛇添足是怎么回事。可内心那种东西，像发动机，他不得不去。

历经磨难，他出现在少女面前。

"没想到你还能找我。"

"你还喜欢那首诗吗？"

"什么意思？告诉你，那首诗一下子改变了我，我的一切统统都变啦。"

"既然喜欢，就应该跟作者认识认识。"

"早就想认识他了？"

"是吗——"俗气是人类的天性，老白眉飞色舞也来了这么一句。尽管他恨不能把松竹梅兰当作三餐大饭，"庸俗"这玩意儿还是撞了他一下。

少女的猫猫眼媚起来，蒙蒙眬眬，老白涅槃了一般。少女的媚眼是对天空的，猫眼宝石在空中闪烁。

"一个半月，每天都在想。他是个巨人，硕大无朋，充满速度与力，胸膛是青铜浇铸的，他用臂膀猛力推开社会的大门……"天哪，这就是少女的白马王子，好像他老白是马雅可夫斯基。显然，少女迷恋的是诗中的他，跟作者差了八竿子远。老白呻吟着说：

"人离自己的本质太远了。"

真正的那个我，流星般飞驰于天地间，偶尔跟自己碰撞一下，人就伟大。可人的伟大超不过三秒钟。天才之所以是天才，因为他们能跟自己的本质频频相会，如马雅可夫斯基。

作为少女，当然对这样的机会羡慕得要死。

老白很久没有写出好诗了。诗成为绝唱，与其说是再来一次春天，倒不如说再来一次相会的机会。

……………

老天爷总要给你一个难得的夜晚，让你跟那个少女成其好事，并让这个叫陶雪的少女成为你的老婆。老天爷还要在你的玻璃窗上，搁一只猴子，叫你难受得要死。

天刚亮，老白就伫立街头。

太阳像传说中的老虎，威风凛凛。老白心虚得要命，像六月的萝卜。他不止一次看到过，艺术家诱骗妙龄少女的报道。自己算不算呢？

陶雪在《再来一次春天》里，看到的是翩翩少年。少年是他老白的以前啊！诗像牛奶，被挤出来，他老白就干瘪了。

他对少女的寻寻觅觅，并非一睹其芳颜，而是追寻业已消逝的少年时光。当他第一次听到"陶雪"这个名字时，就想起那场雪，那场充满诗与尿的雪。

稿纸不再像波浪，旋起舞蹈，来呼唤他的灵感。他开始甩笔，墨水飞溅，地板血渍斑斑。他怕妻子看见，蹲下去慢慢地擦。灯光把他剪贴在墙上，笨拙地跳着，像傀儡戏。一阵惊慌，他忙推开卧室的门，老婆睡得很美，脸盘灿然光滟，仿佛河的入海口，流泻出女人的一切。

那种神秘的东西埋进陶雪的身体。郊外雨雪霏霏，尽管他激动得发狂，也不能使泯灭于脚窝里的雪花复活……雪花会飘起来的，他没法忘记雪的洁白。他侧身躺下，脑袋底下仿佛不是枕头，是盛开的雪，是流泻的雪光。冰雪松散，扑来大地清冽的芳香。老婆莺语朦胧，紧贴着他……春天回归大地，生命再次苏醒。

甭想瞒住老婆，因为她是你的。终于有一天，老婆把话挑明了。

"说呀，大男人。"

大男人似乎又看到多年前那个纯情少女。

"你相信我吗？"

"相信。"

"我是不是骗子？"

"那是聪明人干的，轮不上你。你的朋友都不写诗了，都发财去了，你心里也痒痒啦？"

大男人小娃娃似的摇摇头。老婆就摸他的头，头发黑森森，老婆的手指像白鱼，明灭其间。

"别人欺负你啦?"

"我又不是小娃娃,自己觉着不对劲。"

"咋不对劲?——说呀!"

老白站起来,走进书房。那里才是他真正的悲伤:缪斯跟他吹灯拔蜡,不干了,他失恋了。

最大的恶习来自父亲。那时他很小,还没有记忆。父亲拿镜子让他玩,记忆便开始了:他望着镜面那个跟自己一般模样的小人,先是惊奇,接着茫然。不过,他再不哭闹了,一见镜子就老老实实。妈妈为此跟父亲大闹一场,这是老白长大后妈妈告诉他的。因为老白总是为一点小差错跟自己过不去,自责之心超越常人。妈说:这样会毁了你。妈说:活在世上要旁若无人。可他的身后总有个影子。妈哭了,诅咒已经躲入黄土的父亲,说你不到一岁就看见了自己的魂影。过早地发现自己是他一生的大错。老白总觉得父亲有哲学家的睿智,壮烈之年跃入墓坟,其用意大概是寻找死亡的真相,用以弥补对儿子的错失。

老婆陶雪像个乡下娘儿们,翻弄书柜,又怕弄出响声。老白躲进厕所,听见老婆嘀咕道:"书里没有哇,他看什么呢?"他想不出老婆翻书的目的。老婆的声音大起来:"他一直在骗我,说我在书里边,里边压根儿就没我,他看的是别人,不信我找不出来。"良久,并没有响声,陶雪大概累坏了。他拉开一条门缝,看见老婆像坠地的鸟,伏桌酣眠,黑发零乱。他奔过去,抱起热乎乎的老婆,放床上用被子捂紧,不让热气消散;否则,冬天就会毫不客气地闯进屋来,叫他滚蛋。

陶雪嫩得粉团似的,被面上的玫瑰红水一样流过胸脯,流出响声流出韵味;脖颈颀秀,鼻翼宛若灵动的笛孔。那都是他吻过的地方,从那里他吹出动人的音乐,曲径通幽,那是通往美通往生命的唯一途径。

这时,老婆醒来了,老白猛打个激灵。老婆坐床上,痴迷迷地揉眼睛,像没熟透的娃娃。老白真有点怕,老婆正是他刚才想的那种情形。老白贱手贱脚凑跟前套近乎,重演昨夜的鬼把戏:让老婆歇斯底里。可他忘了跟他过不去的窗户:玻璃窗上没出现丑陋的猴子,却出现了太阳。太阳威风凛凛,像传说中的老虎。阳光圆浑浑的,像湍急的生命之液,足以叫老白羞怯,他那精液算什么?鸡尿似的……老婆沐浴着晨风和阳光。老婆本来是阳光和蓝天的,他把她诱入夜色,用甜言蜜语和下作的鬼把戏熏陶她，培养她的胃口……真正的生命之光破窗而入，陶雪只感觉到清爽，压根儿意识不到大男人对太阳的嫉妒。

老婆的冷淡使老白难受了好一阵。但一想昨夜销魂的景象，兴致还是蛮高的。陶雪说：

"刚做了噩梦，正难受你就来缠人家，怨不得我。"

老白笑笑。没料到老婆一反常态，投入他的怀里，突突颤动。

"我又梦见那只猴子，又臊又臭，蹭我身上，恶心死了。"

黑暗岂止于飘浮于诗人的眼前；黑暗像铅，像水银，像沉甸甸的金块，黑暗神气十足，踏破老白心灵的窗户，直达心扉。轰然一声，心扉坍塌，他沦陷了。

我再也唤不起少女的春天了。

老白失望得一塌糊涂。每次做爱，他都以为让老婆过一次春天。娶老婆容易，让老婆青春永驻难矣。黑暗、丑陋之于他比猴子更甚。

你心里一定有鬼。

陶雪从书房里出来，拎着一幅画，那是英年早逝的画家的杰作。他从老婆气愤的神态中看出女人的嫉妒。

"我找到了，找到了。"

画刷抖开，老白蹦起来，他的画家朋友不愧是千古绝唱……河床干涸，石缝暗红色的潜流是嘶叫的血液，树根穿透一张模糊而充满锐气的男性面孔；往上，树杈不能再延伸的低空，是一双星星般的少女的眼瞳。老白总认为这是艺术的空白，此刻灵感附身，才发现了画中的另一片天地。画家是利用情绪起伏的旋律来作画的。

这时，陶雪冷冷地蹦出一句："你是假的。"

画面顿时生辉，旋起灵动的神韵。"你是假的"成为画的主题。灵感是诗人的迷魂汤，喝了就得发作。老白操起笔，唰！唰！唰！涂上"你是假的"字样。斜斜的字体，仿佛剪开天空的雁阵。

这幅画是赠你的，你是假的，这才显出艺术的真实与美妙。

老白发颤，恶狠狠地瞥一眼蜷曲于桌面的画，灵感再次附身：还有一次挣扎的机会。

数年前，陶雪就是喝了他的迷魂汤，那是一泡尿，专治自己的恶疾。陶雪那时是个纯情少女，该啜饮那幅画，那才是真正的生命的创造，画面中那双少女的眼睛就是真正的陶雪……每个女孩的影子里都有一颗明亮的萤火虫，找到它才算真正地长大了，它是女孩那颗飘忽不定的心灵。

这时，陶雪又跳了起来，揪他的头发。

"那女的到底是谁？是谁？你害怕啦？我还没老，你就不理我了。我还年轻，真正又丑又老的是你，都快四十岁了。"

"画上的是你。"

屋里静了。

画面完整地呈现眼前，陶雪认出自己，竟哭了起来，像许多经不住激情拍打的女性一样。

"谁画的？咋没听你说过。"

"他画得不错。"

"怕我动心？你是个小人。"

"你想认识他？"

"岂止于认识。"

陶雪瞅他一眼，滟滟红云自脸颊坠入脖颈。

"你是个小人，你不会叫他来的。"

他没勇气告诉老婆，画家早已遁入黄土。画家大概是陶雪少女时代的幻影，真是这样，画家的早逝就是命中注定的了，他老白便把这个幻影延续下去……

老白的声音有点颤：

"我去——找，请来就是。"

"那就麻烦你，做一次真正的男人。你假惯了。"

雪花飘落在老婆身上，宛若复燃的青春。可这依然是一种幻象。作画的人已魂系天外，他不知道自己的谎言能撑多久。

等待第一场雪的是一片混沌世界。天地灰尘累累。落在地面上的是雪的残骸。所谓花只是清纯的远天里的雪。

他老婆的名字很不吉利，陶者淘也，米越淘越净，雪一碰就失贞。破坏者就是他老白，世界无时不在提醒他：你是个什么东西。

黄昏不是他一个人的。巷子里的人，三三两两多起来，穿得都挺阔，仿佛要跟雪花媲美。可人哪能胜任冬天呢？季节是自由自在的。大街把人们排泄到市政府的广场上，那儿有一位姑娘。就一位，别的姑娘都躲在房子里。你把姑娘可以比作所有的花，千万别搭上雪花。她们压根儿不愿在冬天露面。他想他老婆，他们是在雪天相爱的。

他走近那姑娘。她脖间的白围巾像片大雪花。其他的雪静静地卧在地上，被行人踩得咯吱吱响。偶尔两只脚同时碰撞雪花，会发出动听的和弦。雪花应该在少年的脚边飞舞，雪天露面的姑娘一定是好姑娘。他走近那姑娘。走近的不是他一个人，好多身影剪落他的目光；他无可奈何地叹息，他感到沮丧。在小伙子跟前你没法不沮丧，他们拥有得太多，一根小拇指都比你的全部富有生气。

华灯初上，广场的最佳位置没有灯。那是升国旗的地方，姑娘适时地停在那里。那里，众目所注。人的眼瞳不止一重。在生命的最佳时刻，会自动调换最亮的镜头，即所谓心明如镜。把心搬上天窗的时候毕竟不多。现在，所有的天窗都打开了，心花怒放；老白仿佛目睹瑰丽的北极光。再来一次春天，再来一次春天！那年，他三十二岁，为什么在而立年发出这种声音？他已经告别青春，他极不愿意而又无可奈何。

悲哀笼罩着他。他已经没有迎接春潮扑打的体魄了。

姑娘离开广场，行人随后，老白在内。夜幕垂降，不大适应被白昼盘踞一天的空间，晕晕乎乎，像醉酒的乡巴佬。夜很迟钝，人晃入夜色，只能是影子。老白进入小巷，就感到不对劲，这些晃动的人影都很激动，听那脚步声就知道了。老白平添几分警觉：她明明是他老婆，却被这么多人簇拥着。他冲到老婆跟前。人影重叠像墙壁。灵感不失时机地敲他一下，这是德拉克洛瓦的名画《自由引导人民》。你不能用男人看女人的眼光，更不能用丈夫看老婆的眼光对待艺术。

但无名火蹿得老高，他不知所措。无名火不可压抑，就在于它凭空而来。他发泄的对象与黑夜联成团。面对黑暗，只能当傻瓜。他看清楚了：黑暗漫无边际，黑暗像块大黑板，他是上面的粉笔字，轻轻一抹即成粉末。

摸进家门，老白听见老婆在卧室里说梦话："广场……雪……小伙子挺帅。我是最亮的灯，最亮……跟我走？那就跟着吧，只要不进我家。"

老白吓坏了。老婆后半夜有班，天没黑就睡了。显然，他坠入老婆的梦中。女人硬的不行，软的可厉害。老婆揉眼睛坐起来。

"你咋这么小人。我去广场蹓蹓，你也跟着，眼睛贼贼的，还想打架。"

他余悸未定，没敢吭声。

老婆要上班了。冷风吹来，一扫倦怠的神态，清清爽爽的一个纯情少女。墨黑的夜空窜出几朵雪花，落在脖间的白毛围巾上，雪花似乎也起了一层绒毛。梦总是跟黑夜有些瓜葛。人生虚虚实实，真真假假，越活越糊涂。从老婆宣判他是假的那一刻起，他就掉进去了。

他知道，自己早就虚假了，只是刚刚察觉到罢了。

父亲的死是由于他自己，跟母亲的诅咒没关系。老白一岁半破窥镜之忌，成为十足的夜哭郎。医生诊断为惊恐症，并说了一句哲学味挺浓的话：人什么都不怕，就怕自己吓自己。临出门又叹息道：娃娃不做噩梦就好了。老白白天睡得安稳，到晚上就来精神了。小眼睛望着窗外飘晃的夜幕，贪婪无比。夜是一部古老的书，写满离奇古怪的文字。母亲点亮灯，灯像红红的珊瑚礁，泊在黑沉沉的夜里。老白望着灯光，很安静。时间静静地过了很久很久。有一天夜里，时间不老实了，在他娇嫩的血液里泛起泡沫。那是老白牙牙学语后第一句完整的话："妈妈，灯灯，灯灯蓝啦。"

"乖狗狗，是夜深了。"

"灯灯蓝啦。"

"灯灯没蓝，是夜深了，夜深了！"

长大后他才知道：娃娃混沌初开，眼睛充满灵性，能看见夜的精灵——鬼，鬼进屋，灯焰变蓝；大人们混浊迟钝，是看不见的。那时，老白就看透了黑夜；那时，夜对他没有恶意，他看见的鬼只有火苗那么大。现在，到了父亲的年龄，他猛然感到鬼的硕大无朋和夜的无边无际。

硕大无朋的鬼简直是他梦寐以求的，与灵感频频相会的大诗人马雅可夫斯基。

这一夜，很黑了他才上街。

老婆在广场亮一下，穿过胡同，拐上河堤。夜，仿佛春天潮黑的田野。老婆显得更年轻了。苗条的身影，河堤弯成虚虚的黑线，被白杨树划成五线谱的曲格，陶雪缥缈如歌。音符跳跃，时光像磁带，倒转着，陶雪埋下头看得如痴如醉；她的少女时代就灌制在这上边，从纤细的手指尖滑落，融入夜色，渺如烟波。仔细想想，她才二十四岁，过了这个年龄，青春不会再有复燃的机会了。

陶雪问过他：画家朋友找到了吗？问得很随便，似乎不抱希望。女人面对要紧的事情都来这一手。

人头攒动，拥上前来的不止他一个，而且比他更有资格，都是翩翩少年。他们没引起他的反感，倒吓他一跳：要发生什么事了。果然，人群里有一个少年，酷似他老白。举止神态与他如出一辙。不同的是，他老那人嫩。他赔着小心凑上去。少年毫无察觉，紧盯着陶雪：目光灼灼，带蓝，这是贪婪的表示。别人也目光灼灼，但不蓝。老白想起带蓝的灯焰。

陶雪青春复燃，就因为这少年。忧愁显得多余，老婆的美妙并不是幻觉，少年已进入她的潜意识。

他捉住一朵雪花，六瓣，其中一瓣属于春天。属于春天的那一瓣，带着哨音和灼热，穿透冰层，重新爆炸……雪花触动灵感，就是那首诗：《再来一次春天》。

倒退十年，他会与那少年拼刀子。嫉妒对三十六岁的汉子不起作用。难受是不可避免的。难受就像发高烧，大汗淋漓之后，反觉轻松。确切地说，之所以轻松，是因为蹿入胯下的神骏。双腿一夹，一蹿百丈，他就是真正的马上少年了。

歌德之所以常青，与他七旬高龄而发少年狂有关。七十多岁的歌德，爱上了芳龄十七岁的少女。欲火与激情横空出世，老人却故态萌发，在节骨眼上急流勇退。每次退却，像落潮的海滩，留下闪光的贝壳——前有《维特》，后有《玛丽温泉的哀歌》。后者的成就远在《维特》之上，那是老人有生之年的最后一个春天。生命的回光返照比轩轩朝阳更辉煌、更壮丽。

歌德一而再、再而三地跃然马背，关键在于能溜之大吉，选择了美。撩起少女的春心，足以使所有的艺术黯然失色。如果置身其中，贪一时之乐，生命与美便同归于尽。生命是美的温床；美一旦诞生，生命就要重新选择。画家的高明就在于能领悟出艺术的真谛：适时而亡，人生一大幸也。只是画家的健康状况太差了，患隐疾而不知，经不住死亡的冲击。本来，画家可以与死亡频频交手，而且每一次都会产生杰作。

老白痛不欲生。数年前，他笨拙地吻陶雪时，陶雪的神情就使他想到饮弹倒地的兵。他犯了一个大错误，诗神缪斯也是个美妙绝伦的女人，竟栽在小丫头陶雪手中。缪斯的报复太残酷了；灵感杳如黄鹤，一去不回。几年来，他成了文章高手、名记者。艺术这生命之果，再也不光顾他了。《再来一次春天》竟成绝唱。

出了电影院,老白觉得应该去河堤一游。陶雪被《魂断蓝桥》弄得挺激动,对他的提议赞不绝口。

城市的喧嚣被远远隔开了。长堤随河床弯曲,蒿草莎草随意地爬在河边,残雪像零落的喜鹊,河水枯黄,仿佛老人的泪。干草丛中,有鸟儿在蹦。老白说是麻雀,陶雪不信,径自追去。老白蹲石块上,抽完一支烟,向水边作画的人走去。他认出来,这是昨夜死盯他老婆的少年。少年扫他一眼,很傲慢。老白胸口怦怦响,这不是他吗?好多年前,他就这样儿,瘦刮刮的,营养不良,经常出入书店,翻阅诗集。火车猛然一吼,厂区的大烟囱里便蹿出一群乌鸦,像德国轰炸机,把无限美好的夕阳炸得粉碎。他跑上河岸,坐在草窠里,忧郁得像只小鸟,到处都是湿漉漉的。这正是他。画面上那朵云,能拧出雨水来。

"画得不错,云很嫩。"

少年神情冷漠,画笔狠狠甩几下。在画面嫩黄的水边涂上锋利的苇叶;仿佛一双枯老的手,渴望着要去触摸河的胴体。

"远一点好不好,这是我的隐私。"

"隐私?"

"你喜欢扒下裤子让人瞧,是吗?"

没容老白发火,少年蹦下石头,扯开裤子撒尿,很响。他老婆跑过来,枯草噗噗乱响,他想喊住她。她发现了紧裤子的少年,毫不在意。结过婚的女人总是很镇定。老婆开始翻那画夹,老白说:"别动,这小子好倔。"老婆不理会,看得入迷。少年走过来,看他一眼,低头看痴迷的陶雪,一看好半天。老婆陶雪抬起头,说:"对不起,给翻乱了。"少年脸涨得通红,随手撕掉所有的画,弄得他两口子好尴尬。少年指着随风而逃的纸片,说:"风景画结束了,你做我的模特儿,去,坐那儿。"老婆陶雪到几步外的石头上坐好。天色灰暗,太阳好像淹死在冰海里了,枯草索索,积雪皲裂,裸露的碎石真实而直率。少年望着他老婆,一望就是好半天。手里的炭条嘶嘶啦啦。他老婆的轮廓、线条、韵味,随之如歌如诉。陶雪很白,白得使冬天的空间一下子扩大了;偃仆不息的莎草从根底唤出泯灭的性灵,在长风中独白,像古代的行吟诗人。这是极其坦率的季节,坦率得什么都不需要,只要你出现就行。

老白想起老婆最激动的时刻。那时刻往往不需要语言,不需要眼神,甚至不需要动作,仅仅是沉默,在自失的状态中倾听如鼓的心跳。

老白想大喊大叫，此刻却睿智得像个超级学者，一下子顿悟了：一切都进入画境。真要闹，不啻一个跳梁小丑。

少年神采奕奕，抛笔的动作很潇洒。陶雪的肖像把诗人也迷住了：线条飘逸空灵，充满难以抑制的喜悦，而眼神是平静的；静水下才有激流。

"我上中学时你见过？"

"靠推想，知道吗？"少年很矜持，"过半个世纪，你老太婆了，我照样能画出少女时代的你。"

老婆的微笑深不可测。

老白说："光线太暗，要在晴天，效果更好。"

少年不以为然："反差，知道吗？光线暗可人不暗。她简直像凡·高的向日葵，不需要光来作陪，灵魂顶一千个太阳。"

诗人很后悔，这是一种自愿选择的后悔。少年背上画夹，扬扬手走了。十多年前，他也这样张狂。可这小子张狂得很有味儿，像上帝颁布真理。

老婆说："你真好，用这种方式介绍你的画家朋友。"

老白只好不说什么。

"别矜持了，做件好事就这样儿，我讨厌。"

老婆从镜框里抽出"三八红旗手"奖章，手一扬，酷似那少年抛笔的动作，奖章飞落床上。发这玩意儿那天，老婆大明星似的。老白在"水上酒家"订上等的酒席，才使亢奋中的老婆平稳降落。女人对什么都不在乎，唯独美，美才是她们的丈夫。老白担心起来：老婆爱的不是他，是他身上的某种东西，这东西不能陪他一辈子。别说一辈子，现在好像就没了。

少年是一匹神骏，在我们胯下的时光太短暂了。

老白感到呼吸困难。大镜框装进老婆的肖像，挂在客厅的石英钟上边，仿佛在时间之外。

黑夜辽阔，床像一叶扁舟老靠不了岸。老婆问他："你少年时啥样儿？""告诉过你。""忘了，都三年了。"没有灯，那就让泪水出来吧。老婆想唤回他的少年时光。因为她已经进去了，想让丈夫也进来。春天不是随便可以领受的。

神骏飞驰，关山万里。纵使抓住马缰，也跃不上马背。

我放走下行云般的青春

我结束了疾风般的生活

诗句断断续续，像快要咽气的老人。回忆引起的痛楚，不一会儿就使神经麻木了。

老婆跳下床，从墙上取下自己的少女时光，搂住抽泣。抽得精疲力尽，到底弄明白了：自己根本不难受，都是那莫名其妙的喜悦给弄的。她从抽屉里取出相册，找丈夫最年轻的那张。丈夫生长在农村，中学时才照相。这张满脸稚气，是初中毕业照。她合上相册，片刻后又猛地揭开；她想到那个画画的少年。她跑回卧室，撇亮壁灯，看丈夫好半天，还是很失望地出来了。天光蠕动，像蚕蛹，挤破灰暗的云层；窗玻璃上似乎粘贴了一双清澈的眼睛。心安稳了一些，没有罪恶感了。

她听见雪花的簌簌声，是雪刷亮了夜空。她又看自己的肖像；细密优美的线条，杨花柳絮飞动起来。她全身都想动。忽然冒出奇怪的念头：让少年画她的全身，画依附于她体内的青春女神。她翻出丈夫保存的那幅画，跟自己的肖像放在一起⋯⋯这是什么生活哟！这么多年竟认不出自己⋯⋯天不会马上亮，没有风，雪兀自呻吟。

这一切瞒不住老白，老婆身上正酝酿一种东西。老白进书房，取出自己作品的剪贴本，厚厚三大本。出版社刚寄来诗集的稿样，他手如疾风，哗哗翻阅，仿佛追逐逃遁的青春。生命就在铅字里边，被字稀释了，不浓了。生命是《渔夫的故事》里的魔鬼。狂妄至极，但不能叫铅封着。都是些什么样的生命呢？铅字认出主人，像忠实的狗，跟他嬉闹：《黄山云飘飘》《泪海情思》《避暑山庄的月光》⋯⋯整三百首。这是吉祥的数字，《诗经三百首》《唐诗三百首》《宋词三百首》，心跳如鼓，如马蹄，生命硬邦邦；可感觉不饶人：老婆要出事儿。

春天的背后隐含着时光的流逝，诗搽在脸上像男性美容霜；于是，少女把你当成诗，爱得如痴如醉，在不该融化的季节里融化了。

这就是他的诗歌总集。

面对斯芬克司之谜，备受磨难的阿伽门农猜出：那是人，童年爬着，成年站着，老年拄着拐杖。面对时间，备受煎熬的老白什么也看不见，眼前一团攒动的白光。白光的短暂停留就是人，一个虚虚的影子。唯其声音，才能装满这种容颜；唯其创造，才能使声音凝固成一种物质：诗。最早的语言都是诗，各文明古国的文字，拓在胶泥上、岩石上、铜器上，都是那个时代的生命的轨迹。时间把它们连缀起来。可是，他老白只有一个声音，只有唯一的一首。他把诗集点燃，扭曲的纸页宛若青春，顷刻化为灰烬。

"这小子有希望当画家。"

"他不是画家吗？"

"是大师，不是二、三流角色。"

"真的？"

"我这几天就忙这事。把他介绍给美术界的朋友，他们都说我给画坛牵来一匹黑马。要不了多久，就会刮起黑旋风。"

老婆毫不掩饰内心的喜悦。老白打个激灵，少年已经与他易位了……那是罗布斯基的诗：它到我们中间来寻找骑手……那匹无望的黑马！老婆的衣服窸窸窣窣，渺如歌声，什么歌？什么歌？一束阳光自窗口斜斜而来，飘落他的脚下，这是上苍给他的路：裹满灰尘的脚带着过去留下吧，让心灵去泗渡阳光之河，到达四季如春的地方。这是那支有名的《流浪者之歌》，荒山野岭，黑夜从四面八方合围而来，没有过去，没有现在，没有未来。

对面阳台上，那位准备高考的少年，声音铿锵有力："……逝将去汝，适彼乐郊。乐郊乐郊，谁之永号。"

老白唏嘘不止，很久才轻松下来。

老白拿着一幅画过来："他画的。"声音很小，像蜜蜂。他知道她在春天里。

这是他老婆的裸体画。他没有做丈夫的那种嫉妒，可他嫉妒那小子的悟性。这都是他老白最熟悉的，他从未有过现在的陌生与新奇。透过晶莹的肌肤，他看见灵动的筋骨。少年把筋骨变形成鸟翅的羽毛，打眼一看，两腋生风。

以前，他看波提切利的画《维纳斯的诞生》，不大注意维纳斯脚下的荷叶；艺术要的是顿悟，他大彻大悟了。那荷叶上鼓起的棱角及空中飘浮的花，就是加强女性之美的效果。

英年早逝的画家起死回生了。

老白奔进书房，取出老朋友的大作，跟这一幅果然联成璧珠，相映成趣。他复活了。

少年的画展在老白的协助下，如期举行，轰动省城，波及京华。一颗新星，晴空霹雳般出现。"发现一位诗人,比写一部杰作更伟大。"大家称老白为中国的庞德。

青春女神看来要永驻陶雪的心灵了。

黑暗对生命的威胁,从他诞生那天就已开始。而今愈趋明朗。他预感到:黑夜完全占领他之前,他要拯救爱。

老婆悄悄地说:"我怀孕了。"老白心里咯噔一下,他渴望这一天。春天的到来顺乎自然又出乎意料。

诗人扶老婆躺下,安顿好屋里的一切。穿上风衣,望望刚入睡的老婆,拉上门。

穿过大街,今天的感觉这么清晰,不仅仅是早晨的缘故。站在市府广场,他想起,跟陶雪在这儿的书亭相识的情景。那时,他的愿望业已实现:诗落入少女的芳心,就会摆脱沦为陨石的结局。可他迈开了这一步,跨过了愿望。

老白看见另一个自己在寻找他。他走上河堤,发现自己在绵软的干草窠里,紧搂着一位激动无比的少女。

"我宰了你。"

他发出每一个自杀者临终前的呼声。

呼声惊动了雷雨交加的少男少女。

"你太不够意思了,这个时候来打扰。"

少年暴跳如雷。少女整好衣服,想随便一下,可随便不起来。老白摸摸她的肩膀,说:"你走吧!"少女走开了。少年朝他胸中"嘣"就是一拳,他没动,少年不好再动。他说:

"陶雪怀孕了,你知道不知道?"

"噢——,你想找出你我的差别,别自讨没趣儿了。"

"你小子听着,根本没有第二次春天,只有一次,一次。画那幅画的人已经死了,我也死了;你拿幸运来玩女人,神骏就在你的胯下,你放走了。"

你放走了行云般的青春。

你放走了疾风般的生活。

你这浑蛋!

拳头与诅咒,一齐落在少年身上。少年躲不过,脸肿了,眼青了。突然,随着一声尖叫，少年看着自己手中被血淬过的刀子。诗人则一动不动，像跟大地亲吻，那么专注、认真。少年似乎不忍打破这美妙的瞬间，慢慢往后退，一直到看不见，刀子落地。

"知道自己死了，就少来找麻烦。"

作为诗人的朋友，我闻讯赶到医院。主编及他的同事数人，等在急救室外。医生安慰大家："有希望的，别紧张。"大家反而更紧张。有人抱怨道："啥时候了，不见他老婆。"大家四周看看，就是，没他老婆。这时，主治大夫出来找亲属，大家摇头。大夫把主编和我拉进办公室，说："手术期间，要病人全力配合，用你们文人的话，就是要热爱生命，越热烈越好。好了，进去吧。"主编抓住我的手，我们进病房。

伤在小肚上。老白若无其事，用目光先问候了我们。主编说："老白抓紧点。医生说了，一礼拜就能出院，大家等你哩，下月去黄山。上次只游一半，你就诗兴大发，写出《黄山云飘飘》。这回非到顶不可，就写松树，超过张万舒的《黄山松》。"

老白尴尬得无处搁脸。我不知道深浅，紧握着老朋友的手。他说："医生放啥屁我知道。适时而亡吧。真活下来，屈辱就会笼罩陶雪。最珍贵的不是女人，是她们的美丽。不要找陶雪了，她正忙着。告诉她，离开那个那个丹特斯①。"

丹特斯！我们睁大眼睛找杀害普希金的凶手。老白说："闻一闻，真臭啊！空气发霉了。"

我说："老白，留有青山在，不怕没柴烧。你不是喜欢海明威吗？"

"你说对了，到底是老朋友了。迟早有一回，宜早不宜迟。我已经迟了，没能赶上神骏，那才是良辰佳日啊！"诗人猛地坐直，胳膊向我们伸来，伸来，"马，马蹄，扶我上去，扶我上去——"便轰然倒下。

我们沉默着。

主编最先醒悟："放弃生命，为什么放弃生命？"

我说："为了美吧。"

医生挺科学，他们永远冷静："征服死亡的人感觉特别灵敏，我们都能习惯空气里的臭气，他们却不能忍受。要命的臭氧！"

---

① 丹特斯，与普希金决斗的法国流亡贵族。

家

  他们一直住在洞穴里。

  他们离开天庭时，后羿要她做好过苦日子的准备。姐妹们劝她别死心眼，天上什么日子，地上什么日子？她昏了头，要跟后羿走，后羿这样的伟男子，天上有么，地上绝对没有。她就做了羿的媳妇，离开天庭，落到地上。他们住在洞穴里，已经好多年了。

  羿想要个孩子，她不肯，她不想在洞穴里生崽。在洞里生崽像什么呀？她说这话时已经带哭腔了。羿不吭声，水滴落到他脸上，洞顶渗水。媳妇身上也落了一滴，幸好她裹着兽皮。那是几张狐狸皮缝做的。媳妇为这几张皮子兴奋过好几天呢。羿心里好受了些，挨媳妇躺下。媳妇给他盖上，他们靠紧。又有水滴落下来，吧嗒吧嗒……夜黑得不透，可以看见洞顶和洞顶滑动的渗水。身上有狐狸皮，要落就落吧。媳妇小声说："落多了你试试，身子底下潮呢。"媳妇说完就合上了眼睛。

  媳妇的大眼睛跟天上的星星一样。到了地上，媳妇基本上不看星星。星星让她胡思乱想。她不让自己看星星，她就不胡思乱想了。她知道她的眼睛很亮。在这么亮的瞳光里，后羿的头发会变白。后羿已经有白头发了。

  她天一黑就闭眼睛。

  她是个好媳妇。她确实是个好媳妇。后羿攥了攥拳头。绝不能让媳妇在这里大肚子，在这里吐酸水，在这里下崽。

  羿系上皮衣，带上弓箭和剑钻出洞穴。天微微发亮，群山、森林、原野一点点大起来，像是从夜幕里爬出来的大虫子。后羿站在山坡上，一只土拨鼠刚好从洞里钻出来。羿叹一口气，哼哼哼往山下走。箭囊拍打屁股。箭囊油污污磨得发亮。阳光曲曲折折匍匐着蜿蜒而行。

  羿走进森林，阳光一下直起来。

  羿仰起脑袋想半天，低下头又想半天。他要做一样事情。他已经想了好久。没把握的事情他不会做。他"唰"拔出宝剑，森林一下子黑了。太阳把剑当成箭，逃之夭夭。后来，听见树木的倒坍声，它又返回来。森林里果然有树梢在动。阳光从

183

森林的缺口滑落下来，碎木片闪闪发亮，跟金块一样。地上躺着一大片树。后羿挥着长剑砍树枝呢。活儿做得很仔细，连树皮都刮了。剥了皮的原木有红有白，散发出浓浓的芳香。后羿有的是神力。一手抓一根，拖到山脚下的空地上。

媳妇还在洞里睡觉。

媳妇心情不好时就狠睡。这还是好的。伊发脾气常常抓他的脸。他不好意思带着破脸到洞外去，让太阳看见还不笑掉大牙。太阳是不配笑他的。他待在洞里，天黑再出来做活儿。跌跌碰碰踩屎尿弄得他很狼狈。夜里干活总是碍手碍脚。他就望着天空发呆，他把日头射惨了，上天罚他呢。重要的是跟媳妇搞好关系，安定团结很重要。

他想他会过上好日子的。过日子跟当英雄不是一回事。他有的是神力，怪兽猰貐、凿齿、九婴、封豨、恶鸟大风、洞庭长蛇全被他射杀，最豪迈的举动是射日了。射完之后呢？他没想过，大家也没想过。大家跟他一样住洞穴吃野果吃小动物。

过日子不是媳妇一个人的问题，是大家的问题。

后羿把树拖完，把问题也想透了。他摸摸脸上的指甲印，一下子敬佩起媳妇来。女人抓男人脸会使男人聪明，使男人更像男人。羿觉得他今天特别像男人。他在干一件大事情。

一座高大建筑物出现在林中空地。

羿后退几十步，他不相信那是自己的杰作。他摸摸脸上的指甲印，他相信了。他吭哧吭哧爬上山坡做蛤蟆状钻进洞穴，把媳妇拖出来。伊正要发作，就被眼前的景象震住了。伊揉揉眼睛，再揉揉，伊小声说："咱们回天上啦。"

伊奔下山坡，冲进房子。伊的脑袋不断地在窗户里出现。朝南有许多小窗户，朝东有一扇大窗。伊跟小孩一样从大窗户跳出来，伊露出一大截白腿。他走过时，伊在走廊里喘气。"我还以为回……回……回到天上呢。""仿照天宫造的。"他说得很轻松，就像随便射中一只野兔或山鸡。他咣咣踢柱子："还凑合，可以住人。"伊不让他踢，伊小声说："天帝就住这种房子，你竟敢仿造天宫？"

"天帝管天我管地，我爱怎么造就怎么造！"

伊还在说，伊的声音全在喉咙里，后来咽到肚子里，伊脸上全是要说话的意思。伊高兴时就这样子，给人感觉有很多话要说，可她不说，她在心里说，说得很亲切。像风在空中絮叨。像在听风。很多令人销魂的意味从伊的大眼睛里渗出来。

在天上的时候他们就是这样过日子的。他们很久没有这样子了。

后羿咳嗽两声，媳妇笑笑往屋里走，他轻手轻脚跟进去。床上铺很厚的干草。媳妇嘀咕了一声："跟草窠子一样。"

"草窠子好，草窠子好哇。"

"那是鸡待的地方。"

媳妇还是喜欢这张床的。床上的干草响起来，像在大风里。

"我都疯了，这么疯不行啊。"

"好久没疯了，再不疯我就要憋死了。"

"那就疯吧。"

最后一句不知是谁说的，他们互相看一眼，都以为是对方说的，说得这么好。床板和草垫窸窸窣窣，月亮贴在窗户上一晃一晃。伊望着月亮，伊说："我要孩子，就生在这里。"伊的眼睛一直在月亮上。

"有了孩子，你的肚皮就会圆起来，跟圆月一样。"

"那你就让我圆起来吧。"

幸福生活就这么开始了。丈夫造屋时就考虑到媳妇，河离屋子很近，打水很方便。可以听见水桶扑通扑通下河的声音。屋里屋外就像清水洗了一遍似的。

太阳升上天空，伊连眼皮都不眨一下，太阳是丈夫的手下败将，伊能拿正眼瞧它么？日头稍高一点，林子的小路上出现丈夫的身影，高大的身躯，弓箭和长剑一晃一晃，手里不是野兔就是山鸡。

有一段时间，丈夫不走运，拿回来的全是乌鸦。伊怎么整治，弄出来的饭都有一股霉味，做炸酱面都不行，吃着涩牙。伊不为难丈夫，伊到野外去自己想办法。又不是灾年，总能找到吃的。

伊走进深草，伊感觉到沉甸甸的草穗跟自己很相像。伊是个渴望怀孕的妇人，伊一把抓住草穗，她不清楚谁是草穗的丈夫，但一个巨大的事实却是：草穗全是有身孕的。它们全都胀鼓鼓，肚子里有崽。伊在手心一捻，籽就出来了，又圆又大，黄澄澄的，中间有一道缝，跟蜷伏在床上的妇人一样。伊是怎样一个妇人呀，伊快喘不过气了，伊忍不住往嘴里丢一颗，又丢一颗，伊尝到的竟然是自己身上的乳香。伊是个没开怀的妇人，可伊知道这是怎么回事。伊呜呜咽咽，大把大把地揪草穗，伊的衣襟里塞满了，伊紧紧兜着往回赶。

伊讲门就赶快搓，搓了一盆。盆子一直是盛肉的。籽儿盛在里边，黄澄澄像金

185

子，跟珠宝一样。伊在天宫里待过，见过世面，天帝的珍宝也不过如此。珠宝太硬，没香味。这些籽儿有淡淡的乳香，而且是她们女人的芳香。放锅里煮，越煮越香，竟大了好几倍，煮熟的籽儿浑圆透亮，跟真正的孕妇一样。伊见过那些肥硕高大、行动迟缓的孕妇。伊羡慕那些孕妇。厨房里全是乳香。伊张了几次嘴都合上了，伊要跟丈夫一起品尝。

丈夫带几只乌鸦回来，脸色很不好。伊帮他解箭囊，挂长剑，打洗脸水，把他拉到饭桌前，揭开罩子。丈夫眼睛一亮，又暗了。"能吃的，你尝啊。"伊忍不住吃了第一口，滑腻腻香得人浑身发抖，伊呼噜呼噜先扒下去一大碗，丈夫也扒一大碗。伊很喜欢丈夫吃饭的样子。伊给丈夫再添一碗："慢慢吃。"丈夫就慢慢吃。她自己也慢慢吃。他们就像在天宫的宴会上，在音乐和歌舞中用餐，他们一下子吃出了贵族的气派。那是在天上的神态，既陌生又熟悉。伊闭上眼睛回味了很久。伊问丈夫："味道怎么样？像不像天宫宴会上的珍珠汤？"

"天帝还记着我。"

"你说什么？"

"天帝还记着咱。"

"噢，你以为是天帝送给咱吃的？你射杀他九个儿子，连神的资格都没有了，你也配吃神宴？"

"你。"

"你你你什么，这是老娘在野地里采的。"

羿跳老高，又落到凳子上，那是个小板凳。

"你怎么成了悍妇？"

"我悍了吗？我悍了吗？我自己觅食自己养家我就是悍妇了，这什么狗屁道理。"

羿站起来，取弓箭挂长剑，踢哐踢哐走出去。

伊在屋里发呆。伊在天上的时候是很温顺的，伊怎么也弄不明白，离开神位到人间就变悍了呢？伊发一阵呆，就去厨房刷锅洗碗。饭还剩了一点。伊不高兴。伊是个巧妇，做什么饭都是不多不少刚够吃，绝不剩饭。丈夫不生气肯定还会加一碗。都怪自己饶舌。伊生自己的气。伊急得要扯头发。伊咬一阵手指头，伊就不生气了。伊把剩饭刮到盆子里。伊没有吃剩饭的习惯。伊在天上就是这样，到了地上还这样。好多好多习惯都改了，离开神位沦落为人，就得改掉好多好习惯。不吃剩饭是个例外，她固守着，把这当作与上天唯一的联系。仅仅是一种联系，并不想返回天庭。地上许多妇人在仿效她，人类从粗糙走向精致，走向高雅。地上开始出现第一批贵族气质的妇人。这都是伊的功劳，伊是知道的。现在伊自己剩下饭食，伊还挺高兴。盆子里的饭散发植物的醇香，就像从大地里散发出来似的。

伊的鼻子跟鸟儿一样在动。

伊就走出去，到野地里，到深草区，大穗儿的高草是她最喜欢的。穗儿一晃一晃，像落了一群鸟。伊一只一只捉它们，捉了好多。怀里放不下，放地上，很快堆一大垛。伊发愁怎么搬回去。伊发愁的事情不多。伊的眉头皱了几下，就舒展了。伊扒下长裙，那还是她在天上的旧装。伊成了凡人，成了柴火妇人就顾不了这么多了。伊摊开长裙，四角一绾，一个大包袱，把草穗全包进去了。伊身上只剩下个红兜兜。伊抱着胸在地上蹲一会儿，周围全是高草和阳光，还有些风，远处是森林和明晃晃的大河。伊不再羞怯。

伊费好大劲把大包袱背回家。伊喝水时在水桶里看见自己的模样，露的太多了，肚脐都露出来了。伊高兴。伊知道自己干了一件大事。

伊把籽儿搓出来，晾在院子里。院庭像镶了金子，这么多的珍宝贮藏起来，可以吃好多天。伊计算着再采集下去，可以装满一间屋子。冬天丈夫就不用打猎了。

好多年后伊回忆这一天，这一天无疑是她一生最辉煌的日子。伊搓草籽时忽然想到籽是可以下崽的。伊用手刨开院子里的地，把籽埋进去，把土抚平捂半天，手印留在那里。明年籽儿会从手印里长出来，长五片叶子，开五瓣儿花，结出的籽就不止五个了。伊"呀"叫一声，伊不知道她在走向粮食，她已经让粮食完成了关键的一步。她把种子下到地里。因为羿把他的种子下到她的身体里了。她就把种子下到地里。

丈夫回来了，丈夫扬眉吐气地回来了。丈夫身后跟一群兽。九只。丈夫射日是九只，活捉的野兽也是九只。丈夫从天上下来就是对付兽的。丈夫说这些兽是狗，它们肯定是狗。丈夫手里还拖一只死狗。丈夫说："擒贼先擒王，射杀头儿，其余的就服你。"

狗确实比别的兽懂事儿。主人叫它们干什么它们就干什么。也不用关它们。以前抓的那些活物，常常在夜里咬断绳索跳墙逃走。

丈夫说："狗是好东西，它服你，打都打不开。"

狗老跟着主人，主人走哪它们跟哪，很快跟伊混熟了。伊还真有点喜欢这些家伙。丈夫说："狗不怯生，见面熟，一次就把你认下了。"伊美滋滋地看狗，狗就撒欢打滚，胆儿大的伸舌头舔女主人的脚。女主人身子一挺又软下来。女主人真软下来了，软绵绵的跟面团一样，被舔吮的脚已经没有骨头了，像被温火蒸熟的粉肉。女主人颤巍巍，站不直，打一下狗："这鬼东西，这鬼东西，干什么呀。"狗从女主人的这一拍打里感觉到什么，趁热打铁把女主人的手噙在嘴里，女主人睁大眼睛。狗跑开了，她还愣在那里，反复看自己的手，好像不是自己的。

"竟然有这种兽，竟然有这种兽？"

"它们存在上万年了。"

"我怎么不知道？"

"狗通人性，不通神性，咱们刚离开神位。"

"你要有一点狗的脾性，天帝就不会罚你。"

"那些会来事儿的神仙哪个不是这副德行。"

"这么尖刻呀，你还是个大男人呢。"

"我说得不对吗？"

伊想了想，天帝身边的人大多都这样。

羿说："这就是当神仙的好处，干了狗事还让你感觉不到他是狗。"

伊叫起来："天帝罚你到地上是让你学习的。"

"学狗，让我当狗？"

"你通了狗性，天帝就让你回天庭。"

羿的眼睛瞪得很大，眉毛往头发里蹿，后来眉毛还是回到老地方："老婆你真他妈深刻，谁说女人头发长见识短，你真他妈绝了。"羿捋了一下伊的长发，像智者捋自己的长髯："我要长这么长的头发就好了。"

"还是留着我长吧，两脑袋都长长头发，没准全成睁眼瞎子。"

羿觉感叹太多，把他给噎住了。

伊说："神仙在天上媚天帝，狗在地上媚咱们，咱就是地上的活神仙。"

狗从主人的神态里猜出来是在谈论自己，狗全都围上来摇尾巴，像在摇小旗子。

"谢谢你好丈夫，给咱弄回这些宝贝。"伊在羿脸上"吧"亲一下，自己先不好意思了，去跟狗玩。伊又蹦又跳像个大孩子。

羿笑眯眯，不停地摸下巴。羿哼着小曲晃晃悠悠转到屋里，躺床上，很快就睡熟了。羿好久没这么踏实地睡了。

伊真是太喜欢这些狗了，整天跟狗待在一起，形影不离。

有一天，伊上茅厕，狗也跟进去，伊踹它们："去去，出去。"狗退出去，狗看到女主人嗔笑着踢它，狗有些想入非非，就不那么老实。伊自到了地上，一直用树叶擦屁股，就那种比较柔和的构树叶子。附近的构树叶子差不多都采完了。他们用得很节省，羿只好用土坷垃或圆石头对付屁股。伊找不到构树叶子，茅厕里全是风吹进来的杨树叶子，一揉就碎。伊撅着白晃晃的屁股有点发急。狗把这些看在眼里，很快破译了主人的难言之隐。狗被自己的举动吓一跳，它吐出舌头，它没想到自己的舌头有那么长，简直就是一只胳膊，红红的、粉粉的、湿润润的、汪着浓浓的口水，狗甚至不知道自己要去干什么，那般埋藏在生命深处的潜力在这种典型环境中一下子发挥出来，那条温软的长舌头完全出自于心灵，那么传神那么巧妙，跟鸟回巢一样落在伊白嫩的屁股上。狗在反复搓磨中终于弄清自己在干什么，狗哭了，呜呜咽咽泪流满面，趴在地上仰着脑袋舔啊舔啊。千百年来，狗一直停留在摇尾巴阶段，偶尔舔一下人家的脚或手，就算是最高水准的表达方式了，它绝没想到自己有这么一手。狗在发抖，狗在呜咽，在呜咽中流露出自己最本质的东西：舌头找到了它的窝。

伊系裤子时轻轻打狗一下，嘴里喃喃自语："狗呀，你这个赖狗，你这个馋狗。"

那毕竟是第一批走向人类的狗，激情大于理智，有些不成熟。也就是说不善于掩饰自己的缺点，而且是顶要命的缺点。实际上也算不上什么缺点。好多年后伊在月亮上理解了狗的难处。伊那时还残留着天上的某些习惯，有那么一点洁癖。伊把这点看得很重要。一个来自天国的美人不可能是脏兮兮的。

狗舔了主人的屁股以后，很是活跃了一阵。刚刚冷静下来，头脑"嗡"一下又热了。狗舌头上还有点屎痂，正是这一丁点屎痂让狗有了回味。狗跳起来，好事成双，绝不止一个，舔屁股与吃屎是孪生兄弟。狗又是联想又是夸张。狗兴奋得直哼哼。

狗冲进茅厕，屎还热乎着，还在冒汽儿，黄澄澄黏糊糊，绝对是人屎中最好的屎，是上品。

好多年以后，狗还在回忆这一幕，正是这关键的一泡屎，改变了它的饮食结构。新食源的开辟提高了它的生存能力。重要的是狗一下子形成了自己独特的食物链。

狗连吮带吸，咂巴着嘴巴，整个咀嚼器官全都进入兴奋状态，分泌的唾液很丰沛。吃了热的吃冷的，连埋在土下边的陈屎都吃了，包括那些发霉生虫子的屎。有些粪便已经跟土融在一起，它也吞吃了几口，太涩，只好作罢。肚子圆而不撑。好东西吃下去就这么妙，再多也不撑不胀，暖融融的很舒服，肚里像煨了一盆炭火。

这是狗最幸福的一天。

狗忘了摇尾巴。

狗站在茅厕里，完全是一种沉思状态，像个哲学家。那种沉思与静默，好多年以后狗还在回忆，努力地回忆，讲给子孙们听。当后辈们问及详情时，它又说不清楚了。最神圣最感人的景象往往都是模糊不清的。狗很后悔，当时它沉醉于味觉，把自己最本质的神态给忘了。狗一动不动，眼睛充满梦幻色彩。然后狗汪了一声，自己把自己唤醒了。

狗走出茅厕，走到主人跟前舔主人的手。伊一点也感觉不到那是一张吃过屎的嘴。因为屎到狗嘴根本不臭，反而有一股香味，很怪的香味。主人猛一下抽掉手，马上又感到不好意思。当狗舔伊的脚面时，伊没动，狗又拱伊的屁股。伊脸腾地红了，伊踹狗一脚。狗很难受，在不远处眼巴巴望着伊。

伊有些不忍。

伊去做饭。狗跟进去，伊没再赶。狗很乖，卧在地上，摇尾巴。这是狗的原始动作，狗做起来得心应手，很快就摇出了主人的笑容。

后羿回来了。

他们到前厅去吃饭。后羿吃完就躺床上哼小曲。伊忙着洗碗刷盘子。

后羿趿上鞋上茅厕。狗跟上，狗还没用餐呢。狗不等主人拉完就进去了，狗眼睛一亮，噢哟，到底是男人拉的屎，那么雄壮的一堆，狗扑上去，跟打架似的干完了。后羿看得目瞪口呆。

"日他妈妈的，还有这爱好。"

后羿走出茅厕就不惊奇了，兽毕竟是兽，跟人不一样，跟他们这些天上来客就更不一样了。后羿理解了狗，后羿得给媳妇提个醒，后羿说："不要让狗舔你，狗不干净。"

"你吃醋呀。"

后羿被噎得翻白眼。

"气死你气死你。"

伊笑得太猛，肚子胀，伊拎起裙子往茅厕跑，很快就回来了。伊小脸发白，半天说不出话。羿怪声怪调："我要舔你。我要气死狗。"伊扯嗓子大哭，伊扑上去，又是撕又是抓，羿的脸上便有了几道血印子。"你把它给我赶走，给我赶走。"伊发现自己的手，伊又大哭："它舔过我的手，它舔过我的手。"狗还舔过伊美妙的屁股，伊肯定想到她的屁股了，伊扑到床上，眼睛都哭斜了，伊扬起一张泪脸："你把它给我杀掉，杀掉。"伊的头发乱蓬蓬，像大毛疯子。

后羿从没见过伊这种狼狈相，后羿跳到院子里，提起长鞭抽这些狗。那是用犀牛的筋做的鞭子，能打断一棵树。狗毛都被打飞了。狗不跳，也不叫，闷着头挨揍。伊又受不了鞭子的呼啸。羿也打累了，喘着气走过来。

"狗急跳墙，它不跳不叫，它是真心侍主。"

伊不说话。

羿说："挨一顿鞭子，它绝不会再舔你了，狗是最听话的。"

狗果然听话，见了伊只是摇尾巴。没人的时候，狗伸出舌头舔树皮舔石头。伊偶尔碰上过几回，伊乐了："这鬼东西，倒会来事儿。"伊看自己的手，不由得想到狗吃屎，伊就有了许多感叹："这鬼东西要没有这坏毛病该有多好。"

伊有洁癖，不干净的事情让她恶心，伊"哕哕"了几下，差点吐出来。伊望望天空，想起很多事情，伊竟然没有流泪，伊的身体反而挺起来。在天上的时候，伊是一个挺拔而优雅的妇人。伊走到丈夫跟前，伊说："我们虽然被贬落到尘世，尘世应该有神的气息，你说对不对？"

"做人不好吗？"

"人跟神一样，是高贵而优雅的。"

"我不明白你的意思。"

"你没感觉到你很喜欢狗吗？"

"它们确实招人喜欢。"

"狗通人性，人这么待你你就惨了。"

"你怎么有这种怪想法。"

"因为你是人们心目中的英雄，英雄喜欢大家拥戴他给他摇尾巴。"

后羿大张嘴巴。

伊说："人摇尾巴但人不吃屎，不吃屎的狗是很可怕的。"

后羿还在张嘴巴。后羿要是说上那么几句就好了。可惜他没说。

他有许多崇拜者，也有一批学生，学他的箭法。好多年以后，当他遭学生暗算时，他便想起伊的忠告。

狗依然是狗，狗忠心侍主。

晚上，伊和丈夫做好事儿，他们好不容易有好心情，自伊生气以来，房事一直停着。后羿旷得厉害，伊也是，很快就热火朝天轰轰烈烈了。伊叫了一声，又叫了一声，丈夫的疯劲就上来了，伊大叫："你这死鬼，你放箭呀你。"伊的叫声里有了凄惨的意味。忠心侍主的狗连自己也不知道怎么回事，一下子冲进去。主人慌成一团，大声呵斥，狗那么执拗，直到女主人从羿的怀抱里挣脱出来，披上了衣裳，狗摆摆尾巴，退了出去。

羿说："它以为我要杀你，它对你忠心耿耿超过了我。"

伊说："我讨厌这种忠诚。"

"你不应该讨厌它，我以力征服它，而你以你的美征服它，美是高贵的。"

"我讨厌这种忠诚，它让我恶心。"

狗躲在远处默默地看着神秘的女主人，狗难受得流泪，狗面黄肌瘦，狗在墙上撞头。

羿也感到媳妇有点小题大做。夫妻同房应该隐秘，应该回避，狗是兽，跟野外的树没什么差别。在天上的时候，他们在野外也亲热过，鸟群飞来飞去。

伊说："鸟儿高贵而自由，狗是什么？狗是贱骨头。"

羿不能不急，他给媳妇发誓："我去给你抓鸟儿，我要把它们驯得跟狗一样围着你转。"伊鼻子里笑一下，羿的脸就白了。

羿出去一天，赶回一群山鸡。山鸡长着华丽的毛，翎管抖开跟裙子一样。它们边走边飞，可以从这个山头飞到那个山头。羿说："它们卧在树上不肯下来，我射了它们的头儿，它们就变乖了，跟树叶一样，满满落一地。"

院子里全是鸡。

伊说："它们已经不会飞了。"

羿从来不做饭的，羿想缓和一下气氛，就绾起袖子，烧水烫鸡拔毛破膛，一会儿就煮熟了。鸡汤很鲜，伊喝几口就不喝了："这不是刺激我吗。"

"鸡汤很好的呀，补身体的。"

"你不知道落架凤凰不如鸡的道理吗？"

"这跟吃饭有什么关系？"

"鸡是指女人的，你把鸡赶回来让我怎么想，从天上落到地上，你还让我落。"

伊说不下去了。羿悄悄走出去，把鸡赶到门外。

鸡是这样一种禽，它们待那儿都一样，它们丝毫感觉不到即将发生的危险，因为它们已经不会飞翔了。它们在树林里觅食，吃草籽吃虫子。狼群跟上来，狼有点不相信自己的眼睛。头狼率先蹿上去，猛一扑，鸡根本不飞，扑腾几下就不动了。狼一口一个，连吃十几个，其他狼如此效仿，吃得连根鸡毛都不剩。饱餐之后，狼还是不相信有这种好事，世界在变。狼感觉到了这一点。世界确实在变，变得越来越不可思议。现实主义者狼想到有一天，它们当中也出现这种被驯化的鸡怎么办？头狼一声长嗥，所有的狼都嗥起来，树叶唰唰而落。

那个人出现了，他的神箭连日月也要变色，禽兽们听见弓弦的响声骨头都酥了。头狼不跑，头狼站在群狼前边，昂首挺胸，迎着走过来的后羿。羿弯弓放箭，头狼倒地，又走出一只公狼，羿再放一箭，放到第九支就放不下去了。那么雄壮的太阳，也不过九支利箭就降服了，他不会把第十支箭留给狼。羿收弓拔剑。羿走过去，唰砍倒一只公狼。唰唰唰砍倒一大片。狼毫不退让，反而拥上来。羿最后砍倒的竟然是一只母狼和一只狼崽。剑刃切开它们的喉管时，那种烁亮的眼神令人难忘。母狼的瞳光绿莹莹，冷峻中猛然闪出热烈，然后熄灭。狼崽的瞳光完全是蓝色的，跟蓝色大海的波涛一样，汹涌着天地之初的童话色彩。羿被震了一下，羿的剑锋刚一松懈，大腿根就被狼啃了一口。长剑一声长啸，暴风一般铺天盖地，狼轰然倒下。

羿被血渗透了。羿在天上参加过最惨烈的征战也不过如此。它们是很好的武士。羿在河边洗刷时这么想。

羿走到门口，看见伊在晾衣服。伊肯定喜欢狼，狼是兽类的豪杰，那种豪气是鸡狗不能比的。羿没给伊讲狼的事情。狼是不可征服的。羿没办法给伊弄一只活的来，说了反而给自己惹麻烦。羿已经学会怎么做男人。伊问那些鸡呢？羿说："它们飞了。""我不信。""我能叫它们落下架，就能让它们飞上天。""骗人。""你出去看看，它们飞还是走？"

有一天，羿牵回一匹马。羿的样子很可笑，他攥着马舌头，马难受得咴咴直叫，马蹄子把羿的裤角都踩烂了，马自己清清爽爽，干干净净。伊很喜欢这野物，伊说："你不要杀它。"

"那我们吃什么？"

"你光知道吃吃，世界上除了吃还有另外一些东西，"伊说，"你看它像个贵族，你肯向它下刀吗？"伊挬长长的马鬃，伊说："它才是真正通人性的东西。"

"它跑得很快，用箭射不上，我攀到树上，等它们过来时跳下去才抓这么一个。"

"兵器对付不了的就需要用智慧。"

羿愣一下，脑子里闪过狼雄壮的影子。他一直没有想出对付狼的办法，他腿上还有狼咬的伤。智慧不一定能对付狼，羿有些沮丧："马这玩艺儿不能吃，又不能干活，就这么白养着？"

"你这傻瓜，你看它像什么？"伊的手从马脖子滑到马背，从圆圆的后臀上滑下来："它简直是一条龙，给天帝驾车的龙是不是这样子？"

"可哪儿来的车呀？"

"你怎么这么不开窍。"

伊往马背上爬。伊到底是女人，穿裙子很不方便，可伊的动作是很有启发性的。羿嗨一声跃到马背上，马腾愣一下前蹄扬起来，在空中蹬几下，往天上蹿。羿已经用不上脑子了，羿的脚紧紧夹住马腹，马奔跑、颠跳，羿的腿就像长在马身上了。羿松一下腿，马就慢下来，使劲夹，马就飞。

羿在原野上疾驰如飞，天黑才回来，回来就看自己的腿："他妈妈的，这双腿，跟装了翅膀一样。"羿抓住伊不停地问："你怎么知道我能骑马？"伊被逼得没办法，涨红了脸，小声说："你骑我多少年啦，我还不知道你的腿。"羿的眼睛瞪老大，像不认识伊似的，后来认出来了，一把捉住，拎到床上，用骑过马的腿夹伊："他娘的腿，活这把年纪就是不知道自己的腿。"

"又没长我身上。"

"就长在你身上。"

"长在马背上。"

"长在马背上。"

马给他们带来了瑞气，他们把马当宝贝。伊拿出最好的料子缝制鞍鞯，伊最好的衣服都没用这块料子。伊用骨针划一下头发："这么过日子才有味道。"伊又划一下头发，乌发中间分一道白亮的缝，伊就划那地方。

羿一直恨自己没长性。这么好的局面，完全可以与伊美滋滋地过下去，白头到老。羿骑上骏马，鞍上绣着华美的图案，鞍子又厚又柔和，羿可以奔驰到很远的地方。他的箭法又好，伊持家有方。他就寻思着射些大猎物，最好是能饲养的。必须改变野外作业的习惯，在屋里饲养动物。

猪就这样出现在他面前。那简直就是一个大肉球，虽然很凶猛，可它身上的肉比老虎还要多。羿拖着射杀的猪到河边宰杀。猪皮很薄，肉很嫩，全身没多少骨头，而骨头也跟其他动物不同，猪骨头有油，可以熬汤。猪下水也是很好的美味。羿把下水洗干净，塞到猪肚子里，捆好，搁在马背上。回头一看，丢下的只是些猪毛和皮，羿拣一块皮，搓一搓，用刀子刮一下，皮也是食物。猪真是好东西，天下竟有这么好的美味。羿望望天空，羿从没这么舒心过。自落到地上，他一直对天帝耿耿于怀。现在好了，胯下有骏马，口中有猪肉，真是赛过活神仙。

羿不急着回屋。他又去了一趟森林，抓住两只活猪。一进门就给猪找地方。羿是个勤快人，很快就把猪窝垒好了。用石头垒的。用树枝在窝前围一个圈，猪可以在里边转悠。那头宰杀的猪吃了好几十天，很解馋。好久没有这么放肆地吃肉了。一头大肥猪下肚，小两口也胖了一圈。伊有些臃肿，幸亏身架好，有一双长腿。羿可是有了肚子，走路有些哼哼。伊笑他："跟你赶回来的猪一样。"圈里的猪吃饱喝足就这么哼哼，哼哼着就酣睡起来。羿的睡眠也多了。吃饭很贪，啃猪蹄子猪肘子龇牙咧嘴。

伊喜欢吃肉馅饺子。伊忍受不了狼吞虎咽，把饺子缩小，伊说这是馄饨。羿直瞪眼睛，端起盆子呼噜噜把馄饨全喝下去了，连筷子都不要。伊叫起来："真是野蛮，有这样吃饭的吗？"羿咂巴着嘴："真香啊。"伊大叫："听听你的老伙计怎么吃！"猪在外边呼噜噜吹泡泡，吹够了吧唧吧唧吃得很响。羿笑笑，他不在乎伊的嘲讽，跟猪当伙计有什么不好。

"猪这么能吃，这么肯吃，说明日子富裕有奔头啊。"

"这么吃下去人都要变成猪了。"

"天帝不让我们好过，猪让我们好过，我瞧着那副猪样子就打心里高兴，有一窝大肥猪，心里多踏实啊。"

伊气白了脸，伊已经不会用鼻子笑来刺人了。伊觉得自己没有一点力量。伊常常发呆。

那正是羿春风得意的日子，伊微妙的心理变化羿根本感觉不到。羿整天泡在猪圈里。令人兴奋的是，这两头猪一公一母是夫妻。母猪很快有了身孕，肚子几乎拖在地上。羿叫起来："它要下多大的崽！"结果大出羿的意料，母猪一口气下12个崽，羿数一遍又一遍。要命的是12个猪崽，6个公的6个母的。让它们配对儿生，猛生。噢哟，我的妈呀，那是多少头猪呀，一直这么养下去，就不用去野外打猎，守着媳妇就能过日子啦。白天吃肉，晚上睡媳妇。媳妇又是那样的媳妇，是天仙呀。不像地上的女人，还没脱掉母猴的特征，身上臊烘烘的。羿每天晚上都要缠着媳妇干好事。媳妇有点怕这鬼东西："你天天吃春药吗？"鬼东西嘿嘿笑。鬼东西已经成黑胖子啦，当年英俊潇洒的劲儿荡然无存，简直是个大猩猩。伊差点哭出来："你怎么变成这样？"羿浑然不觉："男人嘛，壮一点有啥不好，我可不愿长成竹竿。"

羿把院墙扩大好几倍，东南西北，四面都是猪窝，走进院子，整整一个大猪圈。猪粪的臭味呛得人打喷嚏。

人们慕名而来。他们没有羿的神力，搞到的猪都是死的。羿很慷慨，猪崽白白送人。他们又问房子如何造？羿稍一指点，他们就会了。

有了房子有了猪，知书达理的先生便造一个字，用朱砂写在横匾上，敲锣打鼓送到羿的大门口。羿问这是什么？他们异口同声：这是家。文绉绉的先生给羿解释："豕者猪也，宀屋也，屋内有猪，是谓家也，这都是您的创造。"众人把写着"家"字的匾额悬在羿的门上，这便是神州第一家。传说中的黄帝尧帝曾受到过如此膜拜。羿真的感动了，不停地朝众人手抱拳致意。羿也是有点文墨的，羿大声说："家好哇，过日子就得有家，可家不是我一个人的，人人都得有家，你你你，还有你，众人合在一起就是大家。"众人，大家全都乐了，真心实意地乐啊。

羿要把这个喜讯告诉媳妇。伊在后院的空地上待着，那是伊撒种的地方，没让羿建猪圈。秋末冬初，伊撒的种子发芽长苗了。羿不明白伊弄这些草干什么，原野上全是草。伊说："它的籽儿能当粮食，饺子皮就用它做的。"

"那能收几颗？一箩筐也顶不上一个猪蹄子，养家不能靠这个，要靠猪。"

"你说什么？"

"他们把字都造出来了，很神啊，房屋下边一个豕，就是家。"

伊还是有点不明白，羿告诉她：豕就是猪。伊大叫："家就是这样子，你豕豕半天我还以为是屁股，房下边有那个脏兮兮玩意就能过日子？你的日子就这么过？跟猪待一起你就很幸福是不是？"

"那还要怎么样啊，有肉吃有人抬举你，天帝不也这么过日子吗？"

伊张几次嘴，竟然找不到一句合适的话。

羿咧大嘴笑："就这么一直过下去，他奶奶的。"

羿就这么想到了长生不老药。当初羿少年气盛，到尘世斩猛兽射九日，九日是天帝的孩子，天帝恨得要死，把他贬出神位，也就跟凡人一样有了死亡。天上的神仙是长生不老的。伊倾慕丈夫的英武，不惜放弃天上的仙境，随夫到凡界。他们当初并没有长生的打算。伊正告丈夫："改变初衷是要付出代价的。""当初咱也没想到地上有这些宝贝。"羿指指肥壮的猪和高大的屋宇，羿说："我们已经过上了天庭的生活，为什么不延续这种生活呢？"

羿骑上快马，到遥远的天山去拜见西王母，讨回两粒仙丹。羿说："我一个人长生有什么意思呢？定要有你这样的美人陪伴我。"羿赶了几千里路，累了，倒床就睡。

伊睡不着。

伊怕长生，猪似的长生有什么意思呢？

伊怕生娃娃，养一窝猪崽又有什么用？

伊已经有身孕了。伊回不到天上，又不甘心在地上与猪为伍。伊就这么看见了月亮。那地方跟水一样，跟玉一样。伊把两粒仙丹全吞下去，丈夫睡得跟猪似的。伊已经身不由己了，长翅膀似的飞起来，伊一下子开朗了。

据说羿醒来时，伊还没有到月亮，羿弯弓搭箭瞄了几下，又把弓收了。羿看见伊的大肚子，伊身上有他的崽。伊赶得太急，早产，生下一个小不点，很英俊的小不点，在碧海青天里哇叫了一声。羿的心就软了。

月亮里有一个兔儿似的小娃娃，叫蟾蜍，又叫青蛙。地上的水边竟也有了这种活物，个个像王子，那么高雅，羿在心里说："那正是他妈妈所希望的。"

伊向往高贵向往美，伊应该生这么一个王子。

春天，伊种下的粮食长起来了，比旷野的草高好几倍，长出的穗儿就像伊的小手。羿将这些穗儿，羿知道这些穗儿叫麦。伊撒种的时候就给它们起了名，叫麦。

197

伊有身孕时就知道要生的是儿子，伊就给儿子起名蛙，是天空的意思，是天上下来的生命的胚芽。伊就是这么生活的。

羿待在有猪的家里还有什么意思呢？羿一下子老了，羿才知道英雄以及向往英雄的男人，不可能过猪一样的生活。

羿翻身上马。马背是英雄的家园，也是男人的家园。羿挂着弓箭长剑，骑着骏马，连睡觉也是在马上。

羿骑着他的马，走过秋天的草原，前边还是草原，永远是草原。高草刷着马腹，后来只剩下马脑袋在草尖之上。草叶就像伊的手，伊已经是个成熟的妇人了，成熟的妇人应该有草的风韵。马永远在草中飞跃，草永远刷着马蹄刷着马身子。羿知道这是怎么回事。羿流下泪。

羿到水边，让青蛙跳上手心，羿射杀过地上所有的飞禽走兽，但羿从没射杀青蛙。青蛙注定要成为他的儿子，也注定要把伊的高贵和美从月亮上传到大地，成为与马相匹配的王者。

伊所担心的事情终于发生了。羿在林子里遇到学生逢蒙，也遇到了他的死亡，他注定要有这种肮脏的死亡。

他是有预感的。当暗箭射来时，他用嘴咬住，他只是给学生看一下他的绝技。他翻身上马时肯定知道将要发生的事情。逢蒙求饶之后，又不依不饶地捡起地上的弓，放了一箭。这正是人之为人的地方。羿没有回头，也没有施绝技，羿用浑然不觉来对付第二支暗箭。"咚"一下，羿让箭射穿了。羿没有落马。逢蒙也不可能得到那匹马，逢蒙对老师的坐骑不怎么感兴趣。老师的尸首一直在马背上，马不停地跑呀跑呀，像要回家似的。

逢蒙回到老师的家，做了主人。很快娶了漂亮媳妇。来讨猪崽的人不能白拿，得拿钱买。后院的麦子也起来了，麦种价钱很高。逢蒙家业兴旺，便让人写一个镀金"家"字挂在门上。

环 城 高 速

稍不留神女儿就长大了，长成大姑娘。我们那里叫姐姐，未婚女子一律叫姐姐，大姐姐。其实也不大，十七八岁的关中女子嘛，在别人眼里出落成大姐姐，在父母眼里还是个娃嘛。有一天，母亲看见女儿程聪跟一个小伙子在步行街逛商店，男男女女跟五颜六色的货物交杂一起像动画片一样。女儿程聪还算规矩，不像身边那些女娃不是靠着小伙子的肩膀就是被小伙子揽在怀里，女儿程聪只是笑眯眯地顺着小伙子的手看看这个看看那个，小伙子也还算规矩，不在女儿程聪身上乱摸，两个年轻人偶尔碰撞一下对方，也是那么自然随意。母亲不知不觉中跟特务一样跟踪了大半条街，自行车后边驮的盒饭都凉了。刚出饭馆时可是热气腾腾，可以想象老顾客们接到盒饭时脸色有多难看，有人当场要给老板打电话，回饭馆自然要挨骂。

晚上回到租住的地方，丈夫接过她手里鼓鼓囊囊的塑料袋，还知道赔不是。两口子在同一家饭馆打工，她跑堂，丈夫负责送外卖兼干勤杂，不是骑自行车就是蹬三轮车。一个远方亲戚来城里落脚，丈夫去接待一下，正好是饭馆员工吃饭的时间，她就替了丈夫一会儿，平常也就几十分钟的事，老板不会在意的。也正是替了这么一回，发现了女儿的秘密。女儿在另一家饭馆打工，不知道跟小伙子逛几回街了，丈夫大大咧咧的，估计碰到过，女儿躲开了。女儿程聪本分内向文静，聪明在心里，外表很一般，躲闪父亲的本领还是有的，要躲过老娘的眼睛可没那么容易。

一整天，她脑子里全是女儿跟那个陌生小伙子的影子。不管有多大的心思，一点也不影响做晚饭，饭菜摆上桌时，她已经把那个小伙子确定为女儿的男朋友。丈夫提醒她："等娃回来一起吃嘛。""不等她，叫她野去。"她挖一勺子麻辣豆腐扣在丈夫碗里，再给自己热腾腾的白米饭上扣一勺子麻辣豆腐，呼呼地吃起来。丈夫还愣着："咱聪聪可是个乖女子，谁再这么说我女子谁就是窑婆子。"

我们那地方把后娘叫窑婆子，过去有钱人家娶的二房、三房姨太太，都是从妓院花大价钱买来的，窑婆子出身的后娘，对丈夫百依百顺对前妻的孩子却百般折磨，窑婆子就成为后娘的代名词。这种话从丈夫嘴里说出来，女人不会生气，女人会倒打一耙："有人做梦都想娶窑婆子哩，可惜没本钱。"一句话顶得丈夫翻白眼挖心口。

这时，他们的乖女子程聪回来了，叫了声爸叫了声妈，洗手吃饭。妈的一双眼睛在女儿身上扫来扫去，女儿低下头，又慢慢抬起来，脸红扑扑的，不是心虚发慌，是赶路赶红的："妈，你咋这么看我，我又没偷人抢人。"妈说："我说你偷人抢人来？"父亲眼里只有女儿，端起盘子将一大半菜拨到女儿碗里："我娃赶紧吃，再不吃，你妈就吃光啦，你妈饿死鬼掏肠子哩，不等我娃回来就吃独食呀，她爸在嘛，也不睁大眼窝子看一看。"

女子确实是个乖女子，吃完饭收拾干净，又准备好明儿早晨的饭。全家人看了一会儿电视，三百块钱买来的旧电视，十四寸大小的老金星彩电，凑合着能看。

女儿睡熟后，女人告诉丈夫，明天中午一点左右，在步行街南段玩具商店门口待上一刻钟，看看你的乖女子跟谁在一起："这回你个大男人可要把人看准，东西看偏折的是钱，折了钱咱再挣，人看偏了，折的可是咱女子，不是你一个人的女子。""你说啥？你说啥？你说啥？""我说的是话，你没长耳朵，得是？""嗨！你这婆娘咋说话哩？"光脚站在床上的男人急抓挖脑，木板床像装了发动机乱颤乱响，她就叫："快下来，人家听着还以为咱干啥哩，你早过了五马长枪翻江倒海的年龄，弄那么大响声给猴打锣嘛？"她把丈夫折腾够了，上床，往丈夫跟前一靠："你程家人都这德行，一遇事就惊惊咋咋，简简单单的一个事情，看看你女子身边的那个小伙子是个啥人。""你发现情况啦？"丈夫总算冷静下来。她还是那么不紧不慢："碰上啦，跟着人家后边跟了半条街，我一个女人家，只看清是个小伙娃，娃咋样我个女人家看不出来所以然，就得劳你大驾，明儿个亲去上一趟。""你说话咋这么咬人？劳驾，劳谁的驾？我女子的事情比天还大，劳驾，劳你娘个腿膝盖，不就多念了几天书嘛，上个狗屁中学嘛，还不是我身子底下的女人。"丈夫突然停住，老婆已经打起呼噜。不能不承认念过中学的老婆比丈夫有韬略，丈夫只念个小学只认识人民币上的数字大小，每次夫妻拌嘴，妻子总是轻轻松松给轮胎打气一样，把臭男人气得鼓头鼓脑，再突然撒手，臭男人跟狗熊一样气得死去活来。这不，死婆娘睡得踏踏实实，丈夫愁得要死。

男人趿上鞋，女儿的小闺房其实就跟父母隔一层三合板，隔光不隔音。男人在女儿床前站一会儿，女比她妈睡得还踏实，死女子，叫人背上跑了都不知道。男人蹲到做饭的案板和炉子跟前，就像守夜看门的狗，天快亮时才倒在床上眯瞪了一会儿。

早晨醒来，男人浑身软塌塌像被人扒了筋，老婆做的早餐稀饭馍咽不下。女儿乖，女儿摸她爸的头："爸爸你病啦？你想吃啥你言传。""你爸想吃鱿鱼海参燕窝人参，你爸馋疯啦。"男人不理女人，男人只跟自己的乖女儿说："爸想吃豆腐脑。"女儿乖，女儿饭才吃一半，就去给她爸买豆腐脑，边往外走边嚷嚷："爸，我再给你带两根油条。""油条太硬，爸就要豆腐脑。"女人还得敲打男人一下："就这么点出息，自己惜自己还能把你惜成个林黛玉。"

乖女儿给她爸端来一碗热腾腾香喷喷的豆腐脑，还要给她爸一勺子一勺子喂。她爸吸溜了一口就来了精神，端起碗来三两口吸溜完，嘴一抹，拉住女儿的手："世上瞎人多得多，我娃要小心，我娃眼睛要睁大，睁大大的。""爸你真的病啦。""爸操心我娃嘛。""我又不是纸糊哈（下）的，泥捏哈（下）的，你女皮实得很。"

中午一点半，丈夫按妻子的吩咐，在步行街准时地截住了女儿程聪和那个叫人提心吊胆的小伙子。丈夫基本上重复了妻子的模式，跟踪追击大半条步行街。小伙子打眼一看就是个本本分分的好小伙，跟踪追击只是加深印象，给自己一个放心嘛。离开步行街，男人长长展了一下腰，骂了一声臭婆娘。

再次见到妻子，丈夫又骂了声臭婆娘："你明明吃了秤砣，还这么折腾你爷我。"妻子咚咚咚剁肉馅呢，边剁边说："你是掌柜嘛，你看准了才算数。"男人顺着女人给的那根竿拼命往上爬，蹲在凳子上，美美吸一口烟，陕西男人的德行一览无余。夫妻两个算尿在一个壶里啦，乳牛站在河滩上尿得哗哗哗比下白雨还猛。两口子好多年没有这么开心过，能说到一起，一唱一和，句句都能聊在对方的心尖尖上，就像过去的木匠干绝活，整件家具甚至整栋房子不用一颗铁钉全是凿的铆，天衣无缝，珠联璧合，外人看到的全是木匠挥舞的斧头丁零当啷，木头舒服得浑身发抖，比它们在野地长成一棵树的时候还要精神还要亮堂。

女儿程聪回来的时候，父母正蓄势待发三堂会审呢。不经大人问，三言两语小伙子的底细就清清楚楚明明白白，关键是女儿坦率的语气和神态。趁着大人发愣，女儿来了一句："本来想交往一段时间再告诉你们，你们急吼吼的不是他也是他啦。"父亲绷不住了："娃呀，千万别委屈自己，大人是为你好，没别的意思。""那我就再换上一个。"女儿学会开玩笑了。然后，女儿忙出忙进择菜做饭，大人还得嘀咕半天，妻子告诉丈夫："贼女子主意大着呢。"

几天后，女儿领着男朋友来见大人。再过一段时间，女儿跟着男朋友去见男方的父母。双方大人见面算是订婚仪式了，他们可以大大方方来往了。这夫妇俩还有一个宝贝儿子，在南方打工，带着女朋友参加妹妹的订婚仪式，第二天就又匆匆返回南方。

妻子比丈夫有见识，村里人在县城揽活的时候，她就鼓动丈夫到二百多里远的省城打工。老人在老家管娃娃。老人去世后，儿子正好技校毕业，跟同学结伴去了南方，女朋友是技校时的同班同学，鬼精灵。女儿初中毕业就不想念书了，就待在父母身边，先在父母打工的饭馆帮工，后来就到附近条件好一点的饭店打工，脾气随父亲，老实本分，文文静静。本分人找本分人，男朋友的父母很喜欢程聪，没想到在大城市待这么多年还这么本分，这对老实巴交的农民给另一对离开土地的打工农民实话实说：本分人找本分人才有好日子过。男娃的父母就守着几亩地，女儿已出嫁，儿子出去打工挣钱。

夫妇俩破天荒逛了一趟夜市，要了二十串羊肉串、两瓶啤酒，跟真正的城里人一样消费了一番，然后沿大街步行回家。他们发现夜景那么好看，路灯都是带花的，许多大楼上都装饰着小灯泡，跟宫殿一样。这些美景在他们身边存了许多年，他们一点感觉都没有。他们还发现有人用手机拍照，他们两口子用的还是小灵通。其实，他们打工饭馆的老板和老板娘，经常当着他们的面用手机拍照，只是他们没意识到罢了。

更有意思的是，第二天两口子歇礼拜，随便进一家大超市。跟以往不同的是，他们仔仔细细看了每一排货架子上的每一件物品，包括有钱人才买得起的贵重物品，以前他们连看都不看，压根就不往这边走。他们只买了几根香肠几袋酸奶几把蔬菜。两站路，他们坐公共汽车回去。此时此刻，他们的宝贝女儿正跟男朋友逛街呢，他们的宝贝儿子在南方的大城市同样跟女朋友一起逛街，也可能看电影。他们两口子是不看电影的，对他们来说，电影电视一个样，他们搞不明白有电视这么好的东西，要电影院做什么。儿子和女儿给他们唯一的解释，就是许多人坐一起看大银幕，跟在家里边洗衣服边看电视不一样，娃们竟然说电视俗不高雅，离不开电视还这么说电视，大人朝他们翻白眼，他们一点也不脸红。

他们再次听到饭馆里年轻人谈论电影院上映的外国大片时，他们也有了兴致。晚上跟女儿一说，女儿看他们半天，反问他们："知道电影票多少钱一张吗？三十到一百块。"女儿跟男朋友刚认识不久时，去看过一场《泰坦尼克号》，最便宜的那种票，三十块一张，消费了六十块钱，男朋友买爆米花买饮料时，女儿坚决地拦住了，也就这么一次，女儿铁下心跟人家好上了。这个瓜女子，瓜得响哩。我们也就知道程聪是个懂事的女孩子，不乱花男朋友的钱，用我们当地人的话讲，省事。

这时候，在省城的大街上，十九岁的姑娘程聪刚跟男朋友道别，满身的喜气，笑眯眯的，马尾巴辫子一甩一甩。夫妇俩破天荒没有用农村人俗气的大姐姐形容自己的宝贝女儿，连刚刚用过的乖女子都嫌土气，他们脑子里、心里反复不断冒出来宝贝女儿、青春少女、美丽姑娘这些字眼。他们眼前出现一幅幅电影镜头中的少男少女，其实是电视荧屏，他们弄不清电影与电视的区别。这并不重要，重要的是他们破天荒地把女儿跟电影连在一块。他们的宝贝女儿已经走到他们跟前了，他们就像烈日下的向日葵，一边灿烂地笑着，一边弯下腰曲起身子。他们更像电影拍摄现场的摄影师，移动着摄像机，所有的焦点随女主人公移动，远景、中景、近景，直到大特写，直到女儿走出画面，漂亮的小手像鸟儿一样在他们眼前晃来晃去。

"爸！妈！你们不认识我啦？我是程聪！"走出画面的女儿依然那么漂亮，一手挽着爸爸一手挽着妈妈，他们都不相信自己有这么好一个女儿，简直就是一个洋娃娃，跟城市姑娘没有任何区别，一家三口快快乐乐，欢声笑语。

回到租住的小屋，他们觉得有点委屈女儿。妻子马上想起女儿订婚时，男方那个在农村的家，院子挺大，房子太旧，比现在他们租住的屋子还要破旧。他们未来的女婿来看他们的时候，他们就提出这个重要的问题。小伙子频频点头，那么破旧的房子当新房肯定不行。

半年后，大概五一节吧，新房就盖好了。女儿的手机上有图片，破旧土屋变成了砖房，是人字梁大房。这种房子在农村再普通不过了，农村大都是二层小楼房，稍殷实的家庭，不但盖楼房，内部装修都很讲究。娘家的不满还没流露出来，女儿就嘀咕婆婆家为盖房子几乎倾家荡产，拉一沟子的账。娘儿俩发生了第一次冲突，未来女婿算是见识了未来丈母娘的厉害。

自老人去世后，他们过年时才回村子那个真正的家，都是寒冬腊月挤车赶路，幸好没出省界，不用挤火车，汽车直接拉到小县城，回村子就方便多了。亲朋好友家的红白喜事要赶回去的。比如，亲侄子结婚，在县城上班的公家人亲侄子利用国庆长假办喜事。他们两口子好几年没有在冬季以外的季节回过家了，亲侄子有同学在省城，有车接送，那种感觉跟挤长途汽车不一样。电视上、报纸上经常出现的环城高速出现了好几回，要把西安的亲戚全接走。一会儿下去一会上来，基本上环城跑一圈，等于观光啊。高架桥、立交桥，让人飘飘欲仙，他们的宝贝女儿都喊起来了："跟美国大片一样！"

母亲再次发现女儿是个真正的城市姑娘，但自豪中夹着苦涩。车子呼一下跃上最后一个高架桥，进入太空一般，母亲一下子兴奋起来，泪中带笑，忍不住搂一下女儿，货真价实，确实是她的宝贝女儿。车子忽地一下落入平地，在最后一个收费站结束了环城高速，笔直向西奔去。长途汽车站的车子，只在环城高速上跑那么直溜溜的一段，跟城市擦个边就出去了。回来时，又体验了一番环城高速，比早晨更壮观，天已经黑了，城市一片灯的海洋，简直是天上人间，简直是人间仙境，简直是梦境。回到租住的小屋，他们好像还在梦中。丈夫敲打她好几次，她才停止了梦话疯话。丈夫警告说："你这么疯疯癫癫会出事的。""神经病，我能出啥事？"

说来也怪，事情竟然由未来的女婿引起。小伙子去秦岭山里游玩，抓了几条野生鱼，送来讨好丈母娘。刚开始大家很高兴，蒸米饭、炒菜，还加了熏肉，主菜当然是清蒸野生鱼。未来的岳丈打开了一瓶太白酒，大家吃得很开心。一半菜是女儿炒的，大家不时赞美一下美丽的姑娘程聪。程聪已经二十岁，母亲还特意提醒女儿："二十啦，不要再嘻嘻哈哈。"程聪就不是嘻嘻哈哈的姑娘嘛，文文静静，老板、老板娘和一起打工的同事都很喜欢她，有人缘，未来的公公婆婆更是喜欢得不得了。在大家的赞美声中，母亲很自然地开始锦上添花："你俩能在城里有个房就好啦。"一下子就冷场了。丈夫举起酒杯大声吆喝："喝酒，喝酒！吃菜，吃菜！"勉勉强强吃完了这顿饭。女儿送男朋友回来后就嚷嚷："妈你干什么嘛，城里人都买不起房子，你让我们买老鼠窝吗？"母亲毫不客气地告诉女儿："不是给你娘争，是给你争，死女子不开窍。"丈夫坚决站在女儿一边："你娘羊羔疯犯啦，甭理她。"父女俩看电视把妻子冷在一边。

第二天跟饭馆的姐妹们聊天，女人也觉得自己过分了，晚上就主动跟丈夫承认自己是开玩笑，别当真。丈夫冷笑："你最好别当真。"丈夫太了解这个女人了。

丈夫有点担心未来的姑爷，丈夫就假装闲逛溜达到未来姑爷打工的公司。小伙子唯一的技能就是骑着摩托送快递，在大街上穿来穿去。丈夫想起好多年前，乡村妇女坐在古老的织布机前手脚麻利地抛梭子。未来的姑爷，宝贝女儿的终身依靠，此时此刻就穿梭在城市的大街小巷。跟其他快递员不同，小伙子的摩托骑得很稳，不是那种狂风似的疯跑。丈夫看见有人搭乘小伙子的摩托，把摩托开成出租车，小伙子相当了不起啦，至少比他这个未来岳丈骑着破自行车送货强。

未来的岳丈出现在小伙子跟前，他们一起去面馆，吃了牛肉西红柿辣子豆角四合一扯面，简单实惠。小伙子没想到未来岳丈还想考验他的驾驶技术，小伙子就是这么理解的。小伙子给未来岳丈一个头盔，摩托车就轻轻滑行，越蹿越快，几条大街眨眼而过，就上了环城高速。三十多公里也是很短的时间，回到家里丈夫都纳闷："我咋就没犯神经病呢？我咋就没想入非非呢？"男人跟女人就这一点不一样。

　　每当丈夫处心积虑开导妻子时，妻子冷眼扫一下丈夫，然后很自信地告诉自以为是的臭男人："你放心，我不会再提房子的事情，老家有房有地，我又不死在城里头，我在城里弄房子晾我呀。"斗心眼儿男人哪是女人的对手，女人肩膀一抖一抖冷笑。只要不提房子爱笑就往死里笑。男人很简单，男人只认这个理。

　　女人说话算话，即使跟未来姑父吵架都不提房子的事情。小伙子已经感觉到未来丈母娘的不满，就频频来表现，帮这帮那，活脱脱一个小长工全职保姆，极有可能是他们的女儿指使未婚夫这么干的。小伙子真的怕未来的丈母娘，丈夫和女儿一点办法都没有。女儿可怜兮兮地哀求母亲。

　　夜深人静时，女人问丈夫："我有这么难缠吗？"丈夫已经不敢实话实说了。女人自己表扬自己："就说嘛，大家都说我是个厚道人，死女子没过门就偏心，还抱怨我折磨她老公，没过门就一口一个老公，死女子，脸都不要啦。"

　　小伙子的父母大概听到了一些消息，赶紧给娃办婚事。夜长梦多嘛。小伙子家族的一个长辈，来商量着定日子。女人不让丈夫插嘴，人家也听出来了，这是个难缠的人，没有明说不愿意可也没说愿意，慢慢熬非熬出胶来不可。接下来的事情很简单，两个年轻人之间开始争吵，争吵的结果是离家出走，也没走远，一点准备都没有，听见摩托声，程聪就出去了，母亲没阻拦，女儿空手两吊去见男朋友没必要拦嘛，要跟人跑至少也得提个包袱吧。

　　小伙子也只是骑了个摩托车，啥都没带。没必要带东西嘛。未婚妻往车后座上一坐，摩托车就呜哇一声蹿出去了。只在大街上兜一圈就上了环城高速，所有的城市大概只有环城高速不堵车，可以飙车。年轻人飙的不是豪华小汽车，也不是高档摩托，很一般的摩托车，车后还驮着一个姑娘，连头盔都不带，长发忽前忽后，好几次抽在摩托车手的脸上，摩托车手就摘掉头盔，整个面孔暴露无遗。摩托车好像表演特技，车子腾空而起，从路障上面飞过去。

　　记者很快捕捉到新闻点，摩托车手很快进入现场直播镜头，市民们都看到了美国大片才有的特技表演。不是电影明星，不是高科技，是活生生的真人真事，现场直播，太刺激了。可以想象那天晚上七点四十分，当地电视台的都市直播节目多么受人欢迎，事后没看上这档节目的观众后悔得要死。也仅仅直播五分钟，有关部门就不准直播了。工作重心肯定是围堵劝解这对年轻人停止狂奔。专家的意见是，撤走所有路障，让他飙嘛，摩托车的油箱是有定量的，油耗尽了他们自然会停下来。

那一刻，母亲也是这么想的。她洗碗，丈夫看电视，丈夫叫了一声，女人奔过去。确切地说，他们是在现场直播到一半时，才发现电视荧屏上的摩托车手是他们的未来姑爷，他们的宝贝女儿也在车上，先是飘来飘去的头发，接着是半张脸，贴着小伙子的背，拐弯时才能看见那半张脸，好像小伙子的背是枕头，一半脸贴枕头一半脸笑着沉浸在巨大的幸福中。画面很快就消失了。播音员告诉大家，有关部门正在千方百计援救这对年轻人。

丈夫再次大叫一声往外跑时，女人没有动，她相当冷静，这大概是她一生中最冷静的时候。事实证明，小伙子根本不用等油耗干，车子跑得正欢的时候便凌空而飞……已经没路障了，小伙子和他心爱的姑娘跨越的是高速路的路障，任何特技表演也无法复制那惊心动魄的一幕。摩托车凌空而起的背景相当壮观，拱形高架桥上的彩灯一闪一闪如同彩虹，与星光闪闪的电视塔互相辉映，小伙子和他心爱的姑娘满脸喜悦地越过路障……

附　录

在神性与诗意之间叙事

红柯是陕西宝鸡岐山人，1993年文坛曾刮起一阵以陈忠实、贾平凹为代表的"陕军东征"的旋风，但红柯并不在其列。他的出名要到3年以后。1995年底，红柯告别了工作10年的伊犁，返回故里宝鸡。1996、1997年，他以《奔马》《美丽奴羊》等带有新疆风情的小说崭露头角，其中不难察觉作者早年的诗歌素养，那不重情节、策力于想象、梦幻跳跃又元气丰沛的笔致自成一体，与稳重厚实的"陕军"作品相比，仿佛横空出世的"异数"。

"异域"的生命寻根

将红柯与早期的沈从文相比，可能更有助于我们走近红柯的单纯。红柯与沈从文在《神巫之爱》《龙朱》等篇中对苗族自由、野性生活不遗余力的渲染和赞美甚有相通之处。若承认沈从文标举的湘西人性旨在针砭失血怯懦、狡诈虚伪的国民性，并给客居城市的自我打气，那么红柯的新疆世界是否也有潜在的作为精神参照系的意味？红柯曾说："我所有的新疆小说的背后，全是陕西的影子。"

红柯在《西去的骑手·自序》中曾述及回返内地后的不适与狼狈："内地哪有什么孩子，在娘胎里就已丧失了儿童的天性。内地的成人世界差不多也是动物世界。回内地一年以后，那个遥远的大漠世界一下子清晰起来，群山、戈壁、草原以及悠扬的马嘶一次一次把我从梦中唤醒。"由此不难理解红柯书写新疆时的过滤与净化。"陕西的影子"即当下的阴影，并扯动往昔的记忆，新疆成为其自我调适、游刃的"乌托邦"。一种精神与话语的异域探险和实践，其参照意义指向被现实驯化的自身及熟透的文学。

中国现代文学的发展流脉中，类似红柯的"异域"开掘有两次高潮：除了30年代以沈从文为代表的京派小说外，最近的要数20世纪80年代中期兴起的寻根文学。

无论是寻根文学、京派小说，还是红柯的新疆小说，在文化上都呈现出意味深长的"后撤"举措。在寻根运动中，涌现了诸多"异域"：阿城的山地草原，韩少功的鸡头寨，张承志的西海固，扎西达娃的藏地"香巴拉"等。不难发觉，红柯的文本与寻根文学在精神动因、审美倾向、主题呈现上存在诸多交错重叠：回归自然的冲动，对个体生命、种族生命的关注热情，以及对当下生存困境的解脱、超越，等等。在阿城的《遍地风流》中，我们甚至已领略了红柯式的苍鹰、骏马，它们的英姿同被奉为生命自由极境的表达。

在此，我无意把红柯的作品视为寻根的余脉或复兴，亦非要抹杀红柯的独特，只是提供一个看待红柯笔下新疆的视角。如果允许寻根不局限于文学口号和流派的分类，或许可以说：作为文本内在的驱动，红柯的作品贯穿了浓重的生命寻根意识。这种意识在寻根派那儿无疑也有，却不能贯彻到底，精英意识阻碍了他们。对寻到的文化资源一面暗自寄予希望，一面又怀疑批判，把中国保守愚昧的东西寻出来做靶子，结果"根"成了祸害。其间的逻辑如下：因为有这样的"根"，才导致中国落后于西方，导致"文革"的出现。于是，寻根的另类思维又回到了原先的意识形态。而红柯由于淡泊散漫，其追寻生命之根的意志要纯粹和坚韧得多，神话也就是这样追溯到的。

孤独、脆弱的神话

在这转瞬即逝的瞬间里，马鬃飘扬，一根一根清晰得像腋下的肋骨，从蓝色空气里显露出来，又直挺挺向四周伸展，跟高车的轮辐一样把奔马围成一个飞旋的力的轴心。马跑成了一个迅猛的圆，很快掩住了苍穹的太阳，阳光如同尘埃簌簌飘落。司机和他的车被马的神性唤醒了，匆忙向马靠拢。大灰马就像伟岸的父亲教幼儿走路，汽车步履蹒跚，大灰马很有耐心地牵它向前，向前……汽车就这样摆脱了幼稚的青春期，声音变得沙哑起来，脖子上暴起坚硬的喉结，浑身上下散出一股邪劲。

以上引文出自红柯的成名作《奔马》，是该篇给人印象最深刻的部分。让野性的大灰马与工业时代的"怪物"——汽车比拼、较劲，并占据上风，想象确实奇特而大胆。小说由此进入一种执着、神秘的语义甬道，虽然画面的实物异常简练：人—汽车—马，但感觉、意象却层出不穷，仿佛不惟此便不能弥补实物的匮乏一般。或者反过来说，正是现实的单调与缺憾，导致了想象的异变、发达。汽车染上了马的"邪劲"，马的身躯变成了钢制的汽车"轮辐"，这种把人、动物和自然浑然一体并寻觅其间内在感应的情节设置与意义增殖法，在红柯的小说中屡见不鲜。它不仅是单纯的修辞，更是一种文学思维的范式。在《乔儿马》《廖天地》《麦子》等篇中，这种局部的修辞术已演变为全部文本致力的主题：人如何在荒凉、险恶的土地上生存下去。在此，新疆的"异域性"已大大减弱，完全可用别个不叫"奎屯"或"阿尔泰"的、偏僻贫困的地方代替。其间的无名主人公（"他"）之所以能自得其乐、安贫超然，完全是因为他们和作者一样，掌握了一套和自然、动物"对话"的方式，在万物有灵的冥想感悟中消磨时光，把孤独和寂寞咀嚼成意义的圣餐。不妨再引《廖天地》中的一段，其中意义的衍生和辐射与《奔马》如出一辙：

那是好多泉水汇聚的地方。他把手伸进去，可以感觉到泉水的跳动，跟小动物一样。他趴到地上，嘴贴上去，舌头伸进泉里，舌头就大了，跟鱼一样往深水里扎。他听见泉水"啊"了一下，他的舌头搅得更欢。泉水翻腾起来，他紧紧压着泉水，越压它翻腾得越厉害。他曾这样亲过一个女人，那个女人就成了他老婆。他手撑着地，舌头和嘴巴已经回到脑袋里，脑袋里有一团火焰。他身下是秋天无边无际的草原和草原上的一眼泉。他笨手笨脚起来，走好远，还能听见肚子里咕嘟咕嘟的泉水声，像个孕妇。他怀了大地的孩子，他很高兴。

人成了鱼，泉水化作了女人，人与自然投契交欢。这是红柯出具的极富浪漫色彩的、反现代性的生活对策，且不论其深刻与否，就其中蕴含的人与世界之间的想象性关联和构思来看，神话思维的意味是很明显的。

在此，神话和所谓"文学性"表露出有意味的纠缠。主人公在冥想的"独语"中获得了内心的平静与和谐，但这并没有触动他孤独的生存境遇。事实恰恰相反，浪漫的神话思维愈发加重了孤独、封闭的感受。除非不再思考，否则便免不了如下疑惑：这是解脱，还是自欺欺人的幻影？在自然中发掘休戚共生的精神纽带和维系，是意味着自我解放，还是投身新的囚禁？红柯本人对神话和童话评价甚高，认为它们在激发文学想象方面颇具功效，他说现代小说有向神话和童话回归的趋势，比如纳博科夫的部分作品，以及沈从文的《边城》《长河》等。

对此，红柯身体力行，《一把手》写保安人的英雄赫赫阿爷和波日季，完全是民族古老传说的笔致；《金色的阿尔泰》记述兵团人艰苦神圣的垦荒生活，每个人都操一口史诗语言，如同另一版本的《创世纪》；《树桩》更是一个货真价实的神话，一对男女在树权上相恋，后来男人与树长在了一起。这类神异、荒诞的细节在红柯的小说中俯拾皆是，以至只有在神话的基础上，我们才能心安理得地接受红柯的作品。红柯似乎有意识地要唤起我们对神话的记忆，他作品中简单的人伦关系、人物的去名化、部分纯净的说故事的口吻语调，都让人产生神话的联想和错觉。

然而，红柯似乎低估了读者的阅读习惯。要产生情感的共鸣，读者天然倾向于对更多的现实成分的索取和确认，这是红柯的神话所不能胜任的。在自然冥想术的运作中，世界被摇动得色彩斑斓如万花筒，但还原过来却只有几片碎玻璃，像《奔马》中的人—车—马、《麦子》中的老夫妇与麦地、《过冬》中的老头和土屋。我并非排斥小说拥有神话的质素，像卡夫卡那样把人变成甲壳虫便是一个极具震撼的神话变形，他用神话的形式把现实中难言的异化、压抑、屈辱给具象和客观化了，神话与生活、现实与虚构在此融为一体。

而红柯的神话由于过分依托想象和人物膨胀的感觉，因而文本留下了一厢情愿、一面之词的印迹。在内容的某些衔接和转折点，顺手拈来的神话情节尽管温馨动人，但多少有些回避和美化严酷现实的味道，呈现出硬性的黏附与过渡。《白天鹅》里开垦白碱滩的兄弟二人终于等来了美丽的女人，这个皆大欢喜的故事和"天鹅要在荒凉的地方落脚"的童话结合在一起，两者互相印证。如同小说开头所说："从天山腹地起飞的一大群白天鹅穿越准噶尔盆地，飞往遥远的西伯利亚，理所当然要发生一些故事。"若不是这一天真神奇的希冀，很难设想小说将如何为继。

我不否认红柯回归自然的真诚，在他笔下的自然冥想中，人确有获得净化和解脱的可能，但这并不意味着它是抵达自由、幸福的唯一方式，更谈不上终极。这种环境本身、采取此种方式的人没有价值、文化、伦理上的优越性。正如我们无法选择一个身处边远之地、物质贫乏的人和一个在城里打拼挣扎、心力交瘁的人，究竟哪个更苦一样。苦难乃心造之境，执着其中便苦不堪言，对此，文学应该持有平等的仁慈。而红柯的热忱及拯救意识似乎更多眷顾的是边远之地的人们，一种潜在的二元对立的审美暗示，对内地、城里的人，红柯没有指出任何出路。是不愿，抑或无力？就文本的结果而言，无论在美学还是情感的版图上，我们都难以找到内地的位置。

神话里的"父亲"

加拿大学者弗莱认为，神话反映了原始人的欲望和幻想，神的超人性不过是人类欲望的隐喻性表达。

以《奔马》为例，初看起来，这仿佛是一篇召唤回归自然的生态小说。车马角逐、灰马像父亲般引导汽车的细节，容易招致上述解读。然而情节的发展却摧毁了这一理解格式塔。失控的汽车压断了马的后腿，司机情绪低落。妻子在一次骑马中鬼使神差地爱上了马。

此后，两人对神骏的记忆萦回不去，它们和夫妇间的性事交织一处，如同电影中的蒙太奇，只要丈夫对妻子说她是马驮来的，两人便能达到高潮。小说的结尾，孩子出生了，他的哭声像马的嘶鸣，那是"从大地深处蹿出的一匹儿马：雄壮、飘逸和高贵"。至此，一个新的意义脉络（格式塔）形成了。回归自然只是序曲和外在的凭借，《奔马》力图表达和张扬的是对雄性生命、对父亲的追溯和憧憬。

红柯后来标举的强悍、勇武的英雄美学在此已现端倪，但作为主人公的司机却并非英雄。小说写的是司机如何克服内心的恐惧和障碍成长为父亲的故事。较之以往的寻根运动，此处的追溯，民族启蒙的意味很弱，它更多指向男性精神危机的自救。在红柯看来，社会的最大问题在于对雄性生命的压抑和扭曲，男人不像男人。而解决个体危机和重建社会的第一步，就是重塑男人，让男人成为英雄和父亲。然而，这一过程已不能在现有社会中进行，只有借助自然的教化。

如同《奔马》中的司机，在与灰马的较劲中领受了野性的熏陶，神秘的雄性生命力从马传递到司机身上，再经生育传给儿子。儿子的出世象征英雄的诞生，同时标志着一个精神父亲的成熟。到此，安泰式的原型实现了。

由于《奔马》着力刻画的是司机这个普通人的体验，神话原型中古远缥缈的色彩被克服了不少。而《奔马》的魅力就在于用神话的方式来解决、而非简单敷叙甚为棘手的现实和心理问题时所产生的内部张力。小说惹人注目地将父亲和英雄的角色分摊在两个人物身上，一个神话在进入现代语境时分裂、变形的触目标记。父亲由凡人来担任，并充当凡人向英雄过渡的枢纽，它显示了主体对父权（伦理）秩序和权威的记忆与渴望，一种由凡入圣的僭越。毋庸讳言，与多数史前神话的特质类似，红柯的文本建构或者延承了一种相当纯粹的父权文化形态。它的真率、血质和阳刚气亦由此而来。在对父亲的塑造和幻想中，主体对自我和现实不满的郁结间接得到了释放。这或许是主体心仪神话的最重要的理由。作为对现实的必要妥协，神话中英雄的实现被推向将来（下一代），化作了撩拨人心的希望和承诺。

与《奔马》可作为姊妹篇来读的是《狼嗥》。女人被狼叼走，安然无恙地回来，但身上留下了狼的剽悍气息，每次与男人亲昵，对方总感觉在与一股神秘的力量对决。换句话说，只有战胜狼，或者把狼的力量消化掉纳入自身，才能实现男人的本色和功能。这与《奔马》的构思何其相似！在红柯的小说中，抵达男人或父亲的地位要经过一个特殊的成年仪式，即接受自然（包括动物和环境）的挑战和洗礼。它成为红柯文本里一个基本的原型结构。除了司机与马的赛跑（《奔马》）、丈夫与狼的较劲（《狼嗥》）外，孩子对鹰的模仿和迷恋（《鹰影》）、破冰人对冰河的开凿（《雪鸟》）等，都可视为这种原型的展开。

一种原始古朴的自然优选法。值得注意的是其间女子的作用。在男性的成年仪式里，红柯经常写到性爱，却毫无猥亵之气。很少有人能把性爱写得如此干净、质朴、坦然、明亮。这可能与红柯从神话中接受的父权文化秩序有关，女人在此的奉献功能已然命定。

红柯关注的兴奋点与其说是情爱的细枝末节或微妙情绪，不如说是对男人主动性的信念，是性爱启动的生命能量的沟通与交流（男人以此砥砺和保持自己的主体地位）。《狼嗥》里的女子为激发男人的雄性意志，竟杀死了她一度迷恋的狼。如是壮举并不改变她配角的地位，她只是依"法"行事，本能地效忠男人。

在红柯神话的情爱格局中，女人大多天然地崇拜男人、依附男人、栽培男人、浇灌男人，如同安泰脚下的大地（无独有偶，红柯描写土地时会惯性地采用性感的笔触，拓荒者开垦土地，仿佛在触摸女性的肌肤）。苏拉遭海布始乱终弃，却无怨无悔（《帐篷》）；骄傲的女记者被扎根新疆的大学生一举征服（《美丽奴羊》）。

这类情节在红柯的作品中出现频繁，现代小说以模式化的代价迎来了神话的荣归故里。《靴子》写旅店少女为醉酒的客人洗靴子时萌生的复杂微妙的情愫："靴筒里装着一个高贵的灵魂"，"靴子走进草原，在辽阔草原的至极之境，就是这个女人和她柔软的怀抱"。作者大约是要表达对雄性力量的顶礼膜拜，但初读之际，若不立时进入神话伦理的语境，上述细节和联想未免做作了些。

重塑男人和父亲在红柯的神话写作中是非常关键的一步，它为主体游刃于神话之境注入了必要的底气和自信。在此基础上，出现《太阳发芽》《跃马天山》《骑着毛驴上天堂》之类作品便顺理成章了。三篇小说都触及抗拒死亡的主题，这是在张扬雄性生命基础上逻辑的自然延伸。爷爷把厚厚的松木棺材看成猛虎、狮子和金色的骏马，仿佛不是棺材带他入土，而是骏马待他跨上去驰骋草原。《太阳发芽》用强韧的生命欲望消弭了死亡的恐惧与权威；马仲英就像传说中的不死鸟，他不断地死而复生成为阅读《跃马天山》的最大兴奋，文学因神话信念的注入变得年轻而有朝气；《骑着毛驴上天堂》以神话式的情节调侃死亡，老天爷派的死亡使者居然拿老人和他的倔驴毫无办法，老人最后定下协议："我不想活的时候就叫你。"死亡被生命的意志彻底打败。

也许你不能完全认同这类作品，却很难抗御那久违的昂扬、乐观的情绪。

李丹梦